BESTSELLERWORLDBOOK 55

위대한 개츠비

F. S. 피츠제럴드 지음 | 유혜경 옮김

소담출판사

유혜경

1960년생. 성심여자대학교 경영학과 졸업.
스페인 마드리드 국립언어학교 스페인어과 수료. 영국 옥스퍼드 Godmer House 영어 연수.
한국 외국어대학교 통역번역 대학원 졸업. 동 대학원 통역번역학 박사과정 수료.
역서로『내 일생의 단 한 번』『사랑의 충동』『아침 7시, 그 남자의 불행』『위대한 이혼』등이 있다.

BESTSELLER WORLDBOOK 55
위대한 개츠비

펴낸날 | 1997년 3월 22일 초판 1쇄

지은이 | F.S. 피츠제럴드
옮긴이 | 유혜경
펴낸이 | 이태권
펴낸곳 | (주)태일소담
　　　　서울시 성북구 성북동 178-2 (우)136-020
　　　　전화 | 745-8566~7　팩스 | 747-3238
　　　　e-mail | sodam@dreamsodam.co.kr
　　　　등록번호 | 제2-42호(1979년 11월 14일)
　　　　홈페이지 | www.dreamsodam.co.kr

ISBN 89-7381-211-4　00840

● 책값은 뒤표지에 있습니다.
● 잘못된 책은 구입하신 곳에서 교환해드립니다.

BESTSELLERWORLDBOOK 55

The Great Gatsby

F. S. Fitzgerald

개성이라는 것이 일종의 멋진 몸가짐을 말하는 것이라면,
그런 의미에서 개츠비에게는 1만 마일 밖의 지진을 측정해 내는
어떤 복잡한 기계와도 관련되어 있는 것 같은 현란한 개성과
희망찬 앞날에 대한 예민한 감수성 같은 것이 있었다

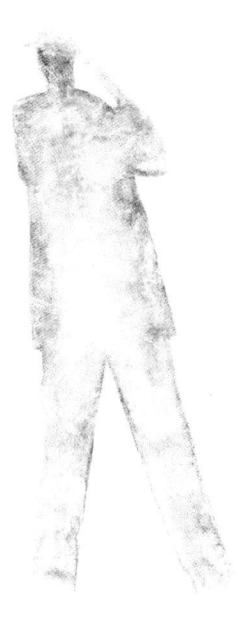

The Great Gatsby

차례

제1장   9page
제2장   41page
제3장   64page
제4장   96page
제5장   125page
제6장   149page
제7장   172page
제8장   228page
제9장   252page
작가와 작품 해설   281page
작가 연보   287page

제1장

 내가 아직 어리고 지금보다 훨씬 더 남의 말에 곧잘 화를 내던 시절, 아버지께서는 나에게 한 가지 충고를 해주셨는데, 그 후로 나는 마음속으로 항상 그 충고를 되새기곤 했다. 아버지께서는, "남의 잘잘못을 따질 때는 언제나, 이 세상 사람들이 전부 너처럼 좋은 환경에서 자라지는 못했다는 것을 기억해야 한다."라고 말씀하셨다.
 아버지께서는 더 이상 말씀하시지 않았지만, 우리는 말없는 가운데서도 서로의 뜻을 잘 이해할 수 있었기 때문에 나는 아버지의 그 충고 속에는 보다 깊은 뜻이 담겨 있다는 것을 알아차렸다.
 그러나 아버지의 그 충고로 말미암아 나는 모든 판단을 될 수 있으면 뒤로 미루곤 했다. 그 습성으로 나에게는 이상한 기질이 가끔 나타났고, 그것 때문에 성가시게 치근덕거리는 몇몇 사람들로부터 어려움을 겪기도 했다.

그런 성격을 가진 사람들은 나처럼 정상적인 사람이 나타나면 금방 눈치채고 가까이 오게 마련이다. 그 때문에 대학에서 나는 억울하게도 책략가라는 비난을 받기도 했다. 그렇게 된 데는 또 다른 이유가 있었는데, 그것은 내가 세상에 알려지지 않은 거친 사람들의 은밀한 비애를 많이 알고 있었기 때문이다.

나는 대부분의 은밀한 이야기를 들추어내는 것을 좋아하지 않는다. 어떤 확실한 근거로 은밀한 이야기가 드러나려 할 때면 나는 잠을 자는 척하거나, 무엇에 몰두하는 척하거나, 또는 적의에 찬 경박한 짓을 하곤 했다. 사실 젊은이들의 은밀한 이야기는, 적어도 그것을 표현할 때 쓰는 말투도 대개 남의 말을 표절하게 마련이며, 피할 수 없는 심리적인 압박감 때문에 제대로 표현되지 않는다. 그래서 때로는 어떤 의견 표명을 삼가고 있다는 것이 상대에게 무한한 희망을 줄 때도 있는 법이다.

나는 아직도 나의 아버지께서 점잖게 말씀하셨고 나 역시 점잖게 되풀이한 예의범절에 대한 기본적 의식을, 저마다 다르게 갖고 태어난다는 사실을 혹시 잊어버리기라도 한다면 무언가를 손해 보는 것이 아닐까 하고 염려하곤 한다. 이처럼 나의 너그러움을 한껏 과시하고 난 후에야 너그러움에도 한계가 있다는 것을 알게 되었다.

인간의 행동은 단단한 바위 위에, 또는 질퍽한 늪에 그 근거를 둘 수 있다. 그러나 어떤 한계만 넘기게 되면, 그 행위가 어떤 곳을 기반으로 해서 겉으로 드러나게 된 것이든 나는 상관하지 않는다.

작년 가을 동부에서 돌아왔을 때, 나는 세상 사람들이 똑같은 차림을 하고 일종의 도덕적인 자세를 영원히 취해 주었으면 하고 바랐다. 다시 말해 무슨 특권이라도 지닌 듯이 사람의 마음속을 힐끔힐끔 들여다보며 야단스럽게 나서는 일에 진저리가 났다.

그러나 오직 한 사람, 이 책의 주인공인 개츠비만은 앞에서 말한 나의 반발에서 제외된 사람이다. 개츠비는 바로 내가 노골적으로 경멸한 모든 것을 포함하고 있는 대표적인 인물이었다. 개성이라는 것이 일종의 멋진 몸가짐을 말하는 것이라면, 그런 의미에서 개츠비에게는 1만 마일 밖의 지진을 측정해 내는 어떤 복잡한 기계와도 관련되어 있는 것 같은 현란한 개성과 희망찬 앞날에 대한 예민한 감수성 같은 것이 있었다.

그 감수성은 저 '창의적인 기질' 아래서 위엄을 떨치는 허약한 감수성과는 분명 차이가 있었다. 그것은 희망을 갖게 하는 천부적인 재능이요, 내가 지금껏 그 누구에게서도 발견하지 못했을 뿐 아니라 앞으로도 영원히 발견하지 못할 낭만적 감수성이었다.

결국 개츠비가 옳았다는 것이 밝혀졌다. 내가 사람들의 대단치 않은 슬픔이나 숨막힐 정도로 우쭐거리는 모습에 잠시나마 관심을 갖지 않게 된 것은, 개츠비를 통해 그의 꿈이었던 자리에 더러운 먼지를 떠돌게 한 것 때문이었다.

우리 가족은 이 중서부의 도시에서 3대에 걸쳐 꽤 이름이 알려진 유지로 부유하게 살아왔다. 캐러웨이 가(家)는 뛰어난 가문이며, 우리는 부클류 공작의 자손이라고 전해지고 있지만, 실제로 나의 가계를 일으켜 세운 사람은 1851년에 이곳으로 이주했고, 남북 전쟁 때 자기 대신 다른 사람을 전장에 내보냈으며, 철물 도매상을 시작하셨던 나의 증조부이시다.

지금은 아버지가 그 사업을 이어받아 경영하고 계신다. 나는 증조부를 한 번도 뵌 적이 없지만, 사람들은 내가 그분을 몹시 닮았다고 한다. 그것은 특히 아버지 사무실에 걸려 있는, 어지간히 비정해 보이는 그분의 초상화를 두고 하는 말이다.

나는 1915년에 예일 대학을 졸업했는데, 그것은 아버지께서 그 학교를 졸업하신 지 25년째 되던 해의 일이었다. 얼마 후 나는 제1차 세계 대전이라는, 튜턴족의 때늦은 이동 작업에 참가했다. 그때 나는 미국인의 유럽 역습을 마음껏 즐겼기 때문에 집에 와서도 한동안 들뜬 마음을 진정시킬 수가 없었다. 미국의 중서부 지방이 이제는 세계의 활기찬 중심지가 아니라, 우주의 초라한 변두리같이 보였다. 그래서 나는 동부로 가서 증권업을 배우기로 결심했다. 내가 아는 사람들은 하나같이 증권업에 종사하고 있었기 때문에 나 정도는 더 먹여 살릴 수 있을 것이라고 생각했던 것이다.

친척 어른들은 마치 나를 위해 무슨 대학 진학의 예비 고등학교를 골라주기라도 하는 것처럼 그 문제에 대해 여러 가지로 의논하셨다. 그리고 마지막으로 매우 엄숙하고 망설이는 표정으로 "아마 괜찮을 거야."라고 말씀하셨다. 아버지께서는 일년간 내게 생활비를 대주기로 하셨다. 이런저런 일로 시간을 끌다 1922년 봄이 되어서야 나는 아주 살 생각으로 동부로 옮겨 왔다.

　동부로 온 뒤 부딪힌 첫 번째 문제는 시내에 방을 구하는 일이었다. 따뜻한 계절이었고, 넓은 잔디밭과 푸른 나무가 있는 시골에서 막 떠나온 터라, 사무실의 한 젊은 동료가 기차 통근 거리인 마을에 셋집을 얻어 같이 생활하자고 말해왔을 때 멋진 생각이라 여겨졌다. 그는 곧 그런 집을 구하는 데 성공했다.

　비바람에 낡아빠진 월세 80달러짜리 싸구려 방갈로 집이었다. 그런데 마지막 순간에, 그가 회사로부터 워싱턴으로의 전근 명령을 받게 되자 그곳에 나 혼자 가게 되었다. 그때 개 한 마리가 있었는데, 그 개가 달아나기 전까지 적어도 2, 3일간은 함께 생활했다. 그리고 낡은 차 한 대와 핀란드 여자도 함께 있었다. 그 여자는 침대를 정돈하고 아침밥을 지어주었는데, 요리용 전기 난로 위로 몸을 구부리고는 혼잣말로 알 수 없는 핀란드 속담을 중얼거리곤 했다. 처음 하루 이틀은 무척 외로웠는데, 어느 날 아침 길에서 나보다 늦게 이사 온 어떤 사람이 나를 불러 세웠다.

　"이 웨스트에그 마을에는 어떻게 오시게 되었나요?"

　그는 힘없이 물었다. 나는 그의 물음에 대답해 주었다. 그러고 나서 내 갈 길을 갔는데, 그때부터 난 외롭지 않게 느껴졌다. 나는 안내자요, 개척자요, 맨 처음 이곳에 정착한 사람이 되었던 것이다. 그는 나에게 이웃 간에 보일 수 있는 관심을 나타내주었다. 그래서 나는 햇빛과, 고속 촬영 영화에서 식물이 자라는 것처럼 쑥쑥 크는 나뭇잎들을 보고 인생은 여름과 함께 다시 시작된다는, 지극히 평범한 사실을 깨닫기에 이르렀다.

우선 할 일은, 독서와 더불어 신선한 호흡을 하게 해주는 맑은 공기에서 건강을 얻어내는 일이었다. 나는 은행 경영과 신용, 그리고 투자 신탁에 관한 책을 10여 권 샀는데, 그 책들은 조폐국에서 금방 찍어낸 새 돈처럼 붉은빛과 황금빛을 띤 채 내 서가에 꽂혀, 미다스(손에 닿는 물건은 모두 황금으로 변하게 한다는 프리지아의 왕)와 모건(미국의 실업가)과 미시너스(로마의 정치가)만이 알고 있는 거대한 비밀들을 나에게 들려주었다.

나는 이외에 몇 권의 책을 더 읽고 싶었다. 나는 대학 시절 문학에 제법 자신이 있었다―일년간 《예일 뉴스》지에 아주 품위 있고 명확한 논설을 연재한 적도 있을 정도였다―그래서 난 지금의 내 생활에서 이러한 것들을 다시 찾아냄으로써 모든 전문가들 중에서 가장 능력 있는 인물로, 다시 '박식하고 원만한 사람'이 되어보려는 생각이었다. 이것은 단순한 바람이 아니었다. 결국 인생이란, 여러 개가 아닌 단 하나의 창문으로 바라보면 성공하기가 훨씬 쉬워지는 것이다.

내가 북아메리카에서 가장 낯선 동네에 집을 얻게 된 것은 우연히 일어난 일 때문이었다. 그곳에는 천연의 진기물들이 많이 있었는데, 그 가운데 특이한 지역이 두 군데 있었다. 시내에서 20마일쯤 떨어진 곳에 있는 한 쌍의 거대한 달걀 모양의 지대가 바로 그곳이었는데, 서로 윤곽이 똑같고, 이름만 만(灣)이지 두 지대가 서로 나뉘어 있었다.

서반구에서 가장 발달한 염수체(鹽水體)로 롱아일랜드 해협이라 불리는, 뒤쪽의 물에 젖은 넓은 땅 안으로 솟아 나온 그 두 지대는 완전한 달걀 모양은 아니고, 콜럼버스의 달걀같이 서로 접촉된 면 끝 부분이 약간씩 부서져 있었다. 그러나 그 모양이 아주 닮았기에 그 위를 날아다니는 갈매기들조차도 깜짝깜짝 놀라곤 했다. 날개가 없는 인간을 더욱 재미있게 하는 것은, 그 두 지대가 모양과 크기를 빼고는 모든 점에서 닮은 점이 하나도 없다는 사실이었다.

　나는 웨스트에그에 살았는데, 해협에서 50야드밖에 안 떨어진 곳의 맨 꼭대기 부분에 있는 나의 집은, 한 철에 1만 2천 달러에서 1만 5천 달러에 빌려주는 어마어마하게 좋은 두 채의 저택 사이에 끼여 있었다. 내가 세든 집의 오른쪽에 있는 저택은 어느 모로 보나 위압감을 주는 대저택이었다. 노르망디의 어떤 시 청사를 본떠 만든 것이었는데, 한쪽에는 잎이 적게 난 담쟁이덩굴을 헤치고 새로운 모습으로 우뚝 솟은 탑과 대리석 풀장, 그리고 40에이커가 넘는 잔디밭과 정원이 있었다. 그 집은 개츠비의 저택이었다. 아니, 나는 개츠비라는 사람을 단 한 번도 보지 못했으므로, 그런 이름을 가진 신사가 사는 저택이라고 해야 옳을 것이다.

　내가 세든 집은 주위 환경과는 어울리지 않았지만, 아주 작았기 때문에 그다지 거슬리지 않았다. 아무튼 이러한 주위 환경 덕분에 나는 바다도 바라보고 이웃집 잔디밭도 내다보면서, 백만장자들의 이웃이라는 위안을 받았다. 이 모든 것을 월 80달러로 말이다.

　이름뿐인 만 건너편에는 바닷가를 따라 호화로운 이스트에그의 하얀 저택들이 번쩍거리고 있었다. 내가 톰 부캐넌 부부와 저녁 식사를 하러 그곳으로 차를 몰고 간 바로 그날 저녁, 그 여름의 역사는 시작되었다.

데이지는 나의 육촌 동생이었고, 톰은 대학에서 알았다. 전쟁이 끝난 직후, 나는 시카고에 사는 그들 부부와 이틀 동안 함께 지냈었다. 톰은 여러 운동을 했는데, 특히 예일 대학의 축구 선수로는 보기 드문 강력한 스크럼 선수 가운데 하나였다. 사람들은 그를 국가 대표 선수 감이라고 칭찬했다. 스물한 살이라는 젊은 나이에 이미 정상의 위치에 올라 있었기에, 그 후로는 모든 일에서 내리막길을 걷는 듯한 느낌을 주는 부류의 인물이었다.

그는 굉장한 부자였다. 대학을 다닐 때도 돈에 전혀 신경 쓰지 않는 그의 생활은 비난의 대상이 되기도 했다. 그런데 지금 그가 시카고를 떠나 사람들을 깜짝 놀라게 할 정도의 멋진 계획을 세워놓고 동부에 와 있는 것이다. 그는 레이크 퍼리트로부터 폴로 경기용 말 한 떼를 끌고 왔다. 내 또래의 남자가 그런 어마어마한 일을 할 정도로 돈이 많다니, 정말로 이해하기가 어려웠다.

그 부부가 왜 동부로 왔는지 나로서는 알 수 없는 일이었다. 그들은 별다른 이유 없이 일년 동안 프랑스에서 지냈다. 돌아와서는 폴로 경기를 하며 돈 많은 사람들이 있는 곳을 찾아 이리저리 바쁘게 돌아다녔다. 데이지는 내게 전화를 걸어 이번에는 영원히 이곳에서 살고 싶다고 말했지만, 톰은 끊임없이 돌아다니면서 극성스러울 정도로까지 극적이고 놓쳐서는 안 될 축구 경기를 언제까지라도 찾아다닐 것 같은 느낌이 들었다.

이런저런 일로 뜻하지 않게 나는 따뜻한 바람이 불던 어느 날 저녁, 안면만 있는 두 사람을 만나기 위해 이스트에그로 자동차를 몰고 갔다. 그들의 집은 내가 상상한 것보다 훨씬 정교하게 지어졌으며, 빨간색과 흰색으로 배색된 조지 왕조 시대의 식민지풍 저택으로 만을 건너다보고 있었다.

잔디가 해안에서부터 집의 현관문까지 4분의 1마일이나 깔려 있었는데, 도중에 해시계와 벽돌을 깔아놓은 보도, 그리고 붉게 타는 듯한 정원을 지나서도 계속되었다. 그러다 마침내 집까지 이어져서는 한쪽으로 마치 관성의 법칙이 적용되는 양 선명한 빛깔의 덩굴 숲으로 이어졌다. 저택의 정면은 햇빛을 받아 금빛으로 반짝이고, 한 줄로 가지런히 달린 프랑스식 창문들은 따뜻한 바람을 맞으려는 듯 활짝 열려 있었다.

승마복 차림의 톰 부캐넌이 두 다리를 벌린 채 꼿꼿한 자세로 정면 베란다에 서 있었다. 그는 뉴헤이번의 예일 대학 시절과 비교할 때 몰라보게 변해 있었다. 지금의 그는 건장한 체격에 밀짚 빛의 머리카락을 지닌 30대 사나이로, 굳게 다문 입이 오만한 느낌을 주었다. 거만스러운 두 눈은 얼굴을 온통 뒤덮고 있었으며, 싸울 상대를 만나기라도 한 듯이 몸을 앞으로 굽히고 있었다.

여자 옷처럼 화려한 승마복도 그의 육체의 엄청난 힘을 감추지는 못했다. 꽉 끼이는 것처럼 보이는 번쩍이는 장화의 맨 위쪽 끈은 팽팽하게 죄어져 있었다. 얇은 상의 밑으로는 어깨가 움직일 때마다 우람한 근육이 꿈틀거리는 것을 볼 수 있었다. 그것은 굵직한 지렛대 구실을 할 정도로 힘 있는 몸—잔인한 몸뚱이—이었다. 거칠고 센 듯한 고음의 목소리는, 성깔 있어 보이는 그의 인상을 한층 더 강렬하게 보이게 했다. 그의 목소리는 친절한 사람을 대할 때조차 고압적이고 경멸감이 담겨 있는 것처럼 보였다. 그래서 뉴헤이번에는 그의 이런 뻔뻔스러움을 싫어하는 사람들도 있었다.

그는 "이봐요, 이런 문제들에 대한 내 의견이 결론적인 거라고 생각하면 안 되지. 내가 당신보다 힘이 세고 남자답다는 이유만으로 말이야." 하고 말하는 것처럼 보였다.

톰 부캐넌과 나는 4학년 때 같은 사교 클럽에 들어 있었다. 결코 친한 사이는 아니었지만 그는 내게 항상 친절했다. 특유의 거칠고 시비조인 불만스러운 태도를 취하기는 했지만, 내가 자기를 좋아하기를 바라는 눈치였다.

우리는 햇볕이 잘 드는 베란다에 서서 잠시 이야기를 나누었다.

"어때, 멋있지!"

그는 어수선하게 주위를 두리번거리면서 말했다. 그리고 한 팔로 나를 돌려세우고는 넓적하고 편편한 손을 들어 눈앞에 펼쳐진 경치를 가리켰다. 그의 손을 따라 고개를 돌리자 반 에이커나 되는 이탈리아식 정원과 향기 짙은 장미 밭, 그리고 집 앞에 펼쳐져 있는 바다의 물결을 헤치고 달리는, 돼지 코처럼 뱃머리가 튀어나온 모터보트 한 척이 보였다.

"이곳은 석유 업자인 드메인 소유였었지."

그는 공손하면서도 갑작스럽게 나를 또다시 빙 돌려세우면서 말했다.

"이제 안으로 들어가세."

우리는 천장이 높은 현관 마루를 지나 밝은 장밋빛으로 물든 곳으로 들어갔다. 그곳은 양 끝이 프랑스식 창문으로 되어 있는데, 부서질 듯 약하게 집과 연결되어 있었다. 창문들은 약간씩 열려 있었으며, 연노란색으로 반짝였다. 창문 아래로는 집 안쪽으로 침입한 듯한, 싱그러움을 안겨주는 풀밭이 펼쳐져 있었다. 산들바람이 방 안으로 불어와서 커튼의 한쪽 끝은 집 안으로, 다른 한쪽 끝은 집 밖으로 마치 하얀 깃발처럼 너울거리다, 분말 설탕을 입힌 결혼 케이크처럼 생긴 천장을 향해 치솟았다가는 포도주 빛 양탄자 위로 흘러내려 물결치듯 나부끼며 양탄자 위에 그림자를 던지곤 했다. 바다에 파도가 일듯 잔물결이 일었다.

방 안에 정지해 있는 것이라곤 굉장히 크고 길다란 의자뿐이었는데, 그 의자에는 젊은 여자 두 명이 마치 강철 줄로 매놓은 기구(氣球)에 앉은 듯이 앉아 있었다. 두 사람 다 흰옷을 입고 있었는데, 그 옷들은 마치 집 주변을 잠시 날아다니다 바람에 밀려 지금 막 들어온 것처럼 가볍게 나부끼고 있었다. 나는 커튼이 펄럭이는 소리와 벽에 걸린 액자가 흔들리는 소리에 정신을 빼앗긴 채 한동안 그대로 서 있었음에 틀림없다.

그때 톰 부캐넌이 뒤뜰 쪽 창문을 닫는 소리가 들리더니 이어 바람이 멎어 조용해지고, 커튼과 두 여자도 방바닥 쪽으로 가볍게 기구처럼 내려앉았다. 두 여자 중 나이가 좀 어린 여자는 처음 보는 얼굴이었다. 그녀는 긴 의자의 한쪽 끝에 몸을 쭉 펴고 앉아서는 석고상처럼 움직이지 않았다. 턱을 조금 쳐들고 있었는데, 마치 그 위에다 뭔가를 얹어놓고 그것이 떨어지면 큰일날까 걱정이 되어 균형을 잡고 있는 것처럼 보였다. 그녀가 나를 곁눈질해 보았는지는 알 수 없지만 전혀 아는 척을 하지 않았다. 사실 나는 놀랐고, 그래서 방 안에 들어와서 그녀의 심리적 균형을 깬 것에 대해 사과의 말을 중얼거릴 뻔했다.

다른 한 여자인 데이지는 일어서려고 했다. 아니, 경계하는 표정으로 몸을 약간 앞으로 숙였을 뿐이다. 그러고는 어색하지만 매력적인 웃음을 지어 보였다. 얼떨결에 나 역시 따라 웃고는 방 안으로 들어갔다.

"지금 너무 행복해서 몸이 굳어버릴 지경이에요."

그녀는 자기가 무슨 재치 있는 말이라도 한 듯이 깔깔거렸다. 그러고는 한동안 내 손을 잡고 얼굴을 잡고 나를 쳐다보면서 그동안 보고 싶었다고 강조해서 말했다. 그것은 그녀의 버릇이었다. 그녀는, 턱의 균형을 잡고 있는 것처럼 행동하는 그 여자의 성은 베이커라고 나직이 속삭여주었다(데이지가 일부러 속삭이는 것은, 듣는 사람이 자기에게로 몸을 기울이게 하기 위해서라는 말을 들은 적이 있다. 그것은 얼토당토않은 모함이었으나, 그런 모함에도 불구하고 데이지의 그러한 속삭임은 매력적으로 보였다).

어쨌든 베이커 양의 입술이 움직였고, 거의 알 수 없을 정도로 살짝 나를 향해 고개를 끄덕여 인사한 그녀는 다시 아까처럼 머리를 뒤로 젖혔다―그녀가 턱의 균형을 잡아 떨어뜨리지 않으려 하던 물건이 약간 뒤뚱거려 그녀를 얼마쯤 놀라게 했다―다시 그 어떤 사과의 말이 내 입술에 감돌았다. 누군가 자기 만족에 빠진 사람을 보면 항상 감동해서 찬사를 보내고 싶어진다.

내가 다시 데이지 쪽을 쳐다보자, 그녀는 나지막하지만 자극적인 목소리로 여러 가지를 묻기 시작했다. 그 목소리는 마치 다시는 연주될 수 없는 악곡과 같아서, 듣는 사람의 귀는 그 목소리를 따라 오르락내리락하게 되었다. 그녀의 얼굴은 그 속에 있는 빛나는 것들, 즉 빛나는 눈과 빛나는 열정적인 입술 등에서 슬픈 듯하면서도 사랑스럽게 보였지만, 목소리는 좀 흥분되어 있어서 그녀에게 호감을 갖고 있는 남자라면 여간해서 그것을 잊을 수 없게 했다.

그것은 노래를 부르려는 듯하면서도 한편으로는 충동적인 소리였는데, "들어보세요." 하고 소곤거릴 때는, 그녀가 지금까지 즐겁고 흥미 있는 일로 시간을 보냈고 다음 순간에도 마찬가지로 즐겁고 신나는 일들이 기다리고 있다는 것을 말해 주는, 흥분하여 들떠 있는 목소리였다.

나는 동부로 오는 길에 시카고에 들렀던 이야기를 해주면서, 그곳에 사는 친척 10여 명이 그녀에게 안부를 전하더라고 알려주었다.

"그분들이 저를 잊지 않았나요?"

그녀는 흥분을 감추지 못하며 들뜬 목소리로 외쳤다.

"시내 전체가 삭막하더군. 차들이 모두 왼쪽 뒷바퀴를 조화(弔花)

처럼 검게 칠하고, 북부 해안 일대에서는 밤새도록 통곡 소리가 나지 않겠어."

"그래요? 정말 멋진데! 우리 돌아가요, 톰. 내일 당장!"

그러더니 그녀는 엉뚱하게도 이렇게 덧붙였다.

"아참, 우리 아기 보여줄게요."

"그래, 보고 싶군."

"지금 정신없이 자고 있어요. 세 살인데, 본 적 없지요?"

"응."

"그럼 꼭 봐야 해요. 그 애는요……."

아까부터 방 안을 불안스럽게 서성거리고 있던 톰 부캐넌이 갑자기 다가와서 내 어깨에 손을 얹었다.

"닉, 자넨 요즘 어떤 일을 하고 있나?"

"증권 회사에 다녀."

"누구와 함께 일하는데?"

나는 내 동업자에 대해 이야기해 주었다.

"들어본 적이 없는 사람들인데."

그는 딱 잘라 말했는데, 나는 그 말에 은근히 화가 났다.

"하지만 곧 알게 될 거야."

나는 짤막하게 대답했다. 그러고는 덧붙였다.

"자네가 계속 동부에서 머문다면 말이야."

"아, 난 영원히 동부에서 살 테니 걱정 말게."

그는 더 중요한 어떤 일에 마음을 쓰고 있기나 한 듯 데이지를 힐끔 쳐다보고는 다시 나를 보면서 말했다.

"다른 곳에 가서 살 생각을 한다면 정말 바보지."

이때 베이커 양이 소리쳤다.

"정말 그래요!"

그녀가 너무나 갑작스럽게 소리쳐 나는 깜짝 놀랐다. 내가 이 방에 들어온 이후 그녀가 처음 한 말이었다. 그 한마디에 내가 놀란 것만큼이나 그녀도 놀란 것이 분명했다. 왜냐하면 그녀가 입을 크게 벌리고는, 빠르고도 능숙한 동작으로 일어섰으니까 말이다.

"몸이 너무 찌뿌드드해요."

자리에서 일어선 그녀가 투덜거렸다.

"제 생각으로는 이 의자에 너무 오랫동안 앉아 있어서 그런 것 같아요."

"날 쳐다보지 마."

데이지가 대꾸했다.

"너를 뉴욕으로 데려다 주려고 오후 내내 애쓰고 있었어."

"아니야, 난 괜찮아."

베이커 양은 부엌에서 막 가지고 온 네 잔의 칵테일을 보면서 말했다.

"저는 집중 훈련 중이거든요."

톰은 믿어지지 않는다는 듯이 그녀를 바라보았다.

"그러시겠지."

그는 마치 술이 잔 밑바닥에 한 방울이라도 남아 있으면 안 되기라고 한 듯 칵테일을 단숨에 마셨다.

"당신이 무슨 일을 어떻게 해냈는지 난 알 길이 없어요."

나는 베이커 양이 말한 그 '해낸 일'이 무엇인지 궁금해 그녀를 바라보았다. 그녀를 바라보는 것은 즐거웠다. 그녀는 가냘픈 몸과 작은 가슴에 몸매가 곧았는데, 마치 젊은 사관 후보생처럼 어깨를 뒤로 젖혀 곧은 몸매를 더욱 드러나게 했다. 얼굴은 매력적이면서도 동시에 불만스런 표정을 짓고 있었는데, 햇빛으로 찡그린 회색 눈동자가 호기심에 찬 눈빛으로 나를 바라보았다. 나는 문득 어디선가 그녀를, 아니면 그녀의 사진을 본 적이 있다는 생각이 들었다.

"웨스트에그에 살고 계시다고요?"

그녀는 무시하는 투로 말했다.

"그곳에 제가 아는 분이 있어요."

"나는 아직 아는 사람이 하나도……."

"개츠비라는 분을 아실 텐데요."

"개츠비라고?"

데이지가 물었다.

"무슨 개츠비 말이야?"

그 사람은 바로 내 집 옆에 산다고 미처 대답하기도 전에 하인이 저녁 식사가 준비되었다고 알려왔다. 톰 부캐넌은 그 억센 팔을 자기 마음대로 내 겨드랑이 밑으로 넣더니, 마치 장기 알을 다른 칸으로 옮기듯이 나를 방에서 이끌고 나갔다. 두 여인은 손을 허리에 살며시 얹은 채 가볍고도 경쾌한 발걸음으로 앞장서서 지는 해를 향해 훤히 트여 있는 장밋빛 방으로 갔다. 그곳 식탁에는 네 자루의 촛불이 바람에 약간 흔들리고 있었다.

"촛불은 뭐 하러 켰지?"

데이지가 눈살을 찌푸리면서 짜증을 냈다. 그러더니 곧 손가락을 흔들어 촛불을 꺼버렸다.

"2주일만 지나면 일년 중 낮이 가장 길다는 하지예요."

그녀는 밝은 얼굴로 우리를 쳐다보았다.

"당신들도 일년 중 낮이 가장 길다는 그날을 기다렸으면서도, 막상 다가오니까 깜박 잊고 지나쳐버리지요? 저도 그날을 기다렸으면서도 깜박 지나쳐버리지 뭐예요."

"우리 재미있는 계획을 세우는 게 어때요?"

베이커 양이 하품을 하며 마치 잠자리에 들기라도 하듯이 식탁에 앉으면서 말했다.

"좋아."

데이지가 말했다.

"무슨 계획을 세울까요?"

그녀는 별 뚜렷한 것이 생각나지 않는 듯 나를 쳐다보았다.

"사람들은 이런 날 어떤 계획을 세우나요?"

그녀는 내가 대답하기도 전에, 걱정스러운 눈빛으로 자기 새끼손가락을 천천히 들여다보았다.

"이것 봐요!"

그녀가 투덜거렸다.

"여길 다쳤어요."

우리의 시선이 모두 그녀의 손가락을 향했다. 새끼손가락 마디가 검고 푸르스름했다.

"톰, 이건 당신 때문에 그런 거예요."

그녀는 원망하듯 말했다.

"일부러 그런 게 아니라는 거 알아요. 그렇지만 어쨌든 당신이 그런 거예요. 이것 역시 짐승 같은 남자, 괴물처럼 엄청나게 큰 몸집의 본보기 같은 남자와 결혼한 탓이라고요."

"괴물 같다는 소리는 정말 듣기 싫소."

톰이 얼굴을 찡그리며 투덜거렸다.

"농담이라고 해도 말이오."

"괴물 같아요."

데이지는 짓궂게 되풀이했다.

데이지와 베이커 양은 동시에 얘기를 하곤 했는데, 그들의 얘기는 아주 평범했다. 그들은 입고 있는 흰옷이나 아무 욕망도 없어 보이는 무심한 눈만큼이나 태연하게, 무미건조한 농담처럼 말했다. 그들은 그저 이곳에 있고, 톰과 나를 맞아서 대접을 하거나 또는 대접을 받으려고, 겸손하고 즐거운 척 위장을 하고 있었던 것뿐이다. 그들은 식사가 곧 끝날 것이며, 조금 더 있으면 이 밤 또한 끝나 평범하게 잊혀지리라는 것을 알고 있었다.

이것이 동부와 서부의 다른 점이었다. 그곳에서의 저녁 시간은 실망을 주는 예감이 하염없이 밀려오거나, 순간 그 자체가 긴장된 두려움 속에서 저녁의 끝을 향해 한 단계 한 단계씩 급히 지나가버리게 마련이었다.

"데이지, 너를 만나면 마치 내가 문명인이 아닌 것처럼 느껴지는구나."

나는 코르크 냄새가 나지만 그런대로 맛이 좋은 적포도주를 두 잔째 마시면서 진실을 말했다.

"곡식이나 다른 것에 대한 얘기는 할 수 없니?"

나는 이 말을 별 뜻 없이 한 소리였는데 엉뚱한 반응이 나타났다.

"문명이 붕괴되어 가고 있어."

톰이 화난 말투로 대꾸했다.

"나는 매사에 지독한 비관론자가 되어버렸어. 자네, 고다드라는 사람이 쓴 『유색인 제국의 발흥(勃興)』이라는 책 읽어본 적 있나?"

"아니, 읽어보지 못했는데."

나는 그의 말투에 놀라며 대답했다

"그래? 그건 한번 읽어볼 만한 책이야. 아니, 누구나 한 번쯤은 읽어봐야 해. 그 책의 요지는, 우리가 경계하지 않으면 백색 인종은 완전히 멸망해 버린다는 거야. 과학적으로 증명까지 하고 있지."

"톰은 요즘 매우 심각한 생각을 많이 해요."

데이지가 측은한 표정을 지으며 말했다.

"뜻도 모를 난해한 책들이 많아요. 그 낱말의 뜻이 뭐였더라?"

"모두 과학적인 책들이야."

톰은 참을성 없게 데이지를 힐끔 바라보며 자기 주장을 내세웠다.

"그 책에는 모든 문제에 대해 자세히 설명되어 있지. 그건 지배적인 인종인 우리의 책임이야. 조심하지 않으면 다른 인종들이 모든 것을 지배하게 될 거야."

"그 인종들을 타도해야죠."

강렬한 햇빛에 두 눈을 사납게 깜박이면서 데이지가 귓속말로 말했다.

"두 분은 캘리포니아에서 살아야 하는데……."

베이커 양이 말을 꺼냈으나, 톰이 둔한 몸을 일으켜 고쳐 앉음으로써 그녀의 말을 가로막았다.

"그 책이 말하고 있는 것은, 우리가 북유럽 인종이라는 것이지. 나도 자네도, 그리고 당신도 말이오. 또……."

그는 잠시 망설이더니 머리를 조금 끄덕이는 것으로 데이지도 그 속에 포함시켰다. 그러자 데이지가 나에게 윙크를 했다.

"그리고 문명을 일으키는 데 필요한 모든 것을 우리 백인이 만들어냈다는 거야. 과학과 예술 그리고 그 밖의 모든 것도 말이야. 알아듣겠나?"

그가 몰두하는 자세는 차라리 애처롭기까지 했는데, 평소보다 더 두드러진 자기 만족감도 더 이상 그를 충족시켜 주지 못하는 것 같아 보였다. 이때 안에서 전화 벨이 울려 하인이 방을 나가자, 데이지는 순간적으로 말이 중단된 틈을 타서 내게로 몸을 기울였다.

"우리 집안의 비밀을 하나 알려줄게요."

그녀는 신나는 듯이 속삭였다.

"저 하인의 코에 대한 얘기인데, 듣고 싶지 않아요?"

"무슨 얘기인지 한번 들어볼까?"

"좋아요. 저 사람은 처음부터 하인은 아니었대요. 뉴욕의 어떤 집에서 은 그릇 닦는 일을 했는데, 식기가 무려 2백 명분이나 되었대요. 그래서 아침부터 저녁까지 은 그릇을 닦아야 했는데, 마침내 코에 이상이 생기기 시작했대요."

"그런데 상태가 점점 나빠진 거죠."

베이커 양이 넌지시 끼어들며 말했다.

"맞아요. 계속 악화되어 마침내 그 자리를 그만두게 된 거죠."

그녀의 붉어진 얼굴은 늦은 석양빛으로 낭만적 감정이 맴돌았다. 그녀의 목소리는 나로 하여금 숨을 죽이고 그녀의 몸 쪽으로 다가가도록 했다. 곧이어 그녀의 얼굴에서 붉은빛이 사라지고, 해질 무렵이면 아이들이 즐겁게 놀던 거리에서 떠나가듯, 햇살 또한 한 줄기 한 줄기 서운한 듯 머뭇거리면서 그녀의 얼굴에서 사라져갔다.

하인이 돌아와서 톰의 귀에다 대고 속삭였다. 그러자 톰은 얼굴을 찡그리며 의자를 뒤로 밀고는 한마디 말도 없이 안으로 들어갔다. 톰이 자리에서 일어나자 그것이 무슨 신호라도 된 듯 데이지는 다시 앞으로 몸을 숙였고, 그녀의 목소리는 열기를 띠고 들떠 있었다.

"닉 오빠를 우리 집 저녁 식사에 모시게 되어 기뻐요. 오빠를 보고 있으면 아름답게 핀 장미꽃이 생각나요. 안 그러니?"

그녀는 동의를 구하려는 듯이 베이커 양을 쳐다보았다.

'아름다운 장미꽃이?'

그것은 거짓말이었다. 나는 어디 한 군데도 장미와는 조금도 닮은 데가 없었다. 데이지는 그저 생각나는 대로 말한 것이었지만, 그녀에게서는 사람을 충동시키는 마력이 넘쳐흐르고 있었다. 마치 그녀의 심장이 그 숨막히고 떨리는 낱말 하나하나에 숨겨진 채 무방비 상태로 상대를 향해 밖으로 튀어나오려고 애쓰고 있는 것 같았다. 그런데 그녀가 갑자기 냅킨을 식탁 위에 던지고는, 실례하겠다고 짧게 말한 뒤 안으로 들어가버렸다.

베이커 양과 나는 아무 뜻 없이 무의식적으로 잠시 눈길을 주고받았다. 내가 막 입을 열려고 하는 순간, 그녀가 재빠르게 자세를 고쳐 앉으며 경계하는 목소리로, "쉬!" 하고 말했다.

저쪽 방에서 흥분을 억제하고 숨을 죽여가며 수군거리는 소리가 들려오자, 베이커 양은 예의도 잊은 듯 엿들으려고 몸을 안쪽으로 굽혔다. 수군거리는 소리는 끊어질 듯 떨리며 낮아졌다가 흥분되어 커지더니 마침내 완전히 그쳐버렸다.

"조금 전에 말한 그 개츠비라는 사람은 바로 내 이웃이에요. 옆집에 살지요."

나는 말을 꺼냈다.

"가만 계세요. 무슨 일이 생겼는지 알고 싶으니까요."

"무슨 일이 생겼나요?"

나는 영문을 모른 채 물었다.

"설마 당신이 모르신다는 말이에요?"

베이커 양은 정말 놀랍다는 얼굴로 물었다.

"저는 모두 다 알고 계신 줄 알았는데요."

"난 모릅니다."

"그래요……."

그녀는 망설이며 말했다.

"톰은 뉴욕에 사귀는 여자가 있어요."

"여자가 있다고요?"

나는 멍하니 그녀의 말을 되풀이했다.

베이커 양은 조용히 고개를 끄덕였다.

"저녁 식사 시간에는 전화를 삼가는 조심성 정도는 있어야 할 텐데……. 그렇지 않아요?"

무슨 뜻인지 제대로 이해하기도 전에, 옷자락이 펄럭이는 소리와 터벅거리는 부츠 소리가 들리더니 톰과 데이지가 되돌아왔다.

"미안해요!"

데이지가 아주 환한 목소리로 말했다. 그녀는 자리에 앉아 베이커 양과 내 눈치를 살피고 나서 말을 이었다.

"잠깐 바깥을 둘러보았어요. 나가보니 아주 상쾌하더군요. 잔디밭에 새가 한 마리 앉아 있었는데, 큐나드 해운 회사나 화이트 스타 해운 회사의 배를 타고 건너온 나이팅게일 같았어요. 그 새가 지저귀며 날아갔는데……."

그녀의 목소리는 노래를 부르는 것 같았다.

"로맨틱하지요? 안 그래요, 톰?" 하며 그녀는 계속 말했다.

"굉장히 로맨틱한데."

톰은 이렇게 말하고 난 뒤 괴로운 표정으로 내게 말했다.

"저녁 식사 후에도 날이 어두워지지 않으면 저 아래 있는 마구간을 보여주고 싶은데."

그때 또다시 안에서 전화 벨이 요란하게 울렸다. 데이지가 톰을 향해 단호하게 고개를 흔들자 마구간 일—사실상 모든 일—은 없어져버렸다. 엉망이 된 그날 저녁 식사 시간에 대해 기억에 남는 일이라고는 아무 의미도 없이 촛불이 다시 켜졌던 것뿐이다. 나는 모두가 어떤 표정을 짓고 있는지 살펴보고 싶었으나, 왠지 모두의 시선과 마주치는 것을 피하게 되었다.

나로서는 톰이나 데이지가 무슨 생각을 하고 있는지 도무지 짐작할 길이 없었다. 베이커 양마저 그 전화 벨의 주인공이 누구인지 궁금해하고 있는 것 같았다. 어떤 사람에게는 일이 복잡하게 얽힌 것으로 보일는지도 모른다. 내 성미대로라면 당장 전화로 경찰을 불렀으면 싶었다.

말할 필요도 없이 마구간에 관한 얘기는 다시는 나오지 않았다. 톰과 베이커 양은 약간의 간격을 둔 황혼 속에서 실제로 손으로 만져볼 수 있는 시체 옆으로 밤샘이라도 하러 가듯이 서재 안으로 천천히 걸어 들어갔다. 나는 흥미를 느끼는 동시에 약간 귀가 들리지 않은 체하며 데이지의 뒤를 따라 연결된 길다란 베란다를 돌아 정면 현관으로 갔다.

데이지는 마치 자신의 사랑스러운 얼굴을 손으로 느끼기라도 하려는 듯이 두 손으로 얼굴을 감쌌다. 그녀의 두 눈을 벨벳 색의 어둠 속으로 천천히 움직였다. 그녀가 몹시 흥분한 것처럼 보여 나는 다소나마 그녀를 진정시켜 주고 싶었다. 그래서 그녀의 어린 딸에 대해 이것저것 물어보았다.

"닉 오빠, 우리는 서로를 잘 알지 못하고 있는 것 같아요."

그녀가 갑작스럽게 말했다.

"육촌 간이면서도 오빠는 제 결혼식에 오지 않았잖아요."

"그때는 내가 전쟁터에 있었지."

"아참, 그랬지요."

그녀는 잠시 머뭇거리다 말을 이었다.

"그건 그렇고, 저는 그동안 인생을 너무 무의미하게 살았어요. 그래서 무슨 일이든 아주 냉소적으로 대하는 나쁜 버릇이 생기고 말았지요."

확실히 데이지가 그렇게 된 데에는 그럴 만한 이유가 있어 보였다. 나는 다음 말을 기다렸지만, 데이지는 더 이상 아무 말도 하지 않았다. 잠시 후 나는 조심스럽게 그녀의 딸에 대한 얘기를 다시 화제에 올렸다.

"그 애는 말도 하고 혼자 먹기도 하고 무엇이든 다 하겠는걸."

"네, 그래요."

그녀는 나를 멍하니 쳐다보았다.

"닉 오빠, 그 아이를 낳았을 때 내가 무슨 말을 했는지 아세요?"

"글쎄."

"그 얘길 들으면 내가 세상사를 어떻게 느끼고 살았는지도 알 수 있을 거예요. 그러니까 아이를 낳고 채 한 시간도 되지 않아 톰이 행방을 감추었어요. 마취에서 깨어나면서 완전히 자포자기해 버린 저는 간호사에게 아들인지 딸인지 물었지요. 그러자 딸이라고 하더군요. '좋아.' 하고 전 말했어요. '여자 애라 다행이야. 그러나 좀 멍청해졌으면 좋겠어. 그게 이 세상에서 여자가 될 수 있는 최상의 것이니까. 예쁘고 귀여운 바보가 되는 것이.' 오빠도 알겠지만, 난 이 세상 모든 일이 끔찍하다고 생각해요."

그녀는 확신에 찬 목소리로 말을 계속했다.

"모든 사람이 다 그렇게 생각해요. 심지어 의식이 깨어 있는 사람들조차도. 그리고 난 알아요. 난 여러 곳을 돌아다니며 별의별 것을 다 보고, 많은 일들을 겪어봤으니까."

그녀의 눈은 톰의 눈과 닮은 도전적인 눈초리로 주위를 둘러보았다. 그러고는 소름 끼치게 자조적으로 웃어댔다.

"닳고 닳았지요. 정말 난 타락하고 말았다고요!"

갑자기 그녀의 목소리가 그치고 나의 관심과 생각을 강제로 끌고 가던 그 무엇인가가 멈춘 순간, 나는 그녀의 이야기가 처음부터 진실되지 못하다는 것을 깨달았다. 마치 이 저녁이 내게서 어떤 어울릴 감정을 자아내기 위한 술책인 것처럼 여겨져 불안하기도 했다. 나는 다음 말을 기다렸다. 그러나 역시 그녀는 그 사랑스러운 얼굴에 매우 능글맞은 웃음을 머금고 나를 바라볼 뿐이었다. 그것은 마치 그녀와 톰이 속한 비교적 유명한 비밀 조직에 가입한 그녀의 회원 자격을 내세우는 듯한 태도였다.

집 안에서는 진홍색 방이 등불로 눈부시게 빛나고 있었다. 톰과 베이커 양은 긴 의자의 양 끝에 앉아 있었는데, 베이커 양이 《새터데이 이브닝 포스트》지의 기사를 톰에게 읽어주고 있었다. 속삭이는 듯하면서도 단조로운 목소리는 누군가를 달래는 듯한 음성으로 들렸다. 램프의 불빛이 톰의 장화를 밝게 비추고, 가을 낙엽같이 노란 베이커 양의 머리도 희미하게 비추고 있었다. 그녀의 가냘픈 두 팔이 움직이며 잡지를 넘길 때마다 종이도 따라 번득였다.

우리가 들어서자 그녀는 손을 들어 잠깐 멈춰 있으라는 신호를 보냈다. "다음 호에 계속!" 하고 읽은 뒤, 그녀는 잡지를 테이블 위로 던지며 말했다. 그러고는 힘들게 일어섰다.

"10시군요."

그녀는 천장의 시계를 보고 중얼거렸다.

"이 착한 아가씨가 잠자리에 들 시간이에요."

"조던은 내일 웨스트체스터로 경기를 하러 간답니다."

데이지가 알려주었다.

"아, 당신이 바로 조던 베이커군요."

나는 그녀의 얼굴을 어디서 많이 본 듯했던 이유를 이제야 알게 되었다. 그 호감을 주는, 남을 경멸하는 듯한 표정은 애슈빌이나 호스트스프링스 또는 팜비치 같은 곳에서 운동하는 모습을 찍은 수많은 그라비어 사진 속에서 본 일이 있었던 것이다. 나는 그녀에 대한 몇 가지 비판조의 좋지 않은 얘기도 들은 적이 있지만, 무슨 내용이었는지는 잊어버린 지 오래다.

"안녕히 주무세요."

그녀는 다정스럽게 말했다.

"나 8시에 깨워줘, 응?"

"네가 일어난다면."

"일어나지. 안녕히 주무세요, 캐러웨이 씨. 그럼 또 뵙지요."

"물론 만나야지."

데이지가 당연하다는 투로 대답했다.

"실은 내가 닉 오빠의 결혼을 주선하려고 생각하고 있어요. 자주 들르세요, 오빠. 두 사람만의 자리가 되도록 기회를 마련할 테니까. 그러니까 별안간 두 사람을 리넨 옷장에 가두어서는 보트에 태워 바다로 띄워 보낸다거나, 뭐 그런 일들 있잖아요."

"안녕히 주무세요."

베이커 양이 계단을 올라가며 소리쳤다.

"전 한마디도 안 들었어요."

"아름다운 아가씨야."

톰이 잠시 후에 말했다.

"이런 식으로 전국을 쏘다니게 내버려두어서는 안 되는데……."

"누가 그렇게 해서 안 된다는 거지요?"

데이지가 차갑게 물었다.

"누구긴! 누구야, 가족들이지."

"가족이래야 나이 많은 숙모 한 분뿐이에요. 게다가 이제부터 닉 오빠가 돌봐줄 텐데요, 뭐. 그렇지 않아요, 오빠? 조던은 올 여름에 거의 여기서 주말을 보낼 거예요. 우리의 가정적인 분위기가 조던에게 아주 유익할 거예요."

데이지와 톰은 잠시 말없이 눈길을 주고받았다.

"그 아가씨는 뉴욕 출신인가?"

나는 재빨리 물었다.

"루빌 출신이에요. 우리는 순결한 처녀 시절을 거기서 함께 보냈어요. 우리의 아름답고 순결한……."

"당신 조금 전 베란다에서 닉에게 은밀한 이야기라도 했소?"

톰이 느닷없이 물었다.

"내가 그랬던가요?"

데이지가 나를 쳐다보며 물었다.

"기억하지 못하겠지만, 우리는 북유럽 민족에 관한 이야기를 했던 것 같아요. 맞아, 틀림없이 그랬어요. 어떻게 하다 보니 그 얘기가 나왔는데, 먼저 알아둘 것은……."

"데이지 말은 믿지 말게, 닉."

톰은 내게 충고했다. 나는 아무 말도 듣지 않았다고 가볍게 받아넘기고 잠시 후 집에 가려고 일어섰다. 그들은 문 앞까지 따라 나와서, 사각형으로 비치는 불빛 아래에 나란히 섰다. 내가 차의 시동을 걸고 있을 때 데이지가 다급한 목소리로 소리쳤다.

"기다려요! 뭘 좀 물어본다는 게 그만 잊고 말았어요. 아주 중요한 얘기예요. 오빠가 서부에서 약혼을 했다는 얘기가 있던데요."

"맞아, 그랬지."

톰이 데이지의 말을 거들었다.

"우리는 자네가 약혼했다고 들었어."

"그건 헛소문이야. 나 같은 가난뱅이가 어떻게……."

"하지만 우린 들었어요."

데이지는 끈질기게 되풀이했다.

그리고 다시 멋진 표현을 쓰며 이야기를 끄집어내는 바람에 나는 놀랄 수밖에 없었다.

"내가 그 소문을 세 사람한테 들었으니까 그게 사실인 게 틀림없어요."

물론 나는 그들이 무슨 말을 하는지 알고는 있었지만, 나는 약혼 비슷한 것조차 해본 적이 없다. 내가 동부로 오게 되었던 이유 가운데 하나가 바로 그 소문 때문이었다. 뜬소문 때문에 오랜 친구와 교제를 끊을 수는 없었다. 그러나 뜬소문에 휘말려 결혼을 할 생각 또한 없었다. 톰 부부의 관심은 모름지기 나를 감동시켰고, 그래서 그들이 굉장한 부자가 아닌 것처럼 보였다. 그럼에도 나는 차를 몰고 가면서 머리가 혼란스러워졌고 약간 불쾌해지는 것을 느꼈다.

내 생각에, 데이지가 할 수 있는 최선의 방법은 아이를 안고 그 집에서 뛰쳐나오는 것이었다. 그러나 데이지는 그렇게 할 생각이 전혀 없는 것이 분명했다.

톰에 대해 말한다면 '뉴욕에 사귀는 여자가 있다'는 사실은 그가 책을 읽다가 우울해졌다는 것보다 더 의미 없는 일이었다. 무언가가 그로 하여금 자신의 진부한 관념의 테두리를 갉아먹게 하고 있었는데, 그것은 마치 그의 건장한 육체적 이기성이 더 이상은 건방진 심성에 자양분을 줄 수 없다는 것을 보이는 것과 같았다.

웨스트에그의 내 집에 도착한 나는 차를 차고에 집어넣고 나서, 마당에 내팽개쳐진 제초기에 잠시 걸터앉았다. 바람이 불어오자 밤하늘에는 나무들이 서로 부딪치는 소리가 요란하게 울려 퍼졌다. 달빛 속에 움직이는 고양이 그림자가 어른거렸는데, 그걸 지켜보느라 고개를 돌렸다가 나는 내가 혼자가 아니었음을 알게 되었다.

50피트쯤 떨어진 곳에 있는 내 이웃의 저택 그늘에서, 어떤 사람이 손을 주머니에 찔러 넣은 채 은색 후추를 뿌려놓은 것 같은 별들을 쳐다보고 있었다. 어딘지 여유 있어 보이는 몸놀림과 잔디를 밟고 서 있는 다리의 확고한 자세가, 그 사람이 개츠비임을 짐작하게 했다. 그는 우리 고장의 하늘 중에서 자기 몫의 하늘을 찾아내기 위해 나온 사람처럼 보였다.

나는 그를 부르기로 마음먹었다. 베이커 양이 저녁 식사 때 그의 얘기를 한 것이 소개 역할을 해줄 것 같았다. 그렇지만 나는 그를 부르지 않았다. 왜냐하면 그가 혼자 있는 것을 만족해하는 듯이 느껴졌기 때문이다.

그는 어두운 바다를 향해 기묘한 자세로 두 팔을 뻗치고 있었다. 나는 그와 멀리 떨어져 있기는 했지만, 그가 몸을 떨고 있는 것을 확실히 알 수 있었다. 나는 자신도 모르게 바다 쪽을 힐끔 바라보았다. 하지만 어쩌면 부두의 끝일지도 모르는 곳에서 녹색 불빛 하나가 반짝이는 걸 보았을 뿐, 다른 것은 전혀 알아볼 수가 없었다. 그런데 내가 다시 개츠비 쪽으로 시선을 돌렸을 때, 그의 모습은 어느새 사라지고 없었다. 나는 불안스런 어둠 속에 또다시 홀로 남게 되었다.

제2장

웨스트에그에서 뉴욕으로 가는 중간쯤에서 자동차 도로는 철로 쪽으로 합해져 4분의 1마일쯤 뻗어 나가다가 어느 황량한 곳에 이르러 좁아지면서 끝난다. 그곳이 바로 재의 계곡이다. 재가 밀처럼 자라 산마루도 되고, 언덕도 되고, 괴이한 정원도 되는 해괴한 농장이다. 그곳에서 재는 집이나 굴뚝 그리고 피어 오르는 연기, 마침내는 어떤 대단한 노력을 거쳐 잿빛 인간으로까지 변하는 것이다. 그 인간들은 먼지투성이의 공기 속에서 무기력하게 움직이며 벌써 거의 다 쓰러져가고 있다.

가끔 뿌연 먼지를 일으키는 차 행렬이 끝없는 도로를 따라 들어와 소름 끼치는 소리를 내며 멈춰 서면, 곧 잿빛 사람들이 납빛 삽들을 가지고 떼지어 모여들어 먼지 구름을 더욱 크게 일으켜놓았다. 그

먼지 구름이 그들의 희미한 동작을 가려버려 우리 눈에는 보이지 않게 된다.

그러나 잿빛 땅과 그 위를 끊임없이 떠도는, 정력적으로 일어나는 먼지 구름 너머로 살며시 T. J. 에클버그 박사의 눈이 나타난다. 푸른빛을 띤 데다 위압감이 느껴질 정도로 큰 눈—망막의 높이가 1야드나 된다—은 얼굴에서가 아니라 있지도 않은 콧등에 걸려 있는 어마어마한 노란색 안경 너머로 이쪽을 보고 있다. 분명 어떤 뻔뻔한 안과 의사가 퀸즈 구에서 거창하게 병원을 차리려고 그곳에 설치해 놓았으나, 그 후 그 자신이 영원히 미지의 세계로 사라져버렸거나 아니면 그 선전 간판을 설치해 놓았다는 사실을 잊어버리고 이사를 한 것이리라. 어쨌든 페인트도 칠해지지 않은 그 눈은 세월이 흐르는 동안 햇빛과 비에 시달려 좀 흐려진 채 이 엄숙한 쓰레기 하치장을 아직도 의연하게 내려다보고 있다.

이 재의 계곡 한쪽에는 작고 더러운 개울이 흐르고 있는데, 화물선이 지나갈 수 있도록 다리가 올려질 때면, 정차한 기차 안의 승객들은 길게는 30분 동안이나 그 음울한 광경을 지켜보면서 기다려야 했다. 기차는 이런 일이 아니더라도 그곳에서 1분간은 정차해 있었다. 내가 톰 부캐넌의 정부(情婦)를 처음 만나게 된 것도 이때였다.

톰에게 정부가 있다는 사실은 그가 나타나는 곳이라면 어디서든 화제가 되었다. 그를 아는 사람들은 그가 정부를 데리고 대중 카페에 나타나, 여자 혼자 자리에 남겨두고 여기저기 주위를 돌아다니면서 아는 사람들과 잡담 나누는 모습을 좋은 시선으로 보아주지 않았다. 나는 그 여자를 한번 보고 싶었지만 일부러 만나고 싶은 생각은 없었다. 그러다 그녀를 만나게 되었다.

어느 날 오후, 나는 톰과 함께 뉴욕행 기차를 탔다. 기차가 잿더미 옆에 정차하자, 톰은 벌떡 일어나더니 내 팔꿈치를 잡고서 막무가내로 나를 차에서 내리게 했다.

"내려야겠어."

그는 고집을 부렸다.

"내 여자를 소개해 주고 싶거든."

그는 점심때 뭘 잘 먹은 모양이었다. 그런데 나를 대하는 모습은 거의 폭력에 가까웠다. 그는 마침 일요일 오후라 내게 별다른 일이 없을 거라고 멋대로 생각했던 것이다.

나는 그를 따라 하얗게 칠한 나지막한 철로변 담을 넘었고, 에클버그 박사의 끈질긴 시선을 받으며 기차를 타고 왔던 길을 100야드나 되돌아갔다. 눈에 보이는 건물이라고는 오직 그 황무지 가장자리에 서 있는 조그맣고 노란 벽돌 건물뿐이었는데, 그것은 이 황무지에 자리한 일종의 압축된 중심가라고 할 수 있는 것이었다. 그 건물에는 가게가 3개 있었는데, 하나는 임대로 내놓은 것이었고 또 하나는 야간 영업 레스토랑이었으며, 나머지 하나는 자동차 정비소였다—'각종 수리, 조지 B. 윌슨, 자동차 매매'라고 쓰여진 팻말이 산만하게 붙어 있었다—나는 톰을 따라 안으로 들어갔다.

안은 생각보다 초라하고 썰렁했다. 보이는 것이라곤 어두운 구석에 처박혀 있는, 먼지투성이의 고물 포드 승용차 한 대뿐이었다. 어쩌면 이 보잘것없는 자동차 정비소는 사람들 눈을 속이기 위한 겉치 레일 뿐이고, 사치스럽고 로맨틱한 아파트가 위층에 감추어져 있을 지도 모른다는 생각이 문득 들었다. 그때 정비소 주인이 헝겊 조각 에 손을 닦으며 사무실 문간에 나타났다. 금발의 그는 건강이 안 좋 은지 생기가 없어 보였으나, 윤곽만은 제법 뚜렷한 미남이었다. 우리 를 본 그의 연푸른 두 눈에 흐릿한 희망의 빛이 스쳐 지나갔다.

"안녕하십니까, 윌슨 씨?"

톰이 활기 찬 목소리로 그의 어깨를 두드리며 말했다.

"장사는 잘되나요?"

"그저 그래요."

윌슨이 힘없는 목소리로 대답했다.

"언제쯤 그 차를 팔 건가요?"

"다음 주에요. 지금 사람을 시켜서 차를 손질하고 있는 중이에요."

"일하는 속도가 좀 느린 모양이죠?"

"아니, 그렇지 않아요."

톰은 딱 잘라 말했다.

"그런데 당신이 그렇게 생각한다면 차라리 어디 다른 데다 파는 게 낫겠소."

"아니, 절대 그런 뜻으로 말한 게 아니에요."

윌슨이 재빨리 변명했다.

"내 말은 그저……."

그는 말끝을 흐리고 말았다.

톰이 초조하게 실내를 한 바퀴 둘러보았다. 그때 층계 쪽에서 발소리가 들리더니, 잠시 후 좀 뚱뚱해 보이는 여자가 사무실 문으로 새어 나오는 불빛을 막아버렸다. 30대 중반으로 보이는 그녀는 좀 뚱뚱하긴 했지만 관능적인 몸매를 지니고 있었다. 짙푸른 점 무늬의 크레프드신 드레스 위로 솟은 얼굴은, 아무리 뜯어봐도 평범할 뿐이었다. 그러나 온몸의 신경이 끊임없이 불에 그을리며 타고 있기라도 한 것처럼, 어디서나 눈에 띌 정도로 몸 전체에 생기가 넘쳐흘렀다.

그녀는 미소를 띠고 남편이 마치 유령이기라도 한 것처럼 그 옆을 바짝 지나쳐 열정적인 눈으로 톰을 쳐다보며 그와 악수했다. 그러고 나서 입술을 살짝 축이고는 뒤도 돌아보지 않은 채 남편에게 나직하지만 날카로운 목소리로 말했다.

"의자라도 가져와요. 그래야 손님이 앉으실 수 있잖아요."

"아, 그래야지."

윌슨은 황급히 대답하고 나서 벽의 시멘트 색깔과 섞여 사라지듯이 조그마한 사무실 쪽으로 갔다. 하얀 재 먼지가 주변의 모든 것을 덮어버린 것과 마찬가지로, 윌슨의 검은색 양복과 연한 빛의 머리카락도 먼지로 덮여 있었다. 그러나 톰 곁에 바짝 다가와 있는 윌슨의 아내만은 예외였다.

"만나고 싶소."

톰이 은근한 목소리로 말했다.

"다음 기차를 타도록 해요."

"알았소. 길 아래쪽에 있는 신문 판매점 옆에서 기다리겠소."

고개를 끄덕인 그녀가 의미심장한 웃음을 지으며 나가자마자 조지 윌슨이 의자 두 개를 가지고 나타났다.

우리는 길 아래쪽에서 남의 눈에 띄지 않게 그녀를 기다렸다. 그날은 미국 독립 기념일인 7월 4일을 며칠 앞둔 날이었는데, 회색 옷을 입은 바싹 마른 이탈리아계 어린아이가 철로 위에 딱총 알을 일렬로 늘어놓고 있었다.

"지독한 동네군. 그렇지 않나?"

톰이 얼굴을 찡그리면서 에클버그 박사의 얼굴을 보며 말했다.

"형편없는 곳인데."

"여기를 떠나는 게 저 여자한테 이로울 거야."

"남편이 반대하지 않나?"

"윌슨 말인가? 그는 아내가 뉴욕에 있는 처제를 만나러 가는 걸로 알고 있지. 너무 멍청해서 자기가 살아 있다는 것조차도 모르고 있는 사람이야."

이리하여 톰 부캐넌과 그의 정부, 그리고 나 이렇게 세 사람은 함께 뉴욕으로 갔다. 아니, 정확히 말하면 함께 갔다고는 할 수 없다. 왜냐하면 윌슨 부인은 다른 사람의 눈을 피해 우리와 다른 칸에 앉아 있었기 때문이다. 톰은 혹시 그 기차에 탔을지도 모를 이스트에 그 사람들의 구설수에 그만큼 신경을 썼던 것이다.

윌슨 부인은 다갈색 무늬의 모슬린 드레스로 갈아입었는데, 톰의 부축을 받아 뉴욕의 플랫폼에 내렸을 때 그 옷은 비교적 큰 그녀의 엉덩이에 꽉 끼여 불편해 보였다. 그녀는 신문 판매점에서 《타운 태틀》지 한 부와 영화 잡지 한 권을 사고, 역의 약국에서 콜드크림과 조그만 병에 든 향수를 샀다.

위층의 엄숙한 소리가 메아리치는 주차장으로 나오자, 그녀는 택시 네 대를 그냥 보낸 뒤 회색 의자 커버를 씌운 연자주색 새 차를 잡았다. 차에 오른 우리는 혼잡한 역을 빠져나가 이글거리는 햇볕 속으로 미끄러져 들어갔다. 창문으로 바깥을 내다보고 있던 그녀가 갑자기 몸을 휙 돌려 앞으로 굽히고는 차창을 두드리며 말했다.

"저런 강아지 한 마리 갖고 싶어요."

그녀는 진지하게 말했다.

"전부터 아파트에서 한 마리 기르고 싶었어요. 멋지잖아요, 강아지 한 마리 기르는 거요."

우리는 우습게도 차를 뒤로 몰게 해 존 D. 록펠러(1839~1937, 미국의 자본가)를 빼닮은 백발의 노인에게로 갔다. 노인의 목에 매달린 바구니 안에는 태어난 지 얼마 안 된 혈통 좋은 강아지 10여 마리가 웅크리고 있었다.

"무슨 종이지요?"

노인이 차창 앞으로 다가오자 윌슨 부인은 적극적으로 물었다.

"여러 종이 다 있지요. 어떤 걸 찾으시나요?"

"경찰견을 한 마리 갖고 싶어요. 그건 없는 것 같은데요."

노인은 고개를 갸우뚱하며 바구니 속을 들여다보고는 손을 집어넣어 한 마리의 뒷덜미를 잡아끌어 올렸다. 그 강아지는 두려운 듯 버둥거리고 있었다.

"그건 경찰견이 아니네요."

톰이 말했다.

"네, 이놈은 진짜 경찰견이 아니지요."

노인은 실망한 목소리로 말했다.

"이 털을 좀 보세요. 대단하지요. 잔병치레로 주인을 성가시게 할 개는 절대 아닙니다."

"아주 귀여운데요."

윌슨 부인이 사고 싶다는 투로 말했다.

"얼마지요?"

"이놈 말인가요?"

노인은 자랑스러운 듯이 그 개를 내려다보며 물었다."

"10달러만 줘요."

그 에어데일―분명 어딘지 에어데일을 닮은 데가 있긴 했지만 유난히도 발이 희었다―은 윌슨 부인에게 넘겨져 그녀의 무릎 위에 놓여졌다. 그녀는 강아지 털을 황홀한 기분으로 어루만졌다.

"수놈인가요, 암놈인가요?"

그녀는 자세히 물었다.

"그놈 말인가요? 수놈이지요."

"아니, 암놈이네요."

톰이 딱 잘라 말했다.

"자, 돈 받으세요. 이 돈이면 강아지 열 마리도 더 사겠다."

우리는 5번가 쪽으로 달렸다. 따뜻하고 온화한, 거의 목가적이라고 할 만한 여름의 일요일 오후였다. 하얀 양떼가 그 거리의 모퉁이를 돌아다닌다 하더라도 나는 놀라지 않았을 것이다.

"멈춰요."

내가 말했다.

"여기서 헤어져야겠어."

"여기서는 안 돼."

톰이 급하게 가로막았다.

"자네가 아파트까지 같이 가지 않으면 머틀이 기분 나빠할걸. 안 그렇소, 머틀?"

"그래요, 함께 가요."

그녀가 권했다.

"제 동생 캐서린에게 전화할게요. 주위 사람들은 그 애가 아주 예쁘다고 칭찬하지요."

"글쎄, 가고는 싶지만……."

우리가 이야기를 하고 있는 사이, 차는 다시 한 번 센트럴 파크를 가로질러 웨스트헌드리즈 가 쪽으로 가고 있었다. 택시는 158번가에서 멋진 아파트 단지로 들어가더니 한 동 앞에 멈춰 섰다.

윌슨 부인은 오랜만에 외출에서 돌아온 사람처럼 주위를 한 바퀴 둘러본 후, 강아지와 사 온 물건들을 들고 거만스럽게 안으로 들어갔다.

"머키 부부를 불러야겠어요."

엘리베이터 안에서 그녀가 말했다.

"그리고 동생도 오라고 해야겠죠."

그녀의 아파트는 꼭대기 층에 있었는데, 자그마한 거실과 식당, 침실, 욕실로 나누어져 있었다. 갖가지 무늬의 양탄자가 깔려 있는 거실에는, 방에 비해 너무 큰 가구들이 문 앞을 가로막고 있었다. 그래서 방 안을 거닐다 보면, 양탄자에 그려진 베르사유 궁전의 정원에서 그네를 타는 귀부인들 위를 넘어가는 것 같은 착각에 빠지게 했다. 유일하게 걸려 있는 커다랗게 확대시킨 사진은 선명하지는 않았는데, 바위에 앉아 있는 암탉을 찍은 것이었다. 그런데 조금 떨어져서 보면 그 암탉은 부인용 보닛처럼 보이기도 했다. 테이블 위에는 묵은 《타운 태틀》지 5, 6부와 『사이먼은 피터를 불렀다』라는 소설책, 그리고 브로드웨이에 관련된 유치한 스캔들 잡지 몇 권이 놓여 있었다.

윌슨 부인은 강아지에게 마음을 모두 빼앗기고 있었다. 엘리베이터 보이가 스트로 한 상자와 우유를 가지러 가서는, 시키지도 않았는데 크고 딱딱한 개 먹이용 비스킷 한 통—비스킷 한 개는 우유잔에 담겨져 오후 내내 풀어질 대로 풀어져 있었다—을 함께 가져왔다. 그동안 톰은 잠겨 있던 장식장 문을 열고 위스키 한 병을 꺼내왔다.

나는 지금까지 취한 적이 딱 두 번 있었는데, 그 두 번째가 바로 이날이었다. 오후 8시가 넘도록 따사로운 햇볕이 아파트 안을 가득 채우고 있었는데, 몸을 가누기 힘들 정도로 취했던 탓에 무슨 일이 벌어졌었는지 기억할 수가 없었다.

톰의 무릎에 걸터앉은 윌슨 부인은 전화로 사람들을 초대했다. 그때 마침 나는 담배가 떨어져서 길모퉁이에 있는 약국으로 담배를 사러 나갔다. 담배를 사 들고 돌아와 보니 안에는 아무도 없었다. 그래서 거실에 다소곳이 앉아 『사이먼은 피터를 불렀다』라는 책의 첫 장을 폈다. 책이 형편없는 것이었는지, 아니면 위스키가 정신을 흐려놓아서였는지 모르겠으나, 그 책의 내용을 전혀 파악할 수가 없었다.

톰과 머틀(한잔하고 난 뒤부터 윌슨 부인과 나는 서로 이름을 부르기로 했다.)이 잠시 후 나타났고, 이어서 손님들이 하나 둘 도착하기 시작했다.

머틀의 동생 캐서린은 가냘프고 고생을 많이 한 것 같아 보이는 30세 가량의 여자로, 붉은색 단발머리에 화장을 진하게 하고 있었다. 눈썹을 모두 뽑고 더욱 요염하게 그리려 했지만, 본래의 정돈된 선으로 돌아가려는 노력은 얼굴의 분위기를 깨뜨리는 결과가 되고 말았다. 그녀가 몸을 움직일 때마다 양팔에 가득 찬 사기 팔찌들이 밀그락거렸다. 그녀는 마치 이 아파트의 주인이라도 되는 것처럼 부리나케 들어와서는 가구에 이상이 없는지 일일이 둘러보기에, 나는 그녀가 이곳에 사는 것은 아닐까 하는 생각까지 했다. 그래서 내가 그것에 대해 묻자, 그녀는 호들갑스럽게 웃고 나서 내 물음을 큰 소리로 되풀이한 뒤 자기는 여자 친구와 호텔에서 산다고 말했다.

아래층에 산다는 머키는 얼굴이 창백하고 여성적인 사람이었다. 그는 면도를 하다가 왔는지 광대뼈에 하얀 비누 거품이 묻어 있었다. 방 안에 있는 사람들에게 일일이 정중하게 인사를 한 그는 내게 자신은 '예술업'에 종사하고 있다고 말했다. 나는 나중에야 그가 사진 작가이며, 벽에 붙어 있는 머틀 어머니의 희미한 확대 사진도 그의 작품이라는 것을 알게 되었다. 그의 아내는 호감 가는 가냘픈 외모에 목소리는 날카로웠으며 인상도 날카로워 보였다. 그녀는 남편이 결혼한 이후로 자기 사진을 127장이나 찍어주었다고 나에게 자랑스럽게 말했다.

머틀은 다시 옷을 갈아입었는데, 이번에는 크림색 모슬린 모닝 드레스였다. 그 드레스는 그녀가 방 안을 돌아다닐 때마다 바스락거리는 소리를 내며 그녀의 품위마저 달라 보이게 했다. 자동차 정비소에서 보여주었던 그녀의 온몸에 넘쳐흐르던 생기가 이제는 인상적인 거만스러움으로 바뀌어 있었다. 그리고 그녀의 존재가 커져감에 따라 그녀를 중심으로 한 방은 점점 더 작아졌다. 마침내 연기가 자욱한 방 안에서 그녀는 시끄럽게 삐걱거리는 소리를 내는 회전축 위에서 빙빙 돌고 있는 것처럼 보였다.

"애!"

그녀는 거만한 목소리로 동생에게 말했다.

"돈밖에 모르는 그런 사람들은 곧 너를 배신할 거야. 지난 주에 내가 어떤 여자를 이곳으로 불러서 발을 진찰받았어. 그런데 그 여자가 내민 청구서에는 맹장 수술을 한 만큼의 액수가 적혀 있지 않겠니."

"그 여자 이름이 뭐였지요?"

머키 부인이 끼어들었다.

"어버허트 부인이라고 했어요. 집집마다 직접 찾아다니면서 사람들 다리를 진찰해 준다고 하더군요."

"그 드레스, 정말 멋진데요."

머키 부인이 감탄했다.

"매력적이에요."

머틀은 경멸하듯 눈썹을 치켜뜸으로써 그 칭찬을 무시했다.

"이건 유행이 지난 옷이에요. 외모에 신경 쓸 필요가 없을 때 가끔씩 걸쳐 입어요."

"그래도 당신이 입으니까 잘 어울려요. 인사치레로 하는 말이 아니라고요."

머키 부인은 계속 물고 늘어졌다.

"그런 포즈를 체스터가 찍기만 한다면 아주 훌륭한 작품이 될 거예요."

모두가 말없이 머틀을 바라보았다. 그녀는 눈을 기렸던 머리카락을 쓸어 올리고는 환한 미소를 띠며 시선을 맞추었다.

머키는 고개를 갸우뚱거리면서 그녀를 유심히 바라보았다. 그러더니 한 손을 자기 얼굴 앞에서 서서히 앞뒤로 움직였다.

"조명을 바꿔야겠는데."

잠시 후에 그가 말했다.

"얼굴 윤곽을 분명하게 나타내고 싶으니까. 그리고 뒤의 머리카락도 모두 담도록 해야겠어."

"조명은 그냥 두는 편이 좋겠는데요."

머키 부인이 아는 척 나섰다.
"내 생각에는……."

그때 머키가 "쉬!" 하고 말을 가로막았다. 우리는 일제히 머틀을 바라보았다. 그때 톰 부캐넌이 큰 하품을 하면서 일어났다.

"머키 씨 내외도 좀 드시지요."

그가 말했다.

"머틀, 모두들 잠들어버리기 전에 얼음하고 생수를 더 가져와요."

"얼음은 그 보이한테 부탁해 두었어요."

머틀은 아랫사람들의 게으름에 진절머리가 난다는 듯 이맛살을 찌푸렸다.

"게으른 사람들! 도무지 재촉하지 않으면 일을 안 한다니까."

그녀는 나를 향해 알 수 없는 웃음을 지었다. 그러고는 강아지에게로 달려가 정신없이 입을 맞춘 뒤, 많은 요리사들이 자기의 지시를 기다리고 있기라도 한 듯 서둘러 부엌으로 들어갔다.

"롱아일랜드에서 근사한 사진을 몇 장 찍었답니다."

머키가 자랑스럽다는 듯이 말했으나 톰은 무표정하게 그를 쳐다보았다.

"그중에서 두 장은 액자에 넣어 아래층에 걸어두었지요."

"어떤 걸 말하는 거요?"

톰이 캐물었다.

"습작품에 불과하지요. 한 장은 '몬터크 갑(岬)—갈매기', 또 한 장은 '갑—바다'라고 제목을 붙였어요."

머틀의 동생 캐서린이 긴 의자의 내 곁에 앉았다.

"당신도 롱아일랜드에 사시나요?"

그녀가 물었다.

"네, 웨스트에그에 살아요."

"정말이세요? 한 달 전쯤에 파티가 있어서 거기에 갔었는데, 개츠비라는 분의 저택이었어요. 혹시 그분에 대해 들어보셨어요?"

"제가 바로 그 옆집에 살아요."

"그런데 그분이 빌헬름 황제의 조카나, 아니면 사촌이라는 소문이 있던데요. 그분의 돈 전부가 거기서 온다는 거예요."

"그게 사실이에요?"

그녀가 고개를 끄덕였다.

"전 그분이 왠지 기분 좋지 않아요. 그런 사람이 저에게 어떤 관심을 보이는 것은 질색이에요."

내 이웃에 관한 이 흥미로운 정보는, 머키 부인이 갑자기 캐서린을 가리키며 말을 꺼내는 바람에 끊어지고 말았다.

"체스터, 내 생각에는 이분 사진도 찍었으면 좋겠는데요."

그녀가 불쑥 말을 꺼냈으나, 머키는 귀찮다는 듯이 고개만 끄덕이고 톰에게 말을 걸었다.

"기회가 주어지면 롱아일랜드에서 일을 더 하고 싶어요. 내가 바라는 건, 그들이 내게 일할 기회를 주었으면 하는 것뿐이에요."

"머틀에게 부탁해 보시지요."

톰은 머틀이 쟁반을 들고 들어오자 갑자기 웃음을 터뜨렸다.

"이 사람이 소개장을 써줄 겁니다. 그렇지 않소, 머틀?"

"무슨 말을 하는 거예요?"

그녀는 어리둥절해하며 물었다.

"당신 남편에게 머키 씨를 소개하는 편지를 써주구려. 그러면 머키 씨가 그 사람을 모델로 해서 작품을 만들 수 있을 테니 말이오."

뭔가 좋은 문구를 생각해 내려는 듯 톰의 입술이 잠시 조용히 움직였다.

"'휘발유 펌프 옆에 선 조지 B. 윌슨'이라든지, 아니면 그것과 비슷한 식으로 말이오."

캐서린은 내게로 몸을 바싹 기울이고는 귓속말로 속삭였다.

"언니나 저분은 둘 다 자신의 배우자를 못마땅하게 생각해요."

"그래요?"

"서로에 대해 불만이 많은 거죠."

캐서린은 머틀을 보고 나서는 다시 톰을 바라보았다.

"제가 하고 싶은 말은, 서로 참을 수 없을 정도면 뭐 하러 계속 같이 사느냐는 거죠. 저 같으면 당장 이혼해 버리고 재혼하겠어요."

"머틀도 역시 윌슨 씨를 좋아하지 않나요?"

이 물음에 대한 대답은 뜻밖의 사람한테서 들을 수 있었다. 이 말을 엿들은 머틀이 대답해 주었는데, 그 목소리는 거칠고 음탕한 것이었다.

"그것 봐요."

캐서린이 의기양양하게 소리치고는 다시 목소리를 낮추어 말했다.

"두 사람을 떼어놓고 있는 사람은 톰의 부인이에요. 그녀는 가톨릭 신자인데, 가톨릭에서는 이혼을 인정하지 않거든요."

데이지는 가톨릭 신자가 아니라는 사실을 알고 있었으므로 나는 이 완전한 거짓말에 약간 충격을 받았다.

"두 사람이 재혼을 하게 되면, 그 일이 잊혀질 때까지 한동안 서부에 가서 살 거예요." 하고 캐서린이 말을 이었다.

"유럽으로 가는 편이 더 좋을 텐데요."

"어머나, 유럽을 좋아하세요?"

캐서린은 반갑다는 듯이 외쳤다.

"전 몬테카를로에서 돌아온 지 얼마 안 됐어요."

"그래요?"

"바로 지난해에 여자 친구와 그곳에 갔었지요."

"그곳에 오래 머물렀나요?"

"아니, 그저 다녀왔어요. 마르세유를 거쳐서 갔었지만요. 출발할 때 천2백 달러가 넘게 가져갔는데, 그곳 도박장에서 이틀 만에 몽땅 잃고 말았지요. 거짓말이 아니에요. 그래서 돌아올 때 얼마나 고생을 했던지……. 아직도 몬테카를로라면 소름이 끼쳐요."

늦은 오후의 하늘이 지중해의 푸른 바다 색으로 잠시 창문에 머물렀다. 그때 머키 부인의 날카로운 목소리가 들려 정신을 차렸다.

"하마터면 실수를 할 뻔했어요."

머키 부인이 의기양양하게 말했다.

"몇 년 동안이나 저를 쫓아다니던 애송이와 하마터면 결혼할 뻔했지요. 그 애송이가 저보다 형편없다는 걸 전 알고 있었어요. 주위에서도 모두 '루실, 그 사람은 너보다 훨씬 못한 남자야!' 하고 말했어요. 하지만 제가 체스터를 만나지 않았더라면, 틀림없이 그가 저를 차지했을 거예요."

"물론 그럴 수도 있겠지만……."

머틀 윌슨이 고개를 끄덕이며 말했다.

"적어도 당신은 그 사람과 결혼하지 않았잖아요."

"그래요."

"그런데 나는 그와 결혼을 했어요."

머틀은 애매하게 말했다.

"바로 그게 당신과 내 경우가 다른 점이지요."

"그런데 왜 결혼했어, 언니?"

캐서린이 따지고 들었다.

"그 누구도 언니에게 강요하지 않았는데."

머틀은 잠시 생각에 잠겼다.

"교양이 뭔지 조금은 알고 있다고 생각했지. 그런데 착각이었어."

"하지만 언니는 한동안 그 사람한테 빠져 있었잖아."

캐서린이 말했다.

"그 사람한테 빠졌었다고?"

머틀은 믿을 수 없다는 듯이 소리를 질렀다.

"내가 그 사람한테 빠졌었다고 누가 그래? 난 누구한테도 미칠 정도로 사랑에 빠진 적이 없어."

그러면서 느닷없이 나를 가리키며 말했다. 그러자 모두들 나를 힐책하는 눈초리로 바라보았다. 나는 그녀의 관심 따위는 기대도 하지 않는다는 것을 얼굴에 나타내려고 애썼다.

"내가 단 한 번 미친 듯이 그에게 반했던 것은 결혼식 때였어. 그러나 곧 내가 실수한 것을 깨닫게 됐지. 그는 결혼식 때 다른 사람의 양복을 빌려 입었으면서도, 나한테 그런 얘기는 한마디도 하지 않았어. 그런데 하루는 그가 외출했을 때 그 옷 임자가 빌려준 옷을 찾으러 왔어. '어머, 그게 정말 댁의 양복이에요? 양복에 대해선 아무 말도 없었거든요.' 하고 난 말했지. 그 옷을 임자에게 돌려주고는 오후 내내 침대에서 한없이 울었어."

"언니는 그 사람과 빨리 헤어져야 돼."

캐서린은 다시 내게 말하기 시작했다.

"두 사람은 그 자동차 정비소 2층에서 11년 동안이나 함께 살았어요. 그리고 톰은 언니의 첫사랑이고요."

술을 전혀 안 했으나 거나해진 듯한 캐서린을 제외한 나머지 사람들은 이때 위스키 병—두 번째 병—을 계속 찾고 있었다. 톰은 벨을 눌러 보이를 불러서 유명한 가게로 샌드위치를 사러 보냈는데, 그것으로 저녁 식사가 해결되었다.

나는 밖으로 나가 부드러운 황혼 속의 공원을 향해 동쪽으로 걷고 싶었다. 그러나 나오려고 할 때마다 요란하고도 귀에 거슬리는 말다툼에 휘말려, 마치 밧줄에 매여 끌리듯 다시 제자리로 되돌아오게 되었다. 그때 그 도시의 공중 높이 줄지어 있는 노란색 창문들은, 어두워져 가는 길거리에서 우연히 위를 올려다보는 어떤 사람에게 창문이 떠맡은 인간의 비밀을 알려주고 있었을 것이다. 난 이상하다는 듯이 올려다보고 있는 그 사람을 보았다. 나는 인생의 무한한 다양성에 이끌림과 동시에 반발도 하면서 창문 안팎으로 방황을 했다.

머틀은 자기 의자를 내 의자 가까이로 끌어당기더니, 따뜻한 입김을 내뿜으며 갑자기 톰을 처음 만났을 때 이야기를 하기 시작했다.

"우리가 처음 만난 것은 언제나 맨 마지막까지 빈자리로 남아 있던, 마주 보고 있는 두 개의 작은 의자에서였어요. 전 뉴욕에 와서 동생을 만나고 그날 밤은 여기서 묵을 생각이었지요. 그이는 야회복에 에나멜 구두를 신고 있었는데, 전 그에게서 눈을 뗄 수가 없었어요. 그렇지만 그이가 저를 바라볼 때마다, 그의 머리 위쪽에 있는 광고를 보는 척했어요. 우리가 뉴욕 역에 도착했을 때, 그이는 바로 제 곁에 서 있었는데, 그의 흰 셔츠의 가슴 부분이 제 팔을 눌렀어요. 그래서 전 그이에게 경찰을 부르겠다고 말했지요. 그러나 그이는 제가 절대 그런 행동을 하지 않을 것을 알고 있었어요. 전 너무 흥분했던 탓에 그이와 함께 택시를 탔을 때도 거의 알아채지 못했어요. 그때 제 머리 속에서는 '어차피 영원히 살 것도 아닌데……'라는 생각만 되풀이될 뿐이었어요."

그녀가 머키 부인을 돌아다보자 방 안은 온통 머키 부인의 부자연스러운 웃음소리로 가득 찼다.

머틀은 흥분한 목소리로 외쳤다.

"오늘 이 드레스를 벗는 대로 당신한테 줄게요. 내일 다른 것을 사면 되니까. 난 새로 장만해야 할 것들의 목록을 만들려고 해요. 마사지 크림하고 개 목걸이, 용수철 장치가 된 작고 예쁜 재떨이, 그리고 어머니 무덤 앞에 놓아둘, 여름 내내 시들지 않는 비단 나비 띠가 달린 꽃다발, 이렇게요. 목록을 만들어서 사야 할 물건들을 잊어버리지 않도록 해야겠어요."

9시였다. 그리고 얼마 되지 않아 다시 내 손목시계를 보니 10시를 가리키고 있었다. 머키는 꽉 쥔 두 주먹을 무릎 위에 얹은 채 사진 속의 모델처럼 의자에서 잠들어 있었다. 나는 손수건을 꺼내 오후 내내 나의 마음을 거슬리게 했던, 그의 광대뼈 위에 말라붙은 비누 거품을 닦아주었다. 강아지는 테이블 위에 앉아서 자욱한 연기 때문에 잘 보이지 않는지 사방을 두리번거리며 이따금씩 나직하게 낑낑거리고 있었다. 사람들은 사라졌다가는 다시 나타나 어디론가 갈 계획을 세우고는, 서로 행방을 모르게 되어 같이 찾아다니다가 몇 발짝 안 가서 서로 찾아내곤 했다 자정이 가까워지자 톰 부캐넌과 머틀은 마주 보고 서서 열띤 목소리로, 머틀이 데이지의 이름을 입에 올릴 자격이 있느냐 하는 것을 놓고 말다툼을 하고 있었다.

"데이지! 데이지! 데이지!"

머틀이 악을 썼다.

"내가 부르고 싶을 때면 언제든지 부를 거예요! 데이지! 데이지!"

톰 부캐넌은 빠르고 익숙하게 그 큰 손으로 그녀의 코를 후려쳤다. 이어서 욕실 바닥에 피투성이가 된 타월들이 쌓이고 여자들의 아우성이 들렸으며, 그 소리보다 한층 높게 고통을 호소하며 울부짖는 소리가 들렸다. 그 바람에 머키가 잠에서 깨어나 멍한 상태로 문을 향해 걸어갔다. 반쯤 가서야 그는 비로소 몸을 돌려 눈앞의 광경을 둘러보았다. 그의 아내와 캐서린은 응급 약품을 들고 비틀거리면서 꽉 들어찬 가구들 사이를 왔다갔다하며 가해자를 비난하고 피해자를 위로하고 있었다. 절망에 빠진 머틀은 긴 의자 위에 앉아 피를 줄줄 흘리면서 《타운 태틀》지 1부를 양탄자에 그려진 베르사유 궁전의 경치 위에 펼쳐놓으려고 애쓰고 있었다. 그때 머키가 몸을 돌려 문 밖으로 걸어 나갔다. 나는 샹들리에에 걸어두었던 모자를 집어들고 그의 뒤를 따라갔다.

"언제 한 번 점심이나 함께 하러 오세요."

엘리베이터 안에서 머키가 말했다.

"어디서요?"

"아무 데서나요."

"레버에 손대지 마십시오."

엘리베이터 보이가 불쾌한 듯 말했다.

"미안해요."

머키가 점잖게 말했다.

"거기에 손이 닿은 줄 몰랐군."

"좋습니다."

나는 동의했다.

"기꺼이 가지요."

……나는 그의 침대 곁에 서 있었고, 그는 속옷 바람으로 두 손에

커다란 서류철을 든 채 홑이불 속에 들어가 앉아 있었다.
"미녀와 야수……, 외로움……, 식료품 가게의 늙은 말……, 브루클린 교……."
이윽고 나는 펜실베이니아 역의 싸늘한 아래층 플랫폼에 쪼그리고 앉아 《트리뷴》지 조간을 들여다보며 4시에 떠날 기차를 기다리고 있었다.

제3장

 여름 밤, 개츠비의 집에서는 날마다 흥겨운 음악 소리가 났다. 푸른 정원에서는 남녀들의 속삭임이 샴페인과 별들 사이를 바쁘게 오가곤 했다. 오후 밀물 때 나는 손님들이 그의 뗏목 꼭대기에서 다이빙을 하거나, 그의 이름으로 되어 있는 해변의 뜨거운 모래 위에서 일광욕하는 것을 바라보았다. 그의 두 척의 모터보트는 바다 위에 떠 물살을 가르며 하얀 물거품 위로 수상 스키를 끌고 달렸다.
 주말이면 그의 롤스로이스 승용차가 아침 9시부터 한밤중까지 시내를 왔다갔다하며 손님들을 실어 날랐다. 스테이션 왜건은 마치 활기 찬 투구벌레처럼 지칠 줄 모르고 모든 기차를 마중 나갔다. 그리고 월요일에는 임시로 고용된 정원사까지 합쳐 모두 8명의 고용인이 자루 달린 걸레, 마루 닦는 솔, 망치, 정원용 가위 등을 들고 간밤에 손상된 부분을 손질하느라 하루 종일 힘들게 돌아다녔다.

매주 금요일에는 뉴욕의 청과물점으로부터 다섯 상자의 오렌지와 레몬이 도착했고, 월요일이면 이것들은 알맹이 없는 껍질이 되어 피라미드 모양으로 쌓인 채 저택 뒷문으로 사라졌다.

부엌에는 한 하인이 엄지손가락으로 조그만 단추를 누르기만 하면 30분 만에 2백여 개의 오렌지 주스를 짜낼 수 있는 기계가 한 대 설치되어 있었다. 그런가 하면 적어도 2주일에 한 번씩은 음식점에서 출장 나온 사람들이 수백 피트나 되는 천막용 천과, 어마어마한 정원에 크리스마스 트리를 만드는 데 쓸 다양한 색 전구를 가지고 왔다.

뷔페 식탁에는 번쩍거리는 오르되브르와 향료를 넣어 구은 햄, 오색으로 만든 샐러드, 밀가루를 씌워 누렇게 구운 통돼지와 칠면조가 가득 놓여졌다. 메인 홀에는 진짜 놋쇠 난간의 바가 마련되어 있었고, 갖가지 독한 진과 위스키가 진열되어 있었다. 고디얼들은 너무 오랫동안 금주법으로 잊혀졌기 때문에 대부분의 여자 손님들은 나이가 어려 그 종류를 구별해 내지 못했다.

7시에는 오케스트라가 도착했는데, 빈약한 5인조가 아니라 짝수 이상의 오보에, 트럼펫, 색소폰, 현악기, 코넷, 피콜로 그리고 저음과 고음의 드럼으로 구성된 웅장한 규모였다.

늦게까지 수영을 하던 사람들도 이제는 바닷가에서 돌아와 2층에서 옷을 갈아입고 있었다. 저택 안의 주차장에는 뉴욕에서 온 차들이 다섯 줄로 질서 정연하게 주차해 있었다. 여러 개의 홀과 살롱 그리고 베란다는 원색의 옷을 입은 사람들과 최신 유행 머리를 한 사람들, 그리고 카스틸의 꿈도 무색할 정도로 호화로운 숄을 두른 사람들로 북적댔다.

바에서는 여러 차례 반복되는 칵테일 쟁반의 서비스가 정원 바깥까지 이어지고 있었다. 이제 이야기 소리와 웃음소리로 분위기가 무르익고 부담 없이 즐길 수 있는 풍자와 간단한 인사 소개가 이어졌으며, 서로 이름도 모르는 여자들끼리의 열띤 이야기가 시작되었다.

밤이 깊어감에 따라 불빛은 더욱 밝아졌다. 이제 오케스트라는 대중적인 혼합 곡을 연주하고, 오페라 같은 사람들의 이야기 소리는 한 옥타브 더 높아졌다. 웃음소리는 시간이 갈수록 커졌으며 더욱 자주 들려왔다. 모인 사람들이 빠른 속도로 바뀌었으며, 새로 온 사람들로 모임이 흩어졌다가는 곧 다시 모이곤 했다. 벌써 휘청거리는 사람들이 있는가 하면, 건장하고 술이 센 사람들 사이를 이리저리 빠져나가는 자신 있는 여자들은 가장 흥겨운 순간을 위해 한 그룹의 중심이 되어서는 승리감에 도취되어 계속 변하고 있는 등불 아래서 물결처럼 끊임없이 변하는 얼굴들, 목소리들, 빛깔들 속을 미끄러지듯 누비고 다녔다.

갑자기 이러한 집시 같은 여자들 가운데 한 명이 흔들리는 오팔빛의 칵테일 잔을 하늘 높이 쳐들었다가 용기를 내려고 꿀꺽 들이마시고는, 양손을 마치 희극 배우 푸리스코처럼 움직이면서 천막용 천을 깔아놓은 단을 향해 혼자 춤추듯 걸어 올라갔다. 그러자 홀 안이 한순간 조용해졌다. 오케스트라 지휘자가 친절하게도 그녀의 춤추는 듯한 걸음걸이에 맞는 곡으로 바꾸어 연주하자, 그녀가 폴리즈 극단 출신이며 길서 그레이의 대역이라는 엉뚱한 말이 나돌고 홀 안은 다시 소란스러워졌다. 비로소 파티가 시작된 것이다.

내가 개츠비의 저택에 처음으로 간 날 밤, 나는 초대된 몇몇 손님 중 하나라고 생각했다. 그런데 상당수의 사람들은 초대를 받은 것이 아니었다. 그들은 그냥 그곳에 왔던 것이다. 롱아일랜드로 오는 자동차를 타고 가다 보니 개츠비의 저택 앞에서 차가 멈춰 섰던 것이다. 일단 그곳에서 그들은 개츠비를 아는 사람으로부터 서로 소개되고, 그 다음부터는 유원지에서 지키면 되는 정도의 규칙에 따라 스스로 행동했다. 그들 중에는 개츠비를 만나보지도 않은 채 돌아가는 사람도 있었으며, 단지 파티가 좋아서 오는 솔직한 마음이 초대장의 역할을 할 뿐이었다.

나는 실제로 초대를 받았다. 로빈 알 같은 파란 제복을 입은 운전사가 토요일 아침 일찍 개츠비가 보낸, 놀라운 정도로 격식을 차린 초대장을 가지고 우리 잔디밭을 건너왔다. 거기에는 그날 밤의 조촐한 파티에 내가 참석해 주면 자기에게는 다시없는 영광이 될 것이라고 씌어 있었다. 또 나를 몇 번 본 적이 있고, 오래 전부터 찾아가려 했으나 그때마다 사정이 생겨 기회를 놓쳐버렸다고 적고 있었다. 끝에는 위엄 있는 필적으로 제이 개츠비라고 서명되어 있었다.

7시가 조금 지나서 나는 흰색 플란넬 옷으로 차려입고, 그의 저택 잔디밭으로 건너가 낯선 사람들 틈에 끼여 다소 어색한 모습으로 서성거렸다. 실은 통근 기차에서 본 적이 있는 얼굴들도 많았다.

나는 파티장에서 영국계 청년 여러 명이 눈에 띈 것이 놀라웠다. 그들은 한결같이 옷을 잘 차려입고 약간 배고픈 모습으로, 무게 있고 돈 있어 보이는 미국인들과 나지막하지만 열띤 목소리로 이야기를 나누고 있었다. 나는 그들이 채권이나 보험 증권 아니면 자동차 같은 것을 팔고 있는 중이라고 확신했다. 적어도 그들 영국인들은 손쉽게 벌어들일 수 있는 돈이 근처에 있다는 것을 분명하게 인식하고 있으며, 적절한 음조로 몇 마디만 하면 그 돈이 자기들 것이 될 것이라고 확신하고 있는 것 같았다.

나는 그 저택에 도착하자마자 개츠비를 만나보려 했다. 그러나 그가 있는 곳을 묻는 나를, 두서너 명은 아주 놀란 얼굴로 빤히 쳐다보면서 모른다고 고개를 흔들었다. 그 바람에 나는 칵테일 테이블 쪽으로 슬금슬금 다가갔다. 그곳은 목적도 없고 혼자라는 기색을 보이지 않고 남자 혼자 서성거릴 수 있는, 정원 속의 유일한 장소였기 때문이다.

도무지 어색한 분위기를 참을 수 없어 나는 술에라도 취해 떠들어대려고 했는데, 그때 조던 베이커가 집 안에서 나와 대리석 계단 꼭대기에 서서는 몸을 약간 뒤로 젖힌 채 경멸에 찬 눈빛으로 정원을 내려다보고 있었다. 지나가는 사람들에게 아는 척이라도 하기 위해서 우선 나는 상대방이 좋아하든 말든 사람들과 어울릴 필요가 있다고 생각했다.

"안녕하세요!"

나는 그녀 쪽으로 걸어가면서 소리를 질렀다. 내 목소리가 부자연스러울 정도로 크게 정원 밖으로 퍼져 나가는 것 같았다.

"여기에 계실지도 모른다고 생각했어요."

그녀는 내가 다가가자 별로 관심이 없다는 투로 대꾸했다.

"바로 옆집에 살고 계시다는 것이 생각났거든요."

그녀는 조금 있다가 챙겨주겠다는 약속처럼 별다른 감정 없이 내 손을 잡고는 노란 드레스를 입고 계단 밑에 와서 멈추어 선 두 아가씨의 말에 귀를 기울였다.

"안녕하세요!"

그들은 함께 소리쳤다.

"이기지 못하셔서 유감이에요."

그것은 골프 경기에 관한 인사였다. 그녀는 지난 주 결승전에서 지고 말았던 것이다.

"우리가 누군지 모르시죠?"

한 아가씨가 말했다.

"하지만 우리는 한 달 전쯤에 여기서 당신을 뵈었어요."

"그 후 머리를 염색하셨죠?"

조던이 말했다.

이때 나는 걷기 시작했다. 아가씨들은 이미 나보다 먼저 별 생각 없이 앞으로 걸어가버려 조던의 말은 허공을 향해 중얼거리는 넋두리가 되고 말았다. 조던은 가냘프고 금빛이 도는 팔로 내 팔을 잡았다. 우리는 자연스럽게 팔짱을 낀 채 계단을 내려와 정원 구석구석을 돌아다녔다. 칵테일 쟁반이 우리에게로 전달되었고, 우리는 노란

드레스를 입은 그 두 아가씨와 또 다른 세 남자와 함께 같은 테이블에 자리를 잡고 앉았다. 그 남자들은 멈블(아무렇게나 이름을 대는 자) 씨라고 소개되었다.

"이 저택의 파티에 자주 오시나요?"

조던이 옆에 앉은 아가씨에게 물었다.

"얼마 전 당신을 만났을 때가 최근에 참석한 파티예요."

그 아가씨는 빠르면서도 자신에 찬 말투로 대답했다. 그리고 자기 친구를 돌아다보며 물었다.

"루실, 너도 그렇지?"

루실도 역시 그렇다고 했다.

"저는 이런 파티를 너무 좋아해요."

루실이 말했다.

"저는 아주 자연스럽게 생활해요. 그래서 언제나 즐겁지요. 지난번 파티에서는 제 가운이 의자에 걸려 찢어졌었어요. 그러자 그분이 제 이름과 주소를 물었어요. 그로부터 일주일도 못 돼서 전 크로이리어 양장점으로부터 이브닝드레스를 소포를 받았어요."

"그 옷을 갖고 있나요?"

조던이 물었다.

"그럼요. 갖고 있고 말고요. 오늘 밤에 입고 올 생각이었는데, 가슴둘레가 너무 커서 수선을 부탁했어요. 라벤더 빛 구슬이 달린, 파란 가스 빛 드레스인데 265달러나 한다나 봐요."

"그런 식으로 지나치게 호의를 베푸는 사람은 어딘지 이상한 데가 있어요."

다른 아가씨가 진지하게 말했다.

"그분은 말썽이 나는 것을 원치 않지요."

"누가 원치 않는다는 것이지요?"

내가 물었다.

"개츠비 씨지 누구겠어요"

두 아가씨와 조던은 친근한 듯 서로 몸을 기댔다.

"누가 그러던데 말이에요, 사람들은 그분이 전에 사람을 죽인 적이 있다고 생각하고 있대요."

손간 모두가 몸서리를 쳤다. 세 명의 멈블 씨는 몸을 앞으로 굽히고 좀더 자세히 듣기 위해 열심히 귀를 기울였다.

"그런 정도는 아니라고 생각하는데요."

루실이 의심스럽다는 듯이 말했다.

"그보다는 전쟁 중에 독일의 스파이였을 가능성이 더 많아."

세 남자 가운데 한 명이 고개를 끄덕였다.

"나도 그 사람에 대한 얘기를 많이 들었는데, 그와 독일에서 함께 자란 사람한테 들었어요." 하고 한 남자가 자신 있게 말했다.

"어머, 그건 잘못 전해진 얘기예요."

처음 말했던 아가씨가 말했다.

"그럴 리가 없어요. 왜냐하면 그분은 전쟁 중에 계속 미국에 있었거든요."

우리가 자기 말을 믿는 눈치를 보이자, 그녀는 몸을 앞으로 굽히며 한층 강한 어조로 말을 이었다.

"아무도 자신을 보고 있지 않다고 생각할 때의 그분을 한번 쳐다보세요. 사람을 죽인 것이 틀림없어요."

그 아가씨는 눈살을 찌푸리며 몸서리를 쳤다. 루실도 몸서리를 쳤다. 우리는 누가 먼저랄 것도 없이 모두 몸을 돌려 주위를 둘러보며 개츠비를 찾았다. 이 세상에서 별로 화제의 대상이 될 필요를 느끼지 않는 사람들로부터 이러한 쑥덕공론이 나온다는 것은 결국 개츠비 자신이 남들에게 그런 낭만적인 억측을 하도록 충동질했다는 증거이다.

첫 번째 저녁 식사—자정이 지나서 또 한 번 있을 예정이었다—가 막 차려지고 있을 때, 조던이 자기 일행과 함께 식사를 하자고 했다. 그들은 정원 한쪽 구석에 있는 테이블에 둘러앉아 있었다. 세 쌍의 부부와 혈기 왕성한 보디가드 격인 대학생은 조만간 그녀가 자기에게 굴복해 어느 정도 자신에게 몸을 내맡기게 될 것이라는 생각을 하고 있는 듯했다. 일행은 이리저리 돌아다니는 대신 한결같이 위엄 있는 자세를 취하면서 고상한 척 거만을 떨었다. 이스트에그가 웨스트에그에 스스로를 낮추기는 하나 분광기를 통해 보는 것 같은 웨스트에그의 활기 찬 흥겨움을 조심스럽게 경계하고 있었다.

"우리 밖으로 나가요."

따분하고 어색한 시간이 30분쯤 지났을 때, 조던이 내게 귓속말로 말했다.

"이곳은 나로 하여금 너무 점잔을 빼게 해요."

우리는 자리에서 일어났다. 조던은, 우리는 집주인을 찾으러 간다는 설명을 했다. 그리고 그녀는 내게 주인을 만난 적이 없기 때문에 불안해하는 것 같다고 덧붙여 말했다. 그 대학생은 냉소적이며 침울한 표정으로 고개를 끄덕였으나 여전히 못마땅한 표정을 하고 있었다. 우리는 먼저 바를 둘러보았는데, 그곳은 사람들로 붐볐지만 개츠비는 없었다. 그녀는 계단 꼭대기에서도 그를 찾아내지 못했다. 베란다에도 그는 없었다. 그러다 우리는 우연히 묵직해 보이는 문을 열고 천장이 높은 고딕 서재로 들어갔다. 그 방의 벽은 조각이 된 영국산 참나무 널빤지로 되어 있었는데, 그것들은 해외의 어느 폐허에서 그대로 옮겨다 놓은 것 같았다.

올빼미 눈 같은 커다란 안경을 쓴 건장한 중년 남자가 술에 약간 취한 듯 커다란 테이블 모서리에 걸터앉아 서가들을 불안한 눈초리로 응시하고 있었다. 우리가 안으로 들어가자, 그는 당황한 듯 몸을 홱 돌리더니 조던을 아래위로 훑어보았다.

"당신들은 이곳을 어떻게 생각하시오?"

그가 성급하게 물었다.

"뭘 말인가요?"

그는 서가를 향해 손을 흔들며 말했다.

"저것에 대해서 말이오. 당신이 일부러 확인하려고 신경 쓸 필요는 없어요. 내가 확인했으니까. 저것들은 진짜요."

"저기 있는 책들 말인가요?"

그는 고개를 끄덕였다.

"완벽한 진짜요. 페이지뿐만 아니라 뭐든지 다 있소. 나는 지금까지 저것들이 그저 보기 좋은 장식용일 거라고 생각했어요. 그런데 실은 저것들은 완벽한 진짜라오. 페이지하며 그리고……. 자! 내가 보여드리지요."

우리가 의아해하는 것을 당연하다고 생각했는지, 그는 서가로 달려가더니 『스토더드 강의록』 제1권을 들고 돌아왔다.

"보세요!"

그는 한층 신이 나서 소리쳤다.

"이건 진짜 인쇄물입니다. 이게 날 우롱했어요. 이것은 진짜 빌래스코예요. 이건 하나의 승리입니다. 완벽하기 이를 데 없지요. 기막힌 리얼리즘이에요. 언제 멈춰야 하는지도 다 알고 있지요. 책장도 자르지 않았어요. 그런데 당신은 여기에 무슨 일로 왔죠? 뭘 기대하고 있지요?"

그는 내 손에서 책을 홱 낚아채, 한 권이라도 빠지면 서재 전체가 무너져버리기 쉽다고 중얼거리면서 그것을 제자리에다 급히 갖다 꽂았다.

"그런데 누가 당신을 데리고 왔소?"

그는 다그쳐 물었다.

"아니면 당신 스스로 온 것이오? 난 이곳에 이끌려 왔다오. 대부분의 사람이 나처럼 이끌려 오지요."

조던은 대답하지 않고 즐거운 표정으로 알 수 없는 신사를 쳐다보았다.

"난 루즈벨트라는 여자에게 이끌려 왔답니다."

그는 주위에 아랑곳하지 않고 말을 계속했다.

"클로드 루즈벨트 부인 말입니다. 그녀를 아나요? 난 어젯밤에 어디선가 그녀를 만났지요. 난 일주일 전쯤부터 술에 취해 있답니다. 서재에 앉아 있으면 혹시 정신이 들지 않을까 해서 이렇게……."

"그래, 이제 좀 정신이 드세요?"

"약간 나아진 것 같아요. 하지만 아직은 뭐라고 말할 수 없소. 이곳에 온 지 한 시간밖에 안 됐거든. 내가 책에 관해 말했었소? 그 책들은 진짜라오. 저것들은……."

"말씀하셨어요."

우리는 그와 정중하게 악수를 나누고 다시 밖으로 나왔다.

정원의 천막 안에서는 무도회가 벌어지고 있었다. 늙은 남자들은 젊은 여자들을 뒤로 밀어내며 너무나 어색하게 빙빙 돌리고 있었고, 거만스러운 남녀들은 구부정하면서도 우아하게 서로 껴안고 구석 쪽에서 춤을 추고 있었다. 그리고 파트너 없는 수많은 여자들은 혼자서 춤추거나, 잠시 밴조나 타악기를 연주하는 오케스트라의 수고를 덜어주고 있었다.

밤이 깊어지자 분위기는 한층 더 무르익어 갔다. 유명한 테너 가수가 이탈리아어로 노래를 부르고, 어떤 인기 있는 콘트랄토 가수는 재즈 곡을 불렀다. 그리고 오케스트라가 쉴 때마다 정원 곳곳에서 사람들이 장기 자랑을 했고, 동시에 유쾌한 것 같지만 얼빠진 웃음소리가 끊임없이 여름 하늘을 향해 솟아올랐다. 한 쌍의 무대 연예인—알고 보니 노란 드레스를 입은 그 아가씨들이었다—이 의상을 갖춰 입고 유치한 단막극을 선보이고 있었다. 핑거볼보다 큰 샴페인 잔이 돌았다. 달은 더 높이 솟아올라 롱아일랜드 해협에 지느러미같이 떠 있었는데, 마치 잔디 위에서 울려대는 밴조 소리에 맞춰 파르르 떨고 있는 것 같았다.

나는 여전히 조던 베이커와 같이 있었다. 우리는 내 또래의 한 남자와 호들갑스런 아가씨와 같은 테이블에 앉아 있었는데, 그 아가씨는 별일 아닌 이야기에도 커다란 웃음을 터뜨렸다. 나 역시 이젠 나름대로 분위기를 즐기고 있었다. 그 핑거볼보다 큰 잔으로 샴페인을 두 잔이나 마셨기 때문인지 파티가 흥겹게 느껴졌다.

분위기가 좀 가라앉자 옆에 앉아 있던 남자가 나를 보며 빙그레 웃었다.

"어디선가 많이 본 인상인데요."

그는 공손하게 말했다.

"혹시 전쟁 때 제1사단 소속 아니셨나요?"

"맞아요. 제28보병 연대에서 근무했어요."

"저는 1918년 6월까지 제16보병 연대에 소속되어 있었어요. 왠지 낯이 익다 했더니……."

우리는 프랑스의 어떤 축축하고 잿빛이 도는 작은 마을에 대해 한동안 이야기를 나누었다. 그는 분명히 이 근처에 사는 것 같았다. 왜냐하면 그가 얼마 전에 수상기를 샀는데, 내일 아침에 시승해 보려고 한다는 말을 했기 때문이다.

"시간이 있으면 함께 타지요, 친구 분. 해협의 해변 가까이 있으니까요."

"몇 시에요?"

"당신이 편리한 시간 언제라도요."

내가 그의 이름을 막 물어보려는 순간, 조던이 내게 고개를 돌려 미소를 지었다.

"이젠 재미를 붙였나요?"

그녀가 물었다.

"아까보다는 재미있군요."

나는 새로 사귄 사람에게로 다시 얼굴을 돌렸다.

"이런 파티는 처음입니다. 아직 주인을 만나보지 못했으니까요. 저는 저기서 살아요."

나는 멀리 있는, 보이지도 않는 울타리 쪽을 가리키며 말했다.

"이 집 주인인 개츠비 씨가 운전사에게 초대장을 들려 제게 보냈더군요."

그는 내 말을 이해하지 못했다는 듯이 잠시 나를 바라보았다.

"내가 개츠비입니다."

그가 재미있다는 듯 웃음을 띠며 말했다.

"뭐라고요?"

나는 소리쳤다.

"이거 정말 실례했습니다."

"난 당신이 알고 계신 걸로 생각했습니다, 친구 분. 제가 주인 노릇을 제대로 못하고 있군요."

그는 이해한다는 듯이, 아니 이해 이상의 뜻이 담긴 미소를 지어 보였다. 그것은 일종의 무한한 다짐이 담겨 있는, 한평생을 통해서 몇 번 볼까말까 한 아주 진기한 미소였다. 그것은 한순간이었지만 세계 전체를 대하고 있었다. 아니, 대하고 있는 것 같았으며, 그 다음에는 억누를 수 없는 편견으로 상대방에게 호의를 베풀려고 온 정신을 쏟고 있었다. 그것은 상대방이 자신을 이해해 주기를 바라는 만큼 상대방을 이해해 주는 미소였고, 상대방이 믿어주기를 바라는 만큼 상대방을 믿어주는 확신이 있는 미소였다. 또한 상대방이 최선의 상태에서 전달하고 싶어하는 인상을 정확하게 파악했음을 암시하는 미소였다.

그런데 정확하게 그 시점에서 그 미소는 일순간에 사라져버렸다. 나는 서른을 한두 살 넘긴 듯한, 우아하며 건장한 청년을 보고 있었는데, 빈틈없이 꾸민 그의 말투는 간신히 어색함을 면했다. 나는 그가 자기 소개를 하기 얼마 전, 말을 조심성 있게 골라 하고 있다는 인상을 강하게 받았다. 개츠비가 자신의 신분을 밝히고 있을 때, 하인이 달려와 시카고에서 전화가 왔다고 말했다. 그는 우리에게 차례로 고개를 가볍게 숙이며 실례한다고 말했다.

"필요하신 게 있으면, 뭐든 그저 청하기만 하십시오, 친구 분."

그가 내게 말했다.

"실례하겠습니다. 나중에 또 뵙도록 하지요."

그가 자리를 뜬 뒤 나는 즉시 조던을 돌아다보았다. 나의 놀라움을 그녀에게 확인시켜야만 했기 때문이다. 나는 지금껏 개츠비를 중년의 혈색 좋고 뚱뚱한 사람으로 생각하고 있었다.

"저 사람은 어떤 사람인가요?"

내가 조급한 목소리로 물었다.

"당신은 좀 알고 있소?"

"개츠비라는 이름의 남자라는 사실밖에 몰라요."

"내 말은 어디 출신이냐는 겁니다. 뭐 하는 사람이죠?"

"이제 당신까지 신상 조사를 하기 시작했군요."

그녀는 잔잔한 미소를 띠며 대답했다.

"글쎄요, 그가 언젠가 제게 옥스퍼드 대학 출신이라고 말한 적이 있어요."

막연하게나마 그의 배경에 대해 머리 속에 그려보기 시작했으나, 그녀의 다음 말로 그것은 지워져버리고 말았다.

"하지만 전 그 말을 믿지 않아요."

"왜요?"

"정확히 이유를 댈 수는 없어요."

그녀는 짓궂게 말했다.

"단지 저는 그분이 옥스퍼드에 다녔으리라고는 생각하지 않을 뿐이에요."

그녀의 말투는 앞서의, "사람들은 그분이 전에 사람을 죽인 적이 있다고 생각하고 있대요."라는 말을 생각나게 했고, 또한 나의 호기심을 자극했다. 개츠비가 루이지애나의 소택지라든지 뉴욕의 이스트

사이드 하부 지대 같은 곳의 출신이라는 정보였다면 나도 의심 없이 받아들였을지 모른다. 그것은 이해가 될 듯했다. 그러나 아직 젊은 사람이 그다지 중요하지도 않은 곳을 돌아다니다 롱아일랜드 해협 지대에 호화 주택을 샀다는 사실은, 시골 출신인 나로서는 도무지 믿을 수가 없는 일이었다.

"어쨌든 그분은 호화로운 파티를 자주 열어요." 하고 구체적인 이야기를 싫어하는, 도시인 특유의 기질을 보이며 조던이 화제를 바꾸었다.

"그리고 저는 호화로운 파티를 좋아해요. 호화로운 파티는 정말 친밀감이 들어요. 작은 파티에서는 개인적인 자유를 가질 수가 없잖아요."

갑자기 큰북이 둥둥 울리고 오케스트라 지휘자의 목소리가 정원의 소음을 억누르며 울려 퍼졌다.

"신사 숙녀 여러분!"

오케스트라 지휘자가 소리쳤다.

"개츠비 씨의 요청에 따라, 지난 5월 카네기 홀에서 많은 관심을 끌었던 블라디미르 토스토프 씨의 최신 작품을 연주해 드리도록 하겠습니다. 신문을 읽으신 분은 그것이 음악인들에게 커다란 충격을 주었다는 사실을 아실 겁니다."

그는 즐거움에 찬 겸양의 미소를 짓고는 이렇게 덧붙였다.

"약간 충격이었죠."

그 말에 모두들 웃었다.

"이 곡은 블라디미르 토스토프 씨의 작품 〈세계 재즈사〉라는 곡입니다."

그는 활기 차게 말을 맺었다.

토스토프 작곡의 음악은 내 가슴에 와 닿지 않았다. 왜냐하면 그 곡이 시작되자마자 나의 관심은, 대리석 계단에 혼자 서서 흐뭇한 표정으로 이 그룹에서 저 그룹으로 시선을 옮기는 개츠비에게 쏠려 있었기 때문이다. 햇볕에 그을린 그의 피부는 매력적으로 보였고, 짧은 머리는 매일 다듬는 듯 정갈해 보였다. 그에게선 어두운 면이라고는 조금도 느낄 수가 없었다. 그가 술을 마시지 않기 때문에 손님들로부터 떨어져 있는 것이 아닐까 하는 생각이 들었다. 왜냐하면 서로 우애의 흥겨움이 더해갈수록 그의 행동은 더욱 냉철해지는 것 같았기 때문이다.

〈세계 재즈사〉가 끝났을 때, 아가씨들은 연회 기분을 내면서 강아지처럼 아양을 부리며 남자들 어깨에 머리를 기대기도 하고, 또 누군가 부축해 주리라는 것을 알고 장난스럽게 남자들 품에 슬쩍 쓰러지기도 했으며, 심지어는 몰려 있는 사람들 한가운데로 벌렁 눕기도 했다. 그렇지만 어떤 여자도 개츠비 쪽으로는 드러눕지 않았다. 프랑스식 단발 머리를 한 아가씨도 그의 어깨는 건드리지 못했으며, 어떤 4중창도 그를 무리의 틈에 끼이게 하지는 못했다.

"실례합니다."

개츠비의 하인이 갑자기 우리 곁으로 다가오더니 말했다.

"베이커 양이시죠?"

그가 물었다.

"죄송합니다만, 주인께서 당신하고 조용히 말씀을 나누고 싶으시답니다."

"나하고요?"

그녀는 놀라서 외쳤다.

"그렇습니다, 아가씨."

그녀는 의외라는 듯이 놀란 표정으로 눈썹을 치켜 올리고 나를 한 번 쳐다보고는 천천히 일어나서 하인을 따라 저택 쪽으로 걸어갔다. 나는 그때 비로소 그녀가 야회복을 입고 있다는 것을 알았다. 그런데 그녀는 야회복뿐만 아니라 어떤 옷을 입어도 운동복처럼 보였다. 그래서 그녀의 몸놀림에서는, 마치 맑게 갠 시원한 아침에 골프 코스를 따라 걷는 법을 처음 배운 사람에게서 느낄 수 있는 쾌활함이 느껴졌다.

나는 혼자 남게 되었다. 시간도 어느새 새벽 2시가 가까워지고 있었다. 테라스 위에 여러 개의 창문이 나 있는 긴 방에서는, 아까부터 소란스럽지만 호기심을 끄는 소리가 들려오고 있었다. 두 명의 코러스 걸과 산부인과 의사가 이야기를 주고받고 있었는데, 조던의 호위자인 대학생이 나에게도 끼어들라고 청했으나 나는 못 들은 척하고 안으로 들어갔다.

커다란 방은 사람들로 가득 차 있었다. 노란 드레스를 입은 아가씨가 피아노를 치고, 잘 알려진 합창단에서 온, 키가 큰 붉은 머리의 젊은 여자가 그 옆에 서서 노래를 부르고 있었다. 그녀는 샴페인을 제법 많이 마셨고, 노래를 부르는 동안 세상만사가 너무너무 슬프다고 제멋대로 단정 짓고 있었다. 그녀는 노래만 부르는 것이 아니라 울기도 했다. 노래의 쉬는 부분을 한숨과 흐느낌으로 메우고는 다시 떨리는 소프라노로 서정곡을 계속 불렀다.

눈물이 그녀의 두 뺨으로 흘러내렸으나 거침없이 흘러내리지는 않았다. 왜냐하면 짙게 화장한 속눈썹이 흡수하고 난 나머지 눈물만이 검은색 줄기가 되어 느리게 흘러내렸기 때문이다. 누군가가 그녀에게 얼굴 위의 검은색 눈물을 음표로 여기고 노래하고 있다고 익살을 떨자, 그녀는 두 손을 쳐들고 의자에 쓰러져서는 샴페인에 취해 깊은 잠에 빠져버렸다.

"저 여자, 남편하고 싸웠어요."

내 곁에 있던 한 아가씨가 말해 주었다. 나는 주위를 둘러보았다. 남아 있는 대부분의 여자들은 자기 남편과 다투고 있었다. 조던의 일행이었던, 이스트에그에서 온 4중창단도 서로 의견이 엇갈려 뿔뿔이 흩어져 있었다. 그들 중 한 남자가 호기심에 차서 어떤 젊은 여배우와 이야기를 나누고 있었는데, 그의 아내는 처음에는 모른 척하고 웃어넘기려고 했으나 끝내는 질투의 화신이 되고 말았다. 그녀는 이따금씩 잔뜩 화가 난 모습으로 갑자기 남편 곁에 나타나서 그의 귀에 대고, "당신 약속했잖아요!" 하고 다그쳤다.

집으로 돌아가기를 주저하는 사람은 바람난 남자들만이 아니었다. 홀에는 뒤늦게 술에서 깨어나 한심스러울 정도로 말똥말똥한 두 남자와 굉장히 화가 난 그들의 아내들이 남아 있었다. 그 아내들은 약간 높은 목소리로 서로 위로의 말을 주고받았다.

"내가 즐거워하는 것을 보기만 하면, 저 사람은 집에 가고 싶어한다니까요."

"그런 이기적인 사람은 내 생전에 본 적이 없어요."

"우리는 언제나 가장 먼저 돌아갔어요."

"우리 부부도 그런걸요."

"한데 오늘밤엔 아마 우리가 마지막 사람이 되겠네요."

한 남자가 눈치를 보며 말했다.

"오케스트라가 떠난 지 30분이나 되었어요."

이런 악의에 찬 마음씨를 가진 사람은 믿을 수가 없다는 데에 아내들의 의견이 일치했음에도 불구하고 말다툼은 쉽게 끝이 나고, 두 여자는 자리에서 일어나 어둠 속으로 비틀거리며 사라져갔다.

나는 홀 안에서 하인이 모자를 가져다 주기를 기다리고 있었는데, 그때 서재 문이 열리고 조던 베이커와 개츠비가 나왔다. 그는 그녀에게 어떤 마지막 말을 하고 있었다. 그런데 그의 태도에서 엿보이던 진지함은, 몇몇 사람이 작별 인사를 하려고 다가가자 갑자기 형식적인 자세로 바뀌어버렸다. 조던 일행은 더 이상 못 기다리겠다는 듯이 복도에서 그녀를 불러댔지만, 그녀는 나와 악수를 하느라 잠시 시간을 끌었다.

"방금 아주 놀라운 얘기를 들었어요."

그녀가 귓속말로 소곤거렸다.

"우리가 저 방에서 얼마 동안이나 있었지요?"

"글쎄, 한 시간 정도 된 것 같은데요."

"그건…… 정말 놀라운 일이에요."

그녀는 정신나간 사람처럼 되풀이해서 말했다.

"그렇지만 더 이상 말씀드리지 않고, 당신에게 궁금증만 남긴 채 오늘은 그만 헤어져야겠어요."

그녀는 내 얼굴 앞에서 귀엽게 하품을 했다.

"꼭 저를 만나러 와주세요. 전화 번호부엔 시거니 하워드 부인이라는 이름으로 나와 있어요. 저의 숙모예요."

그녀는 이렇게 말하고는 급히 떠나갔다. 그녀는 문 앞에서 녹아들 듯 일행 속으로 들어가 갈색 손을 흔들면서 쾌활하게 작별 인사를 했다.

처음 방문한 처지에 너무 오래 머무는 것을 조금 부끄러워하면서도 나는 개츠비를 둘러싸고 있는 마지막 손님들 틈에 끼이게 되었다. 나는 그에게 이른 저녁 시간부터 그를 찾아다녔던 사실을 말하고, 정원에서 그를 알아보지 못한 데 대해 사과했다.

"천만에요. 그럴 수도 있지요."

그는 아무렇지도 않다는 듯 미소를 띠며 말했다.

"그런 생각은 두 번 다시 하지 마세요, 친구 분."

이 친근한 말투는 그저 다짐하듯이 내 어깨를 쓰다듬는 그의 손의 감촉 이상의 친밀감은 갖지 못했다.

"그리고 내일 아침 9시에 같이 수상기 타기로 한 거 잊지 마세요. 9시입니다."

바로 이때 하인이 그의 어깨 뒤에서 말했다.

"필라델피아에서 전화입니다."

"알았네, 곧 가도록 하지. 곧 받겠다고 말해 주게. 그럼 안녕히 가십시오."

"안녕히 계십시오."

"안녕히 가세요."

그는 미소를 지어 보였다. 그러자 마치 그가 늘 열망하고 있기나 했던 것처럼 내가 마지막 손님들 틈에 끼인 것에 흐뭇한 의의가 있는 듯이 여겨졌다.

"안녕히 가십시오, 친구 분. 안녕히 가세요."

그러나 계단을 내려오면서 나는 파티가 아직 완전히 끝나지 않았다는 것을 알게 되었다. 현관문에서 50피트 가량 떨어진 곳에서 10여 개의 헤드라이트가 뒤죽박죽 섞여 괴상한 광경을 비추고 있었던 것이다.

저택의 차고를 떠난 지 2분도 안 되어서 쿠페형 새 자동차가 오른쪽 차체를 위로 하고 바퀴 하나가 흉하게 빠진 채 길 옆 도랑 속에 처박혀 있는 모습이 보였다. 벽이 날카롭게 튀어나온 것이 바퀴가 빠져나간 것을 설명하고 있었으며, 그 광경을 5, 6명의 운전사들이 호기심을 가지고 보고 있었다. 구경하는 운전사들의 차가 길을 가로막고 있었기 때문에 뒤에서 오는 차들이 거칠고 시끄러운 경적 소리를 계속 내어, 그러잖아도 이미 혼란스러운 상태를 더욱 심화시켰다.

먼지 방지용의 긴 외투를 입은 남자 한 명이 사고가 난 차에서 빠져나오더니, 길 한가운데 멈춰 서서 어이가 없다는 표정으로 자기 차에서 빠져나간 바퀴를 바라보았다. 그러고는 구경하는 사람들에게로 시선을 옮겼다.

"보세요!"

그가 말했다.

"차가 개천에 처박혀버렸어요."

그는 차가 개천에 빠졌다는 사실을 믿지 않는다는 투로 말했다. 그가 그것을 의외로 여기고 있는 것 자체를 이상하게 생각하고 있던 나는 그 남자가 누구인지 알게 되었다. 조금 전에 개츠비의 서재에 앉아 있던 바로 그 사람이었다.

"어쩌다 이렇게 됐습니까?"

그는 어깨를 으쓱해 보였다.

"난 기계에 대해서는 전혀 몰라요!"

그는 딱 잘라 이렇게 말했다.

"그런데 어떻게 된 겁니까? 벽을 들이받았나요?"

"나에게 묻지 마시오."

마치 올빼미 눈 같은 안경을 낀 그 남자는, 이 사고와 자기는 관계가 없다는 투로 말했다.

"기계 구조에 대해서는 아무것도 모른다니까요. 전혀 몰라요. 내가 아는 것이라곤 사고가 났다는 것뿐이에요."

"운전이 서투르시면 밤에는 운전을 하지 말았어야지요."

"운전할 생각은 전혀 없었어요."

그는 화를 내며 변명했다.

"그래서 운전대를 잡을 생각조차 없었소."

구경꾼들은 그의 거친 말투에 감히 토를 달지 못하고 있었다.

"자살하려고 그랬나요? 바퀴 하나만 빠진 게 천만다행이었어요. 운전도 서투르고 할 마음도 없었다면서요!"

"못 알아듣는군."

사고를 낸 사람이 말했다.

"난 운전을 하지 않았소. 차 안에 또 한 사람이 있어요."

"뭐라구요!"

이 말에 모두들 깜짝 놀랐다. 이때 쿠페형 차의 문이 조금씩 열리더니 "아이고, 아이고." 하며 길게 끄는 목소리가 들려왔다. 군중들은—그새 군중이라 말할 정도로 사람들이 늘어났다—자신들도 모르는 사이에 뒤로 물러났다. 차의 문이 완전히 열리자 순간적으로 침묵이 흘렀다. 그러자 아주 창백한 얼굴의 사내가 부서진 차에서 비틀거리며 나오려는 모습이 보였다. 몸의 한 부분씩 차례로 드러내더니 엄청나게 큰 무도화를 신은 발로 더듬더듬 땅을 밟아보았다. 헤드라이트 불빛으로 눈이 부시고, 또 쉴새없이 울려대는 경적 소리에 어리둥절해진 그 유령 같은 남자는 잠시 몸을 비틀거린 후에야 먼지 방지용의 긴 외투를 입은 그 사람을 알아보았다.

"어떻게 된 거죠?"

그는 침착한 말투로 물었다.

"우리 차의 휘발유가 떨어진 건가요?"

"저걸 보세요!"

5, 6명의 사람이 손가락으로 빠져나간 바퀴를 가리켰다. 그 남자는 잠시 그것을 바라보더니, 그게 하늘에서 떨어진 것이 아닌가 하고 의심이라도 하듯 위를 쳐다보았다.

"차에서 빠져나간 거요."

누군가가 설명했다.

그는 고개를 끄덕였다.

"처음에는 차가 멈춘 것도 몰랐어요."

침묵이 흘렀다. 곧 그는 길게 숨을 내쉬고 어깨를 쭉 펴고는 진지한 목소리로 이렇게 말했다.

"주유소가 어디 있는지 알려주시겠습니까?"

최소한 10여 명의 사람들―그들 중 몇 명은 부유해 보였다―이 바퀴와 차는 이제 어떤 방법으로도 고칠 수 없다는 것을 그에게 설명했다.

"후진해서 빠져나와야겠어."

잠시 생각을 하다가 그가 이렇게 말했다.

"후진 기어로 바꿔 넣으면 돼요."

"하지만 바퀴가 하나 없잖아요."

그는 주저했다.

"한번 해봐서 손해 될 것은 없지요."

붕붕거리는 소리가 음으로 바뀌었을 때, 나는 잔디밭을 가로질러 집으로 향했다. 얄팍하고 둥근 달이 개츠비의 저택 위를 비춰줌으로

써 밤을 여전히 멋지게 장식해 주고 있었고, 아직까지 불빛이 환한 정원에서는 웃음소리와 이야기 소리가 끊이지 않고 들려오고 있었다. 창문들과 커다란 문들로부터 갑자기 공허감이 쏟아져 나오는 것 같았고, 그 공허감은 현관에서 손을 들어 형식적인 작별 인사를 하고 있는 집주인의 모습을 너무나도 외롭게 보이게 했다.

이제까지 쓴 것을 다시 쭉 읽어보니, 몇 주일 전의 일 가운데 사흘 밤 동안 일어났던 사건들에만 얽매여 강조해서 쓴 느낌이 든다. 그러나 실은 그 반대로, 그것들은 지난여름에 일어났던 많은 사건 중에서 한낱 우발적인 몇 가지 사건에 불과했다. 그리고 그것들은 그 후 오랫동안 나의 개인적인 일에 몰두했던 것에 비하면 아주 사소한 사건들이었다.

나는 틈틈이 일을 했다. 이른 아침 프로비티 신탁 회사를 향해 뉴욕 북부 지역의 하얀 건물들 사이를 서둘러 빠져나갈 때면, 햇빛은 내 그림자를 서쪽으로 쭉 뻗게 해주었다. 나는 사무원들이나 채권 외판원들과 서로 이름을 부를 정도로 친해졌으며, 그들과 함께 컴컴하고 북적거리는 식당에서 작은 돼지고기 소시지와 으깬 감자, 그리고 커피로 점심을 대신하곤 했다. 그때 나는 저지 시에 살면서 경리과에 근무하던 아가씨와 잠시 사귀고 있었는데, 그녀의 오빠가 내게 던지는 시선이 좋지 않은 것을 눈치채고 그녀가 휴가를 떠난 7월에 조용히 관계를 정리했다.

그 즈음 나는 저녁 식사를 늘 예일 클럽에서 했다―여러 가지 이유로 그 시간은 나의 하루 중에서 가장 우울한 시간이 되었다—저녁 식사를 마치면 나는 2층의 도서실로 올라가서 투자와 유가 증권 공부를 하면서 시간을 보냈다. 그 근처에는 소란을 피우는 사람이 두세 명 있었으나, 그들은 도서실에는 절대로 들어오지 않았기 때문에 그곳은 공부하기에 더할 나위 없이 좋은 장소였다. 그러고 나서 기분 좋은 밤이면 나는 에디슨 가를 천천히 걸어 내려가서, 오래된 머레이힐 호텔을 지나 33번가를 건너 펜실베이니아 역까지 걷곤 했다.

나는 밤이면 느껴지는 그 활기 차고 모험적인 기분, 그리고 끊임없이 오가는 연인들과 자동차 행렬이 우리의 불안한 눈에 안겨주는 만족감 때문에 뉴욕을 좋아하기 시작했다. 그 당시 나는 5번가를 걸으며 군중들 속에서 아름다운 여자를 찾아내어 곧 그녀의 생활 속으로 빠져드는 나 자신의 모습을 상상하는 걸 좋아했다. 그런 일은 아무도 눈치채지 못했으며, 따라서 뭐라고 책망할 사람도 없었다. 마음속으로는 때때로 으슥한 길모퉁이에 있는 그녀의 아파트까지 따라가곤 했다. 그러면 그녀는 나를 향해 살짝 돌아보며 미소를 짓고 나서 문을 열고 어둠 속으로 사라지는 것이었다.

해가 질 때면 가끔 나는 이상한 기분 속으로 빠져들었다. 나는 자주 고독감에 휩싸였는데, 나 아닌 다른 사람들에게서도 그것을 느꼈다. 거리의 창문들 앞을 서성거리면서 너절한 식당에서의 조촐한 식사 시간이 오기를 기다리고 있는 가난한 사무원들, 저녁의 어둠 속에서 밤과 인생의 가장 황홀한 순간들을 헛되이 낭비하고 있는 이 젊은 사무원들에게서 나는 그 고독감을 느꼈다.

그리고 저녁 8시가 되어 황량한 40번가 골목길에 있는 극장 지대를 지나가다 보면 부르릉거리는 택시들이 다섯 줄씩 질서 정연하게 들어서 있는데, 나는 그런 모습을 보면 왠지 서글퍼졌다. 택시를 탄 사람들은 출발을 기다리는 동안 서로 몸을 기대고 앉아 노래를 부르기도 하고, 재미없는 농담에도 곧잘 웃음을 터뜨리곤 했다. 그들이 피워대는 담배 연기로 차 안은 사람들 모습을 분간할 수 없을 정도로 자욱했다. 그럴 때면 나는 즐거운 곳으로 서둘러 가고 싶었으며, 그들의 은밀한 흥분을 나도 나누어 갖고 있다고 생각하며 그들에게 행운이 있기를 빌었다.

나는 한동안 조던 베이커를 만나지 못하다가 한여름이 되어서야 다시 그녀를 만났다. 나는 처음에는 그녀와 함께 이곳저곳을 다니는 것에 우쭐함을 느꼈다. 왜냐하면 이 도시에서 골프 챔피언인 그녀를 모르는 사람이 없었기 때문이다. 그런데 일은 그렇게 단순하지가 않았다. 사실 나는 그녀를 사랑하지는 않았다. 그러나 일종의 호감은 갖고 있었다. 그녀가 세상을 향해 내세우는 그 지루해 보이는 거만스러운 얼굴 뒤에는 무언가가 숨겨져 있다고 생각했다. 허식이란 처음에는 그렇지 않지만, 결국은 무언가를 숨기고 있게 마련인 것이다.

어느 날 드디어 나는 그 정체를 알아냈다. 그것은 우리가 워위크의 어느 집 파티에 갔을 때였는데, 그때 그녀는 비가 오는데도 빌려온 자동차의 지붕을 열어놓은 채 주차시켜 두었다. 그리고 나중에 그 일을 거짓말로 얼버무리는 것이었다. 그러자 문득 데이지의 집에

갔던 날 밤, 내가 건성으로 들었던 그녀의 신상에 관한 이야기가 떠올랐다.

그녀가 처음으로 대골프 선수권 대회에 출전했을 때, 그녀는 하마터면 신문에까지 날 뻔했다. 준결승전 때 공이 어려운 곳에 떨어지자 그녀가 치기 쉬운 곳으로 몰래 옮겨놓았다는 말이 떠돌았던 것이다. 그것은 하나의 추문으로 법정 단계에까지 갈 뻔했으나 한 캐디가 자기의 진술을 취소하고, 또 유일한 목격자가 자신이 잘못 보았을지도 모른다고 인정함으로써 잠잠해지고 말았다. 난 그 사건과 당사자의 이름을 기억하고 있었다.

조던 베이커는 영리하고 약삭빠른 사람은 되도록 멀리했는데, 그것은 규범에서의 이탈을 인정하지 않는 사람들 틈에서 살아가는 것이 더 안전하다고 느꼈기 때문이라는 것을 나는 그제야 알게 되었다. 그녀는 말할 수 없이 정직하지 못했고, 그러면서도 자신이 부정하게 취급당하는 것을 참지 못했다. 내 생각에 그녀는 아주 어렸을 때 그렇듯 마음에 내키지 않은 일을 당하면 속임수로 얼버무려온 것 같았는데, 그렇게 했던 속마음은 세상에 대해서는 그 차갑고 오만한 미소를 잃지 않으면서도 자기의 단단하고 활기 찬 육체의 욕구는 충족시키려 한 데 있었던 것이다.

어쨌든 그러한 일들은 나와는 아무 상관도 없는 일이었다. 여자의 부정직은 크게 비난할 게 못 되는 것이다. 나는 그녀의 그런 면에 대해 간혹 아쉬워했으나 곧 잊어버렸다.

우리가 차를 운전하는 것에 관한 문제로 호기심을 끄는 대화를 나

눈 것도 바로 그 워위크의 집에서 열린 파티에서였다. 그 대화는 그녀가 몇 사람의 노동자들 쪽으로 바싹 차를 몰아, 차의 펜더가 한 남자의 코트 단추를 떨어뜨린 데에서 시작되었다.

"당신은 참 난폭한 운전자로군요."

나는 항의했다.

"좀더 조심하든지, 아니면 절대로 운전대를 잡지 말아요."

"전 조심하고 있어요."

"아니오, 당신은 그렇지 않아요."

"그러면 다른 사람들이 조심해야죠."

그녀는 가볍게 말했다.

"그게 무슨 뜻이죠?"

"다른 사람들이 길을 비켜야 한다는 뜻이에요."

그녀는 고집을 부렸다.

"사고는 혼자 내는 것이 아니에요."

"당신처럼 조심성이 없는 사람을 만났다고 생각해 봐요."

"그런 일은 절대로 없기를 바랍니다."

그녀는 대답했다.

"저는 조심성 없는 사람은 질색이에요. 당신은 조심성이 많아 보이기 때문에 제가 좋아하는 거예요."

햇빛 때문에 찡그린 그녀의 회색 눈은 정면을 바라보고 있었다.

그녀는 나와의 관계를 신중하게 유지해 왔기 때문에 한때 나는 내가 그녀를 사랑하고 있다고 생각했다. 그렇지만 나는 소심하고, 자신의 욕망에 제동을 거는 내면적 규칙을 엄수하고 있었다.

그리고 나는 우선 고향에서 있었던 굴레로부터 완전히 벗어나야만 했다. 나는 일주일에 한 번씩은 편지를 쓰고 '사랑, 닉'이라고 서명까지 해왔던 것이다. 그러나 그녀에 대해서 내가 기억할 수 있었던 것이라고는, 언젠가 테니스를 칠 때 그녀의 윗입술에 솜털 모양의 땀이 어떻게 솟아났던가 하는 정도가 고작이었다. 그럼에도 불구하고 무언가 희미한 이해 같은 것도 있어서, 내가 그 관계에서 벗어나려면 요령 있게 끊어버려야만 했었다.

모든 사람이 자신은 최소한 기본적인 미덕을 하나쯤은 지니고 있다고 생각하는데, 나의 미덕은 바로 이것이다. 즉, 나는 일찍이 내가 알고 있는 소수의 정직한 사람 가운데 한 명인 것이다.

제4장

일요일 아침, 해안을 낀 여러 마을에 교회의 종소리가 울려 퍼지는 동안, 권력이나 재력이 좀 있다 하는 사람들은 개츠비의 저택으로 다시 모여 잔디밭 위를 들뜬 기분으로 거닐고 있었다.

"그 사람은 주류 밀매 업자라는군요."

젊은 여인들이 개츠비가 마련한 칵테일과 잘 손질된 꽃밭 사이를 돌아다니며 말했다.

"그가 언젠가 한 남자를 죽였는데, 그 남자가 폰 힌덴부르크의 조카이자 악마의 육촌이라는 사실을 알아냈기 때문이었대요. 저기 있는 장미꽃 좀 주세요. 그리고 저 크리스털 글라스에다 한 잔만 더 따라주겠어요?"

언젠가 나는 수첩 여백에 그해 여름에 개츠비의 저택에서 만났던 사람들의 이름을 적어보았다. 그 수첩은 이제는 다 낡아버렸는데, 접힌 부분은 이미 해어졌다. 그 수첩에는 '이 예정표는 1922년 6월 5일 실행'이라는 제목이 붙어 있다. 나는 아직도 그 수첩에서 낯익은 이름들을 읽을 수 있다. 그 이름들은 개츠비의 환대를 받고도 그에 대해서는 아는 것이 아무것도 없다는 해괴한 말들을 하는 사람들에 관한 나의 총괄적인 설명보다도 더 강한 인상을 갖게 한다.

그때 이스트에그로부터는 체스터 베커 부부, 리치 부부 그리고 내가 예일 대학에서 사귄 번슨이라는 남자와 작년 여름 메인 주에서 익사한 웹스터 시비트 박사가 왔다. 또 혼빔 부부와 윌리 볼테어 부부, 그리고 블랙버그라는 사람의 무리가 왔는데, 그들은 언제나 한쪽 구석에 모여 앉아 자기들만의 시간을 가졌다. 누군가 옆으로 오는 것을 부담스럽게 느끼는 것 같았다. 그 밖에 이즈메이 부부와 크리스티 부부, 그리고 에드거 비버가 왔는데, 사람들은 에드거 비버가 갑작스럽게 백발이 된 것에 대해 여러 가지 추측을 해댔다.

클래런스 앤디브도 내가 기억하기로는 이스트에그에서 왔다. 그는 딱 한 번 왔는데, 니커보커스 차림으로 정원에서 에티라는 주정뱅이와 한바탕 싸움을 벌였다. 롱아일랜드에서 멀리 떨어진 곳에서는 치들즈 부부와 O. R. P. 슈레이더 부부가 왔고 조지아 주에서는 스톤월 잭슨 에이브러햄 부부와 피사가드 부부, 그리고 리프리스빌 부부가 왔다.

스넬은 개츠비의 저택에서 3일 동안 머문 뒤 주(州) 교도소에 수감되는 신세가 되고 말았다. 그 이유는 술을 마시고 운전을 하다가 자갈길 차도로 나가게 되었고, 그러다 율리시스 스웨트 부인의 오른쪽 팔을 치었기 때문이다. 댄시 부부와 예순은 족히 넘어 보이는 S. B. 화이트베이트도 왔으며, 모리스 A. 플린크와 헤머헤스 부부, 그리고 담배 수입 업자인 벨루거와 그의 딸들도 왔다.

웨스트에그에서 온 사람들은 폴 부부, 멀레디 부부, 세실 로벅과 세실 숀, 주 의회 상원 의원인 걸리크, 필름즈 파어 엑설런스를 관장하고 있는 뉴턴 오키드, 에코스트, 클리드 코헨, 돈 S. 슈와르츠, 아서 매카티 등이었는데, 영화와 관련을 맺고 있는 인사들이라는 공통점을 지녔다.

그들 외에도 캐틀립 부부와 뱀버그 부부, 그리고 후일에 자기 아내를 교살한 바로 그 멀둔의 형인 G. 얼 멀둔도 왔다. 그리고 프로모터인 다 폰타노도 왔고 에드 레그로스, 제임스 B. (로트거트) 페레트, 드종 부부, 어네스트 릴리도 왔는데, 그들은 도박을 하러 왔던 것이다. 페레트가 정원을 어슬렁거리고 돌아다니는 것은 그가 돈을 몽땅 날렸음을 뜻했는데, 그러면 다음날 연합 철도 회사는 돈을 만들어내느라 어려움을 겪어야 했다.

클립스프링어라는 남자는 너무 자주 왔고, 또 머무는 기간이 무척 길었기 때문에 '하숙생'으로 통했다. 사람들은 그가 집이 없다고 했다. 연극계 인사로는 거스 웨이즈, 호레이스 오도너번, 레스터 마이어, 조지 더크위드, 프랜시스 불 등이 왔다. 뉴욕에서는 크롬 부부, 배키슨 부부, 데니커 부부, 러셀 베티, 코리건 부부, 켈러허 부부, 듀어 부부, 스컬리 부부, S. W. 벨처, 스머키 부부, 그리고 지금은 이혼한 젊은 퀸 부부, 또 타임즈 광장의 지하철에 뛰어들어 자살한 헨리 L. 팰메토가 왔다.

베니 메클레나한은 언제나 네 명의 아가씨들과 함께 왔다. 그들은 생김새는 전혀 닮지 않았지만, 하는 행동이 너무 닮아서 틀림없이 전에 개츠비의 저택에 자주 왔던 것으로 생각되었다. 나는 그들의 이름은 잊어버렸다. 재클린 같기도 하고 콘수엘라, 아니면 글로리아나 주디 또는 준이었던 것 같기도 하다. 그리고 성(姓)은 어떤 리듬 있는 꽃 이름이나 달[月] 이름이 아니면, 미국 대자본가들의 굉장한 성씨였는지도 모른다. 만약 그들에게 성명을 가르쳐 달라고 했으면 그들은 아마 그 자본가들의 사촌쯤 된다고 털어놓았을 것이다.

그 외에 포스티나 오브라이언이 적어도 한 번은 왔던 것으로 기억된다. 또 베데커 자매와 전쟁에서 총에 맞아 코가 떨어져 나간 청년 앨브럭스버거와 그의 약혼녀 하그 양, 아디타 피츠피터즈와 한때 미국 재향군인회 회장이었던 P. 주이트, 그리고 클라우디어 히프 양과 그녀의 운전사로 알려진 남자, 또 우리들이 공작이라고 불렀던, 그때는 그 이름을 알았는지 몰라도 지금은 잊어버리고 만 어떤 왕자가 왔다.

이 모든 사람들이 그해 여름, 개츠비의 저택에 왔던 것이다.

7월 말의 어느 날, 아침 9시에 개츠비의 호화 승용차가 자갈이 깔린 차도를 지나 나의 집 문 앞까지 와서는 다양한 음색의 자동차 나팔로 요란스럽게 경적을 울려댔다. 그전에 나는 그의 파티의 두 번이나 참석했었고, 그의 수상기도 탔으며, 그의 간곡한 권유로 그의 소유인 해변도 여러 번 이용했었지만, 그가 직접 나를 찾아온 것은 이번이 처음이었다.

"안녕하신가요, 친구 분. 오늘은 점심이나 같이 하려고 하는데 별다른 일은 없겠지요?"

그는 잠시도 가만있지 못하는 미국인 특유의 몸놀림을 보이며 차의 계기판에 몸을 기대고 있었다. 그런 동작은 젊어서 무거운 짐을 들어 올리는 일을 해본 적이 없거나, 아니면 때때로 신경에 관계되는 운동을 한 데서 얻어진 보이지 않는 우아함에서 익힌 것이라 생각되었다. 그의 그런 행동은 침착성이 없는 경박스러움으로 느껴지기도 했다. 그는 잠시도 가만있지 못했다. 항상 발로 어딘가를 툭툭 차거나 손을 오므렸다 폈다 했다. 그는 내가 자신의 차에 감탄하는 것을 보았는지 조용히 말했다.

"멋진 차지요? 그렇죠, 친구 분?"

그는 내가 더 잘 볼 수 있도록 차에서 뛰어내렸다.

"이런 차를 본 적이 없나요?"

나는 전에 본 적이 있었다. 그것은 많은 사람들이 본 적이 있는 차로, 니켈 장식이 번쩍이는 짙은 크림색이었다. 굉장히 긴 차체의 여기저기가 화려한 장식들로 꾸며져 있었다. 그리고 연장 상자들이 불룩불룩 튀어나와 있고, 여러 단으로 복잡하게 끼워진 10여 개의 통풍창이 햇빛을 반사하고 있었다. 여러 겹의 유리로 둘러싸인 그 차를 타고 우리는 시내로 출발했다.

지난 한 달 동안 나는 그와 대여섯 번 정도 얘기를 나누었는데, 평소에 그가 별로 이야깃거리를 가지고 있지 않다는 것을 알고 좀 실망했었다. 그래서 막연하게나마 대단히 위대한 인물일 거라고 생각했던 그에 대한 나의 첫인상은 시들해지고, 그저 인사나 하며 알고 지내는 이웃집 주인 정도로만 보이게 되었다.

그 무렵 그가 나를 찾아와 자동차를 같이 타게 되었던 것이다. 차가 웨스트에그 마을에 도착하기도 전에, 개츠비는 자기가 하던 품위 있는 말을 멈춘 채 캐러멜 색 양복의 무릎 부분을 손바닥으로 방정맞게 치고 있었다.

"나좀 봐요, 친구 분."

그는 불쑥 이렇게 말해 나를 놀라게 했다.

"나를 어떻게 생각하죠?"

약간 압도되어 버린 나는, 그 질문에 적당할 것 같은 평범한 말로 답변해 주었다.

"그러면 내 인생에 대해 좀 얘기해 드리겠소." 하고 그는 내 말을 가로챘다.

"당신이 들었을 그 많은 이야기로 나를 잘못 판단하는 것을 원치 않으니까."

그러고 보니 그는 자신의 저택에 있는 여러 개의 홀에서 이야기되었던, 자신에 대한 야비한 비난에 대해 이미 알고 있는 것 같았다.

"아무도 모르는 사실을 얘기하겠소."

그는 갑자기 오른손을 들어 하느님의 벌을 받겠다고 맹세했다.

"나는 중서부의 어느 부잣집 아들로 태어났소. 부모님은 이미 돌아가셨지요. 난 미국에서 자랐지만, 교육만큼은 옥스퍼드 대학에서 받았어요. 나의 선조들이 모두 거기서 여러 해 동안 교육을 받아왔기 때문이지요. 그것은 우리 가문의 전통이에요."

그는 곁눈질로 나를 보았다. 문득 나는 조던 베이커가 그가 거짓말을 한다고 믿고 있던 이유를 알게 되었다. 그는 '교육은 옥스퍼드 대학에서 받았다'는 대목에서 질타를 받은 경험이 있는 것처럼 빠르게 말했다. 아니, 말끝을 삼켜버렸다고 할까, 아니면 그 말이 목에 걸려 나오지 않는 것 같았다. 이렇게 의심하고 보니 그가 했던 얘기 전부가 거짓말처럼 여겨지고, 결국 그에게 어떤 음모가 있는 것이 아닐까 싶었다.

"중서부 어느 지방이지요?" 하고 나는 별 생각 없이 물었다.

"샌프란시스코예요."

"그래요?"

"가족들은 모두 죽었지요. 그래서 나는 많은 재산을 물려받게 되었답니다."

그는 마치 자기네 가족의 갑작스런 몰락을 다시 이야기하는 것이 괴로운 듯 엄숙하게 말했다. 나는 한순간 그가 나를 놀리고 있는 것이 아닐까 하고 의심했지만, 그의 맑은 두 눈을 보고는 그렇지 않다는 것을 믿을 수 있었다.

"그 이후로 나는 유럽의 여러 수도, 즉 파리, 베네치아, 로마에서 인도의 젊은 왕자처럼 살아왔지요. 보석을 수집하고 맹수 사냥도 하고 가끔 그림도 그렸는데, 그것은 모두 나 혼자만의 일이었어요. 나는 어렸을 때 당했던 아주 슬픈 일을 잊어버리려고 애썼습니다."

나는 그의 거짓말에 웃음이 터지려는 것을 간신히 참았다. 그가 지금 하고 있는 말은 속이 훤히 드러날 정도로 닳아빠져서, 마치 터번을 쓴 '임금'이 호랑이를 추격해 볼로뉴 숲 속을 누비면서 자기의 갖가지 본성을 드러내고 있는 것 같은 느낌밖에 주지 못했다.

"바로 그 무렵 전쟁이 일어났어요. 그것이 나를 살려주는 계기가 되었지요. 나는 죽으려고 무진 애를 쓰고 있었으니까요. 그런데 내 목숨이 무던히도 질겼던 모양입니다. 전쟁이 시작되자 나는 육군 중위로 임관되었어요. 아르곤 숲 전투에서 기관총 대대의 살아남은 대원을 인솔했는데, 너무 앞서서 인솔했기 때문에 양쪽에 있던 보병 부대가 전진하지 못하고 아군과 적군 사이에 2분 1마일 가량의 틈이 생겼어요. 그 지점에서 우리는 130명의 병사와 루이스 경기관총 16자루로 이틀 밤낮을 적군과 대치했지요. 마침내 보병 부대가 당도했을 때, 그들은 시체 더미 속에서 독일군 3사단의 휘장을 발견했어요. 나는 소령으로 진급되었고, 연합군 정부는 모두 내게 훈장을 수여했지요. 심지어는 몬테네그로, 아드리아 해의 작은 몬테네그로 정부에서까지 말입니다."

작은 몬테네그로! 그는 이 말을 힘주어 말하더니 미소를 띠며 고개를 끄덕였다. 그것은 시련을 겪은 몬테네그로의 역사를 이해하고, 몬테네그로 국민의 용감한 투쟁을 동정한다는 미소였다. 그 미소는 몬테네그로의 따뜻하며 자그마한 가슴으로부터 이런 훈장이 나오게 했던 국가 정세의 연쇄성을 마음껏 즐기고 있었다.

그를 믿지 못하던 마음이 사라지고 나는 그의 매력에 빨려 들었다. 그것은 산만하게 흩어져 있는 여러 권의 잡지의 책장을 건성으로 넘기고 있는 것 같은 기분이었다.

그는 주머니에 손을 찔러 넣더니 잠시 후 리본에 매달린 메달 하나를 주머니에서 꺼냈다.

"이게 몬테네그로로부터 받은 훈장이에요."

그것은 진짜처럼 그럴듯해 보였다. '다닐로 훈장'이라는 글자가 원형으로 뚜렷하게 새겨져 있었다.

'몬테네그로, 니콜라스 왕.'

"훈장 뒷면을 봐요."

"제이 개비츠 소령."

나는 소리 내어 읽었다.

"특별 무공에 대하여."

"그리고 여기 내가 언제나 지니고 다니는 것이 또 하나 있어요. 옥스퍼드 시절 트리니티 관의 한 모퉁이에서 찍은 거지요. 내 왼쪽에 있는 사람이 지금의 돈캐스터 백작이에요."

블레이저 코트를 입은 5, 6명의 젊은이들이 많은 첨탑을 배경으로 아치 밑을 서성거리고 있는 사진이었다. 그들 중 개츠비가 제일 젊어 보였고, 그의 손에는 크리켓 방망이가 쥐어져 있었다. 그러고 보니 모든 것이 사실이었다.

나는 중국의 대운하 위에 있는 그의 대저택 속의 불타는 듯한 호랑이 모피들을 보았다. 그리고 루비가 들어 있는 상자를 열고 빛나는 그 진홍빛 보석을 바라보며 상처 입은 가슴의 아픔을 달래고 있는 그의 모습도 보았다.

"오늘은 친구 분에게 한 가지 중요한 부탁을 드려야겠어요."

개츠비는 만족스러운 표정을 짓고는 기념품들을 도로 주머니에 집어넣으며 말했다.

"나는 다른 사람들이 나를 별 볼일 없는 사람으로 생각하는 것이 싫어요. 그러나 알다시피 나는 언제나 낯선 사람들 틈에 끼여 있지요. 그건 내가 겪은 가슴 아픈 일을 잊으려고 여기저기 떠돌아다니고 있기 때문이에요."

그는 다음 말을 망설였다.

"오늘 오후에 그 얘기를 해드리지요."

"점심때 말이에요?"

"아니 오후에요. 제기 우연히 당신이 베이커 양과 가깝다는 걸 알게 되었어요. 혹시…… 베이커 양을 사랑하나요?"

"아니에요, 친구 분. 난 그녀를 사랑하고 있는 게 아닙니다."

"하지만 베이커 양이 친절하게도 이 문제를 당신에게 얘기해 주도록 응낙했어요."

나는 그가 말한 '이 문제'라는 것이 무엇인지 전혀 짐작할 수 없었다. 그것은 나에게 별다른 도움이 될 것 같지 않았다. 오히려 성가신 일이었다. 나는 제이 개츠비의 얘기를 하려고 조던에게 차를 마시러 오라고 했던 것은 아니었다. 나는 그의 부탁이 아주 엉뚱한 것일 게 분명하다고 생각했고, 한동안 내가 사람이 우글거리는 그의 저택을 찾아갔던 것을 후회하고 있었다. 그는 더 이상 말을 하지 않았다. 뉴욕이 가까워지자 그의 자세는 더욱 단정해졌다.

우리는 빨간 띠를 두른 원양 어선이 언뜻 보이는 루스벨트 항을 지나, 제법 손님이 북적거리는 어두컴컴하고 낡아빠진 1900년대의 술집들이 즐비한 빈민가를 빠져나가고 있었다. 그러자 차가 이윽고 양쪽으로 재의 골짜기가 펼쳐진 길로 접어들었다. 나는 머틀이 가쁜 숨을 몰아쉬며 주유소의 휘발유 펌프를 힘들게 잡아당기는 모습을 언뜻 보았다.

우리는 차의 흙받이를 날개같이 활짝 펴고 아스토리아 마을 중간까지 먼지를 뿌리며 달렸다. 그런데 중간까지만 그렇게 달렸다. 왜냐하면 우리가 고가 도로의 기둥들 사이로 꺾어 들었을 때 '부르릉 부르릉' 하는 귀에 익은 오토바이 소리가 들리더니 야비한 표정을 지으며 경찰이 옆으로 달려들었기 때문이었다.

"이게 뭔지 아나?"

개츠비가 소리쳤다. 우리는 속력을 줄였다. 그는 지갑에서 하얀 카드를 꺼내더니 그것을 경찰의 눈앞에 대고 흔들었다.

"죄송합니다. 알아뵙지 못하고……."

경찰은 그를 알아보고 모자를 슬쩍 들어 올렸다.

"다음부터는 알아서 모시겠습니다, 개츠비 씨. 실례했습니다!"

"뭘 보여준 거죠?"

내가 물었다.

"언젠가 한 번 이곳 경찰서장의 부탁을 들어준 적이 있어요. 그 후로 매년 크리스마스 때가 되면 카드를 보내오더군요."

넓게 잘 뚫린 고가 도로 사이로 내리비치는 햇빛이 지나가는 자동차들 위에서 끊임없이 빛났다. 강 건너편에는 '더럽지 않은 돈으로' 라는 희망으로 세워진 흰색 집들과 네모반듯한 건물들이 우뚝우뚝 솟아 있는 도시가 보였다. 퀸즈보로 교에서 바라보는 그 도시는 세계의 모든 신비와 아름다움을 조화롭게 간직하고 있었기 때문에 언제나 새로운 감동을 주었다.

국화꽃으로 완전히 뒤덮인 영구차가 우리 곁을 스쳐 지나갔다. 그 뒤를 휘장을 친 두 대의 마차가 따르고, 다음에는 고인의 친구들이 탄, 앞선 두 대의 마차보다는 슬픔이 덜한 몇 대의 마차가 뒤따랐다. 그 친구들은 남동부 유럽인 특유의 짧은 윗입술과 비극적인 눈망울로 우리를 보았다. 개츠비의 호화판 자동차가 그들의 우울한 휴일의 구경거리 속에 끼여든 것이 나는 기뻤다.

블래크웰 섬을 지나칠 때 리무진 한 대가 우리를 스쳐 갔는데, 백인 운전사가 모는 그 차에는 당시 유행하던 옷차림을 한 두 흑인 남자와 한 흑인 여자가 타고 있었다. 달걀 노른자위 같은 그들의 눈동자가 거만스러운 경쟁 의식으로 우리를 바라볼 때, 나는 그만 소리 내어 웃고 말았다.

'이제 이 다리를 건너왔으니 무슨 일이 벌어지겠지.'

나는 혼자 상상을 했다. 그런데 이게 무슨 일인가! 개츠비의 얼굴에는 아무런 변화의 빛도 보이지 않았다.

왁자지껄한 정오였다. 나는 어느 환기 잘되는 42번가 지하실에서 점심을 먹기 위해 개츠비를 만났다. 바깥 거리의 찬란한 햇살에 익숙해 있던 나는, 어떤 남자와 옆방에서 이야기를 나누고 있던 그를 간신히 찾아낼 수 있었다.

"캐러웨이 씨, 이분은 내 친구 울프심 씨예요."

키가 작고 코가 납작한 유대인이 커다란 머리를 들어 나를 쳐다보았다. 그는 양쪽으로 가른 탐스러운 머리카락을 양 콧구멍까지 길게 내려뜨리고 있었다. 나는 지하 식당에 들어간 지 한참 후에야 희미한 어둠 속에서 그의 아주 작은 눈을 발견했다.

"그래서 난 그 자를 한 번 보았지요."

울프심은 내 손을 격렬하게 흔들어대며 말했다.

"그런 다음 내가 어떻게 했으리라고 생각하십니까?"

"어떤 것에 대해서요?"

내가 겸손하게 물었다.

그러나 그는 분명히 내게 말하고 있는 게 아니었다. 내 손을 놓은 그는 그 표정이 풍부한 코로 개츠비를 뒤덮었으니까.

"나는 개츠포에게 돈을 전해 주고 이렇게 말했지요. '좋아 개츠포, 그 녀석이 입을 다물기 전에는 한 푼도 지불하지 마.' 그랬더니 그 자가 금방 입을 다물어버리더군요."

개츠비는 우리 두 사람의 팔을 잡아끌고서 식당으로 들어갔다. 그러자 울프심은 막 시작한 말을 끊고는, 마치 몽유병에 걸린 사람처럼 멍한 상태에 빠져버렸다.

"하이볼로 드릴까요?"

웨이터 장이 물었다.

"근사한 식당이군요."

울프심이 천장에 그려진 기독교풍의 요정을 쳐다보며 말했다.

"길 건너편 식당이 더 좋아요."

"네, 하이볼로 주세요."

개츠비는 이렇게 대답하고 나서 울프심을 향해 말했다.

"하지만 그 집은 너무 더워요."

"덥고 좁지요. 맞아요."

울프심이 말했다.

"그렇지만 갖가지 추억이 가득 차 있잖아요."

"식당 이름이 뭐지요?"

내가 물었다.

"구메트로폴이에요."

울프심은 갑자기 우울한 표정으로 변하더니 잠깐 생각에 잠겨 있다가 말했다.

"이제는 다시는 만날 수 없는 친구들로 가득 차 있지요. 그곳에서 로지 로센탈이 총에 맞은 날 밤의 일은 영원히 잊을 수 없을 거예요. 우리는 여섯이서 테이블을 둘러싸고 있었지요. 로지는 밤새 실컷 먹고 마셨어요. 새벽이 거의 다 되었을 때였는데, 웨이터가 이상한 표정으로 그 친구에게 다가오더니 어떤 사람들이 밖에서 잠깐 보자고 한다고 말했어요. 그러자 로지는 '좋아.' 하고 일어나려고 했어요. 그때 난 그 친구를 잡아당겨 자리에 도로 앉히고 말했지요. '볼일이 있으면 그놈들더러 들어오라고 해, 로지. 나를 계속 도와주려면 자네는 절대 이 방에서 나가서는 안 돼.' 그때가 벌써 새벽 4시였는데, 만약 블라인드를 올렸다면 떠오르는 햇살이 보였을 거예요."

"그런데 밖으로 나갔나요?"

나는 궁금해서 물었다.

"물론 나갔지요."

울프심의 코가 분개한 듯이 나에게로 휙 돌려졌다.

"그는 문 앞에서 우리를 향해 뒤돌아보며 말했지요. '웨이터가 내 커피 치우지 못하게 해.' 그리고 그는 바깥 보도로 나갔어요. 그러자 놈들이 그의 불룩한 배에다 총을 세 발이나 쏘았지요. 그러고는 잽싸게 차를 몰고 도주해 버렸습니다."

"그중 네 놈은 전기 의자로 처형되었지요."

그의 콧구멍이 흥미 있게도 내게로 돌려졌다.

"당신은 사업 관계로 많은 사람들을 만나고 있는 걸로 알고 있는데요."

동시에 나온 이 두 가지 이야기에 나는 놀랐다. 개츠비도 깜짝 놀라 내 대신 대답했다.

"아, 그게 아닙니다. 이분은 그 사람이 아니에요."

"아니라니요?"

울프심은 실망한 듯했다.

"이분은 그저 제 친구예요. 그 얘기는 다음에 하기로 하지 않았나요?"

"죄송합니다."

울프심이 말했다.

"다른 사람으로 잘못 알았습니다."

묽게 조리한 해시 요리가 나왔다. 울프심은 구메트로폴 식당의 감상적이었던 분위기 따위는 깨끗이 잊어버린 듯 아주 맛있게 먹어대기 시작했다. 하지만 음식을 먹는 동안 그의 눈은 아주 천천히 식당 안을 살폈다. 바로 뒤에 있는 사람들까지 돌아다봄으로써 식당 안을 한 바퀴 다 둘러본 뒤에야 그는 눈을 음식에 고정시켰다. 만약 내가 없었더라면 그는 우리 테이블 밑도 잠시 살폈을 것이다.

"이봐요, 친구 분."

개츠비가 내 쪽으로 돌린 몸을 앞으로 기울이면서 말했다.

"아침에 차에서 기분 나쁘진 않았나요?"

그는 또다시 그 특유의 미소를 지어 보였으나, 이번에는 나 모르는 척했다.

"난 솔직하지 못한 걸 싫어해요."

내가 대답했다.

"당신은 왜 솔직하게 자신이 뭘 원하는지에 대해 말해 주지 않는 거죠? 난 그걸 이해할 수가 없어요. 왜 베이커 양을 통해야만 되죠?"

"아, 아무것도 숨기지 않아요."

그는 나를 안심시켰다.

"베이커 양은 알다시피 유명한 운동 선수라 틀린 일은 하지 않거든요."

그는 갑자기 자기 손목시계를 들여다보더니 벌떡 일어났다. 그러고는 나와 울프심을 식탁에 남겨둔 것을 개의치 않고 혼자 방을 나가버렸다.

"전화 걸러 가는 거예요."

울프심이 눈으로 개츠비를 좇으면서 말했다.

"멋진 친구지요. 미남인 데다 흠잡을 데 없는 신사예요."

"그래요?"

"저 친구는 옥스퍼드 출신이에요."

"그렇다면서요."

"영국의 옥스퍼드 대학에서 수학했지요. 옥스퍼드 대학 아시죠?"

"들은 적이 있습니다."

"세계에서 가장 유명한 대학 가운데 하나예요."

"개츠비 씨를 오래 전부터 알고 지냈나요?"

내가 물었다.

"여러 해 전부터예요."

그는 자랑스런 표정으로 대답했다.

"전쟁 직후에 그와 사귈 수 있는 기회를 얻었지요. 그와 처음 만나 한 시간 가량 얘기를 나누다 보니, 스스로 교양 있는 사람을 만나게 되었다는 것을 알게 되었어요. 나는 속으로 생각했지요. 집에 데려가서 어머니와 누이동생에게 소개하고 싶은 사람이라고요."

그는 잠시 말을 멈추었다.

"내 커프스 단추를 보고 있군요."

나는 단추를 보고 있었던 게 아닌데, 그 말을 듣자 그것으로 눈길이 갔다. 그것은 눈에 익은 상아 제품이었다.

"이건 사람의 어금니로 만든 최고의 물건이지요."

그는 내게 자세히 알려주었다.

"그래요?"

나는 호기심에 가까이 바라보았다.

"아주 재미있는 착상이군요."

"그래요!"

그는 양복 상의의 소매를 걷어올리며 말했다.

"그런데 개츠비 씨는 여자들한테 아주 소심해요. 친구 부인을 똑바로 쳐다보지도 않아요."

이렇듯 본능적인 신뢰감의 장본인이 식탁에 돌아와 앉자 울프심은 커피를 훌쩍 마시고는 일어섰다.

"잘 먹었습니다."

그가 말했다.

"눈치 없이 너무 오래 앉아 있었던 것 같네요. 이제 그만 두 분만의 시간을 갖도록 해야죠."

"서두르지 말아요, 마이어."

개츠비가 아주 진지하게 말했다.

울프심은 일종의 감사 기도라도 드리는 듯 한 손을 들어 올렸다.

"감사하지만 난 너무 늙었거든요."

그는 정중하게 말했다.

"두 분은 여기 앉아서 얘기들 나누십시오. 스포츠 얘기도 좋고, 젊은 아가씨 얘기도 좋고, 또……."

그는 또다시 손을 흔들고는 말했다.

"내 나이 이제 쉰입니다. 그러니 두 분께 더 이상 부담을 드리고 싶지 않아요."

그가 악수를 하고 돌아설 때, 그의 특색 있는 코가 떨리고 있었다. 나는 내가 혹시 그의 기분을 상하게 하는 말을 하지는 않았나 하고 걱정했다.

"저 사람은 때때로 아주 감상적이 되곤 해요."

개츠비가 말했다.

"오늘도 그런 날 중 하루인가 보네요. 뉴욕 일대에서는 알아주는 인물이에요. 브로드웨이 주민이지요."

"직업이 뭔데요? 배우인가요?"

"아니에요."

"그럼 치과 의사인가요?"

"마이어 울프심이 말인가요? 아니에요. 그는 도박사예요."

개츠비는 잠시 주저하더니 곧 냉정하게 덧붙였다.

"지난 1919년 월드 시리즈를 매수한 사람이지요."

"월드 시리즈를 매수했다고요?"

나는 되물었다. 그 말이 나를 동요시켰다. 나는 월드 시리즈가 1919년에 매수되었다는 사실은 꿈에도 생각하지 못했다. 그것은 어떤 피할 수 없는 사정으로 그저 우발적으로 발생한 일일 거라고 생각했다. 한 사람이 5천만 명이나 되는 사람들의 신념을 농락하려 나설 수 있으리라고는 생각조차 못했던 것이다.

"어떻게 그런 일이 가능하지요?"

잠시 후에 내가 물었다.

"그저 운이 좋았던 거지요."

"그런데 복역하고 있지는 않군요."

"그를 잡을 수가 없는 겁니다. 조금도 빈틈이 없는 사람이니까요."

나는 음식 값을 내가 내겠다고 우겼다. 웨이터가 거스름돈을 갖고 왔을 때, 나는 우연히 사람들로 가득 찬 방 건너편에 있는 톰 부캐넌을 발견했다.

"잠깐 나와 함께 가시지요."

내가 말했다.

"어떤 사람한테 좀 아는 체를 해야겠습니다."

우리를 보고 톰은 급히 일어나서 우리 쪽으로 발걸음을 옮겼다.

"어디에 가 있었어?"

그가 진지하게 물었다.

"자네가 전화를 하지 않아서 데이지가 무척 화났네."

"부캐넌, 이분은 개츠비 씨야."

두 사람은 간단하게 악수를 했다. 순간 개츠비는 당황한 것 같기도 하고, 긴장되어 보이는 어색한 표정을 지었다.

"도대체 어떻게 지냈어?"

톰은 다시 내게 따져 물었다.

"그리고 무슨 일로 이렇게 멀리까지 식사를 하러 온 거야?"

"개츠비 씨랑 점심 식사를 하러 온 거야."

이렇게 말하고 나는 개츠비 쪽을 돌아다보았지만, 그는 벌써 거기에 없었다.

"1917년 10월 어느 날이었어요."

조던 베이커는 플라자 호텔의 정원 다실에 있는, 등받이가 곧은 의자에 똑바로 앉아서 이렇게 말했다.

"나는 보도와 잔디밭을 번갈아 가며 줄곧 걸어가고 있었어요. 잔디 위를 걷는 일은 무척 즐거웠어요. 왜냐하면 앞창에 고무 혹이 붙어 있는 영국에서 보내온 구두를 신고 있었는데, 그것이 부드러운 흙 속으로 파고 들어갔기 때문이지요. 스커트는 체크 무늬로 된 새것을 입고 있었는데, 바람이 불면 조금씩 펄럭였어요. 그럴 때면 붉고 하얗고 또 푸른 깃발들이 모든 집 앞에 빳빳하게 펼쳐진 채 못마땅한 듯이 '타타타탓' 소리를 내며 바람에 휘날렸지요. 가장 큰 깃발과 가장 넓은 잔디밭은 데이지 훼이 가(家)의 소유였어요. 데이지는 나보다 두 살 많은 열여덟 살이었는데, 루빌에서 가장 인기가 많은 아가씨였어요. 그녀는 흰색의 소형 로드스터를 갖고 있었고 흰옷을 자주 입고 다녔어요. 데이지네 집 전화가 하루 종일 울려댄 그날 밤, 테일러 기지의 들뜬 젊은 장교들이 데이지를 독점하겠다고 나섰지요. '어떻게 해서든지 한 시간 동안만!' 하면서 말이에요. 그날 아침

내가 그 집 맞은편에 갔을 때, 그녀의 흰색 로드스터가 길모퉁이에 정차해 있었는데, 그 안에 데이지와 그때까지 한 번도 본 적이 없는 어떤 중위가 나란히 앉아 있었어요. 두 사람은 서로에게 너무나 열중해 있었기 때문에 내가 바로 앞까지 다가가도록 내가 나타난 걸 몰랐어요. 그런데 갑자기 '안녕, 조던!' 하고 뜻밖에 데이지가 소리쳤어요. '이리 좀 와볼래?' 나는 데이지가 내게 말을 거는 바람에 우쭐해졌어요. 왜냐하면 그때 나는, 나보다 나이 많은 아가씨들 중에서 데이지를 가장 좋아했었거든요. 데이지는 내게 적십자사로 붕대를 만들러 가는 길이냐고 묻더군요. 내가 그렇다고 대답했더니 자기는 오늘 가지 못하니 대신 전해 달라고 하더라고요. 그 장교는 데이지가 말하고 있는 동안 내내 그녀를 바라보고 있었는데, 아가씨라면 누구나 자기를 언젠가는 누가 그렇게 바라보아 주기를 바라는 그런 좋은 인상을 풍겼어요. 내게는 그게 너무나 낭만적으로 보여서, 지금도 그 일이 잊혀지지가 않아요. 그 장교의 이름은 제이 개츠비였어요. 그 후 4년이 지나도록 나는 그를 만나지 못했어요. 롱아일랜드에서 그를 만난 뒤에도 나는 그가 바로 그 장교였다는 것을 알아차리지 못했어요. 그것은 1917년의 일이었지요. 그 다음해에는 내게도 두세 명의 애인이 생겼고, 토너먼트 경기에 나가기 시작했기 때문에 난 데이지와 자주 만나지 못했어요. 데이지는 자기보다 나이가 좀 많은 사람들과 사귀고 있었지요. 데이지의 주변엔 좋지 못한 소문이 떠돌았어요. 어느 겨울밤에 여행 가방을 꾸리다 어머니에게 들켰는데, 해외로 떠나는 어떤 군인을 전송하러 뉴욕으로 가려고 했었다는 거였어요. 그녀는 당연히 가지 못했고, 그 후 몇 주일 동안 가족들과 말을 하지 않았어요. 그 일이 있은 후 데이지는 다시는 군인과 사귀지 않았어요. 대신 군대에는 절대로 입대하지 못하는 평발인 남자나 눈이 나쁜 몇몇 청년들하고만 사귀었지요. 이듬해 가을이 되어서야 데이지는 다시 예전처럼 명랑해졌어요. 휴전 후 사교계에 데뷔했고, 2월에는 뉴올리언스 출신의 남자와 약혼했다는 소문이 들렸어요. 그런데 느닷없이 6월에 시카고의 톰 부캐넌과 결혼을 했어요. 루빌에서는 전에 없던 성대한 결혼식이었지요. 신랑은 네 대의 자가용에 백 명이나 되는 하객을 싣고 와서 멀바크 호텔 한 층을 전세 냈어요. 그리고 결혼식 전날 35만 달러짜리 진주 목걸이를 데이지에게 주었고요. 난 신부 들러리를 섰죠. 피로연이 시작되기 30분 전에 내가 신부 방에 들어갔을 때, 데이지는 꽃 장식을 한 드레스를 입고 5월의 장미처럼 아름다운 모습으로 침대에 누워 있었어요. 술에 취해 원숭이처럼 빨갛게 되어서 말이에요. 한 손에는 소련산 백포도주 병을 들고 있고, 다른 한 손에는 편지 한 통을 들고 있더군요. '축복해 줘.' 하고 그녀가 중얼거렸어요. '전에는 술을 전혀 마시지 않았어. 그렇지만 정말 술은 먹을 만해.' '왜 이러는 거죠, 데이지?' 난 겁이 났어요. 사실이에요. 그런 여자를 한 번도 본 적이 없었거든요. '이 봐.' 데이지는 침대에 놓아둔 휴지통을 뒤져서 진주 목걸이를 꺼냈어요. 그러고는 '이걸 아래층으로 가지고 가서 누구에게든 그 주인에게 돌려줘. 그리고 그들 모두에게 데이지는 이미 마음이 변했다고 말해. 데이지는 마음이 변했다고 말이야.' 하면서 울기 시작했어요.

울음은 끊이지 않았어요. 나는 달려가서 데이지 어머니의 하녀를 데려와 문을 잠그고 데이지를 냉탕에 집어넣었어요. 그녀는 편지를 꼭 쥐고 욕조 속으로 들어가서는, 그것을 꼭 쥐어짜서 젖은 덩어리로 만들어버렸어요. 그러고는 그것이 눈송이처럼 산산이 부서지는 것을 보고서야 내게 주었어요. 그렇지만 데이지는 그 뒤 한마디도 하지 않았어요. 우리는 데이지에게 강한 암모니아수를 주고 이마에 얼음 마사지를 해준 다음, 드레스를 입혀 등의 호크를 끼워주었어요. 30분 뒤 우리가 그 방을 나올 때, 진주 목걸이는 데이지의 목에 걸려 있었어요. 소동은 끝난 거죠. 다음날 5시에 데이지는 조용히 톰 부캐넌과 결혼했고, 9개월간의 남태평양 여행길에 올랐어요. 난 여행에서 돌아온 그녀를 산타바바라에서 만났지요. 그런데 그때 난 그녀처럼 남편에게 푹 빠진 사람은 처음 본다고 생각했어요. 데이지는 남편이 잠시라도 밖에 나가면 불안해서 사방을 두리번거리며 '톰은 어디 갔지?' 하고 묻는 거였어요. 그리고는 그가 보일 때까지 정신나간 표정을 짓고 있었어요. 또 해변의 모래 위에서 자기 무릎을 베고 누운 남편의 얼굴을 어루만지며 한없이 기쁜 표정으로 1시간씩이나 그를 들여다보고 있었어요. 그들이 함께 있는 모습을 보는 건 매우 즐거운 일이었지요. 사람들로 하여금 말소리를 죽이게 하고 마음을 평화롭게 해 웃게 만드는 거였어요. 그런데 그해 8월 어느 날이었어요. 제가 산타바바라를 떠난 지 일주일이 되던 날 밤에 톰의 차가 벤튜라 거리에서 마차와 충돌했고, 그의 차 앞바퀴가 빠져나갔지요. 같이 탔던 여자의 팔 하나가 부러졌기 때문에 여러 신문에 그 기사가 실렸어요. 그 여자는 산타바바라 호텔의 침실 담당 종업원이었지요. 다음 해 4월에 데이지는 딸을 낳았고, 그들은 일년 정도 프랑스에서 보냈어요. 어느 해 봄에 나는 칸에서 그들을 만났고, 그 후 도빌에서도 만났는데, 그 다음에 그들은 시카고에 정착하려고 돌아왔어요. 아시겠지만 데이지는 시카고에서 인기가 많았죠. 그 두 사람은 건달들과 어울렸어요. 그들은 모두 젊은 부자들로 절제 없는 생활을 하는 사람들이었는데, 데이지만은 절대로 스캔들이 나지 않도록 정숙함을 지켰지요. 그것은 아마도 그녀가 술을 마시지 않았기 때문이었을 거예요. 이야기꾼들 속에서 술을 마시지 않는다는 것은 무척 유리하거든요. 술을 안 마시면 입을 다물고 있어도 될 뿐만 아니라, 사람들이 만취가 되어 눈뜬장님처럼 된 틈을 타 약간의 탈선도 할 수 있지요. 아마도 데이지는 불장난 같은 건 전혀 해본 적이 없을 거예요. 그런데도 데이지의 음성에는 어딘지 연정이 느껴지지요. ……그런데 약 6주 전에 데이지는 수년 만에 처음으로 개츠비라는 이름을 다시 듣게 되었어요. 내가 아마 당신에게 웨스트에그에 사는 개츠비라는 사람을 아느냐고 물었었지요, 생각나세요? 그때였어요. 당신이 집으로 돌아가고 난 뒤, 데이지가 내 방으로 들어와 나를 깨워서는 '무슨 개츠비지?' 하고 묻더군요. 그래서 내가 아는 얘기를 해주었더니, 그때 나는 반쯤 자고 있는 상태였는데, 데이지는 자신이 알고 있는 그 사람이 분명하다며 정신나간 듯이 중얼거렸어요. 그때서야 비로소 나는 개츠비 씨를 데이지의 흰색 로드스터 안에 앉아 있던 그 장교와 연관시킨 거지요."

조던 베이커가 이 모든 이야기를 끝냈을 때는 우리가 플라자 호텔을 출발한 지 벌써 반 시간이나 지난 후였다. 그때 우리는 빅토리아 포장마차를 타고 센트럴 파크를 달리고 있었다. 해는 이미 50번가의 영화배우들이 살고 있는 고층 아파트 뒤로 넘어갔으며, 어느 틈엔가 풀숲의 귀뚜라미처럼 모여든 많은 아이들의 목소리가 뜨거운 황혼 속에서 들려왔다.

나는 아라비아의 족장
그대의 사랑은 나만의 것.
그대가 잠든 밤에
나는 가리라, 그대의 천막 속으로.

"그거 정말 우연의 일치라고 하기엔 이상한데요."
내가 말했다.
"아니에요, 그건 전혀 우연의 일치가 아니었어요."
"왜 그렇게 생각하는 거죠?"
"개츠비 씨는 데이지가 바로 만(灣) 건너편에 살고 있을 거라고 확신했기 때문에 그 저택을 산 거예요."

그렇다면 6월의 그 밤, 개츠비가 애원하듯 쳐다보고 있었던 것은 단지 별이 아니었던 것이다. 그는 목적 없이 화려하기만 한 그의 태내로부터 다시 태어나 생동하며 나에게 나타났던 것이다.

"그는 알고 싶어해요."

조던이 계속해서 말했다.

"혹시 당신이 어느 날 오후 데이지를 집으로 초대하고, 자신도 초대해 줄 수 있는지를 말이에요."

그의 소망이 그처럼 소박한 것에 나는 적이 감동했다. 그는 5년이나 기다렸고, 거대한 저택을 샀으며, 그곳에서 스스로 찾아온 하루살이들에게 별빛을 나누어주면서도, 자신은 단지 어느 날 오후 남의 집 정원에 초대받을 수 있기를 기다리고 있었던 것이다.

"그가 직접 말하기 전에 내가 먼저 알아차렸어야 했나요?"

"그는 걱정을 했어요. 너무 오랫동안 기다렸지요. 혹시 당신의 감정을 상하게 하지 않을까 염려했던 거예요. 그는 여간 신중한 사람이 아니거든요."

나는 좀더 알고 싶었다.

"왜 그가 당신한테 만남을 주선해 달라고 부탁하지 않았을까요?"

"그는 데이지가 자신의 집을 둘러보기를 원해요."

조던이 설명했다.

"그런데 당신 집이 바로 그 옆에 있잖아요."

"그렇군요."

"나는 그가 그 많은 파티가 열리는 어느 날 밤에 데이지가 홀연히 나타나주기를 항상 기대하고 있었다고 생각해요."

조던이 계속 말했다.

"그렇지만 데이지가 좀처럼 나타나지 않았던 거지요. 그러자 그는 만나는 사람마다 혹시 데이지를 아느냐고 묻기 시작했어요. 그런데 내가 바로 데이지를 알고 있는 첫 번째 사람이었어요. 그가 댄스 파티에서 사람을 시켜 나를 초대한 바로 그날 밤의 일이었어요. 그가 그렇게 하려고 노력했던 그 세심한 자세에 대해 당신도 들었더라면 좋았을 텐데. 물론 나는 그에게, 당신을 뉴욕에서 점심 식사에 초대하라고 즉시 제안했지요. 그러고 나서 나는 그가 화가 난 줄 알았어요. 그는 '나는 정도(正道)가 아닌 길은 걷고 싶지 않습니다.' 하고는 덧붙여 말했어요. '바로 이웃에서 만나고 싶어요.' 당신이 톰의 각별한 친구라고 말하자, 그는 모든 계획을 포기해 버리려고 했어요. 그는 데이지의 이름이라도 우연히 볼 수 있을까 해서 여러 해 동안 시카고의 신문을 읽어왔다고 하면서도, 톰에 대해서는 별로 아는 게 없었어요."

서서히 어둠이 깔리기 시작했고, 우리가 탄 마차는 조그마한 다리 아랫길로 접어들고 있었다. 나는 한 팔로 조던의 황금빛이 도는 어깨를 껴안아 내 쪽으로 끌어당기면서 그녀를 저녁 식사에 초대했다. 어느새 나는 데이지나 개츠비에 대해서는 잊어버리고 말았다. 대신 깨끗하고 다부지며 항상 회의 속에서 사람을 대하는 까다로운 여자 조던에 대해서만 생각했다. 그런데 뜻밖에도 조던은 순순히 내 가슴에 몸을 기댔다. 순간 나는 걷잡을 수 없는 일종의 흥분을 느꼈는데, 귓속에선 이런 문구가 울려대기 시작했다.

'쫓기는 자와 쫓는 자, 분주한 자와 지친 자가 있을 뿐이다.'

"데이지도 의미 있는 삶을 살도록 도와주어야 해요."

조던이 내게 속삭였다.

"데이지가 개츠비 씨를 만나고 싶어할까요?"

"데이지가 그 사실을 알면 안 돼요. 개츠비 씨는 데이지가 아는 걸 원치 않으니까요. 데이지를 만찬에 초대하는 게 좋겠어요."

검은 나무숲의 장벽을 지나 59번가로 접어들자 희미한 한줄기 불빛이 공원 쪽을 내리비추고 있었다.

개츠비나 톰 부캐넌의 경우와 달리, 내게는 몇 년씩 잊지 못하고 가슴 아파하는 그런 여인이 없었다. 그래서 나는 두 팔에 힘을 주어 조던을 끌어당겼다. 그녀의 파리하고 비웃는 듯한 미소가 입가에 떠올랐다. 그것을 보고 나는 그녀를 더 가까이 끌어당겼고, 마침내는 내 얼굴에까지 끌어당겼다.

제5장

그날 밤 웨스트에그로 돌아왔을 때, 나는 내 집에 불이 난 게 아닌가 하는 착각에 빠졌다. 새벽 2시였는데, 집 주변 전체가 불빛으로 이글거렸다. 그리고 그 불빛은 관목 숲을 영화 속의 한 장면처럼 비춰주었으며, 길가의 전선들을 가느다란 황금빛 선으로 번뜩이게 했다. 길모퉁이를 돌아서야 나는 개츠비의 저택 전체에 불이 켜져 있어 그렇게 보인다는 것을 알았다.

처음에 나는 무슨 파티라도 열려서, 화려한 야회가 끝나고 놀이를 위해 개방된 것이라 생각했다. 그러나 그곳에서는 아무 소리도 들리지 않았다. 다만 나무들 사이에서 바람이 일어 전선을 움직이게 했고, 그래서 마치 저택이 어둠을 향해 윙크를 하는 것처럼 불빛이 계속 비쳤다 사라졌다 했다. 내가 타고 온 택시가 부르릉거리며 사라질 때, 나는 개츠비가 잔디밭을 가로질러 내게 걸어오는 것을 볼 수 있었다.

"당신의 저택은 정말 휘황찬란하군요."

내가 말했다.

"그래요?"

그는 얼빠진 모습으로 시선을 그쪽으로 돌렸다.

"방들을 좀 살펴보고 있는 중이에요. 친구 분, 지금 코니아일랜드로 가는 게 어떻겠소?"

"너무 늦었는데요."

"그렇다면 수영은 어떨까요? 여름 내내 한 번도 사용하지 않았거든요."

"난 좀 자야겠어요."

"그럼 좋습니다."

그는 자신을 진정시키며 나를 바라보았다.

"베이커 양과 많은 이야기를 했습니다."

잠시 후에 내가 말했다.

"내일 데이지에게 전화를 걸어 이곳에서 저녁이나 함께 하자고 할까 합니다만."

"아, 그거 괜찮지요."

그는 관심 없는 듯 말했다.

"그렇지만 난 당신에게 폐를 끼치고 싶지 않아요."

"몇 시쯤이 좋을까요?"

"당신은 언제 시간이 있나요?"

그는 재빨리 내 말을 고쳐 말했다.

"다시 말하지만 난 당신에게 부담을 주고 싶지 않아요."

"모레가 어떨까요?"

그는 잠시 생각에 잠기더니 주저하며 말했다.

"그날은 잔디를 깎으려고 하는데……."

우리는 잔디밭을 내려다보았다. 내 집의 볼품없는 잔디밭이 끝난 곳에 선명하게 선이 그어져 그 지점부터 진초록의 손질이 잘된 그의 잔디밭이 시작되고 있었다. 나는 그가 내 잔디밭을 두고 하는 말이 아닌가 하고 생각했다.

"다른 일도 있어요."

그는 애매하게 말을 하다가는 망설였다.

"그럼 며칠 후로 연기할까요?"

내가 물었다.

"아, 그런 게 아니에요. 최소한……."

그는 어쩔 줄 몰라하며 말을 잇지 못하고 더듬거렸다.

"그런 게 아니고, 난 생각했어요. 저, 나 좀 보세요, 친구 분. 당신은 수입이 넉넉하진 못하죠?"

"그렇게 넉넉하지는 않지요."

이 말이 그를 안심시킨 듯했다. 그는 조금 전보다 한결 자신 있는 목소리로 말을 계속했다.

"수입이 넉넉하진 않을 거라고 생각했어요. 이건 실례가 되는 말일지도 모르지만…… 나는 일종의 부업으로 장사를 좀 하고 있어요. 그래서 생각해 보았는데, 만일 수입이 별로 좋지 못하다면 채권 매매를 해보는 게 어떨까요? 좋지 않을까요, 친구 분?"

"안 그래도 그 일을 하려고 준비하고 있어요."

"흥미로울 겁니다. 별로 시간을 빼앗기지 않으면서도 괜찮은 수입을 올릴 수 있지요. 그런데 그건 보안 유지가 아주 중요해요."

지금에야 깨달은 것인데, 만약 다른 상황에서였더라면 그 이야기는 내 인생을 바꿀 사건이 되었을지도 모르는 것이다. 그러나 당시 그 제안은 형식적인 것이었으므로, 나로서는 그 자리에서 깨끗하게 거절할 수밖에 없었다.

"난 지금 하고 있는 일도 힘에 벅찹니다."

내가 말했다.

"고맙지만 더 이상 다른 일에 신경 쓰기 싫어요."

"울프심과 사업상 관계를 맺어야 하는 건 아니에요."

분명히 그는 앞서의 점심 식사 때 언급된 '거래선'이라는 말 때문에 내가 물러선 것이라고 생각한 모양이었다. 그래서 나는 그가 잘못 생각한 것이라고 말해 주었다. 그는 내가 이야기를 계속하기를 바라면서 잠시 더 기다렸다. 그렇지만 나는 내 생각이 너무 강했기 때문에 거기에 응하질 못했다. 그러자 그는 하는 수 없이 집으로 돌아갔다.

그날 밤 나는 마음이 개운하고 즐거웠다. 나는 현관문을 들어서자 곧 깊은 잠에 빠져들었다. 그래서 나는 개츠비가 코니아일랜드로 갔는지, 아니면 자택에 불을 현란하게 켜놓고 몇 시간 동안이나 '방들을 살펴보았는지' 모른다. 다음날 아침 나는 사무실에서 데이지에게 전화를 걸어 만찬에 초대했다.

"그런데 톰은 데리고 오지 마."

나는 그녀에게 주의를 주었다.

"뭐라고요?"

"톰은 데려오지 말라고."

"톰이 누군데요?"

데이지는 순진하게 물었다.

데이지를 초대한 날은 비가 억수같이 퍼부었다. 11시쯤 우의를 입은 한 남자가 제초기를 끌고 와서 현관문을 두드렸다. 그러고는 개츠비가 우리 집 잔디를 깎으라고 보냈다는 말을 덧붙였다. 그때 내가 핀란드인 가정부에게 일하러 오라고 말한다는 걸 그만 깜빡한 것이 생각났다. 그래서 나는 빗물이 깨끗이 씻겨 내린 골목길을 정신없이 돌아다니던 끝에 그녀를 찾아냈다. 그러고는 약간의 컵과 레몬과 꽃을 사기 위해 차를 몰고 웨스트에그 마을로 갔다.

그러나 내가 사 온 꽃은 잠시 후 필요가 없게 되었다. 2시가 되자 개츠비의 저택으로부터 꽃을 담을 수많은 용기와 화분 하나가 도착했기 때문이다. 1시간쯤 지나자 현관문이 거칠게 열리더니, 하얀 플란넬 양복에 은빛 셔츠와 금빛 넥타이 차림의 개츠비가 허겁지겁 들어섰다. 그의 얼굴은 창백했고 특히 눈이 피곤해 보였다.

"모든 게 잘됐나요?"

그는 들어서자마자 물었다.

"잔디 얘기라면 잘됐습니다."

"잔디라고요?"

그는 멍청하게 묻더니 이내, "아, 마당의 잔디 말이군요." 하고는 잔디를 보려고 창 밖을 내다보았다. 그러나 그의 표정으로 판단하건대, 그의 눈에는 아무것도 들어오지 않는 것 같았다.

"아주 좋군요."

그는 건성으로 말했다.

"어느 신문을 보았더니, 4시쯤 비가 그칠 거라고 하더군요.《저널》지였던 것 같아요. 그런데 필요한 건 모두 준비됐나요? 차는 준비됐지요?"

나는 그를 식료품실로 데리고 들어갔는데, 그는 핀란드인 가정부를 좀 못마땅한 표정으로 바라보았다. 우리 두 사람은 식료품점에서 사 온 12개의 레몬 케이크를 자세히 살펴보았다.

"이거면 될까요?"

내가 물었다.

"물론, 물론이지요. 훌륭해요!"

그는 이번에도 건성으로 대답하고 이렇게 덧붙였다.

"……친구 분."

3시 30분쯤 되자 비는 선선한 안개로 변하더니, 다시 가는 빗방울로 변했다. 이따금 그 안개를 뚫고 가는 빗방울이 이슬처럼 흩날렸다. 개츠비는 멍한 눈으로 클레이의『경제학』을 훑어보고 있었다.

그러면서 부엌에서 핀란드인 가정부가 마룻바닥이 흔들리게 걷는 발소리에 놀라기도 하고, 마치 밖에서 충격적인 사건이 벌어지고 있기라도 한 듯이 가끔 흐릿한 창문 쪽으로 시선을 보내기도 했다. 그러다 마침내 일어서더니 나지막한 소리로 자기 집으로 돌아가겠다고 말했다.

"왜 그러죠?"

"아무도 오지 않는군요. 너무 늦었어요."

그는 무슨 급한 약속이라도 있는 것처럼 자신의 손목시계를 들여다보았다.

"나는 하루 종일 기다릴 수가 없어요."

"얼마나 기다렸다고…… 이제 겨우 4시 2분 전이에요."

그는 마치 내가 자기를 붙잡아 눌러버리기라도 한 것처럼 참담한 표정으로 의자에 도로 주저앉았다. 바로 그때 우리 집의 오솔길로 차가 들어오는 소리가 들렸다. 동시에 우리 둘은 벌떡 일어섰고, 나는 좀 걱정스런 심정으로 마당으로 나갔다.

한 대의 대형 무개차가 물방울을 뚝뚝 떨어뜨리는 앙상한 라일락 나무 아래를 지나 집 안 차도를 달려 올라오고 있었다. 차가 멈추자 삼각모를 한쪽으로 살짝 기울여 쓴 데이지가 밝고 황홀한 미소를 띠고 나를 쳐다보았다.

"이 집이 분명 오빠가 사는 집인가요?"

사람의 마음을 울렁거리게 하는 그녀의 목소리는 빗속에서 거친 고음으로 퍼져왔다. 나는 어떤 말이 나올 때까지 한동안 그저 귀를 쫑긋거리며 가만히 있어야 했다. 그녀의 뺨에는 한 가닥의 젖은 머리카락이 푸른 물감으로 가늘게 그은 것처럼 내려 붙어 있었고, 그녀가 차에서 내릴 때 거들려고 잡은 그녀의 손은 물방울로 빛나고 있었다.

"오빠가 저를 사랑하나요?"

그녀가 내 귀에 대고 낮게 속삭였다.

"그렇지 않다면 왜 저 혼자만 부른 거죠?"

"그건 래크렌트 성의 비밀이지. 운전사에겐 한 시간쯤 있다가 오라고 해."

"퍼디, 한 시간 후에 다시 와요."

운전사에게 이렇게 말하고 나서 그녀는 소리를 낮춰 내게 소곤거렸다.

"저 사람 이름이 퍼디예요."

"휘발유가 그의 코에 무슨 영향을 줬니?"

"그럴 리가 없는데요."

그녀는 순진하게 말했다.

"왜 그래요?"

우리는 집 안으로 들어갔다. 그런데 아주 놀랍게도 거실에는 아무도 없었다.

"어, 이상한데."

내가 고개를 갸우뚱거리며 말했다.

"뭐가 이상해요?"

그녀는 현관문을 점잖게 노크하는 소리가 가볍게 들려오자 그쪽으로 고개를 돌렸다. 내가 나가서 문을 열었다. 그러자 창백한 얼굴의 개츠비가 물구덩이 속에 서서 양손을 웃옷 주머니에 찔러 넣은 채 침통한 눈초리로 내 눈을 주시하고 있었다.

그는 양손을 계속 웃옷 주머니에 찔러 넣은 채 성큼성큼 걸어서 내 곁을 지나 홀로 들어가더니, 몸을 휙 돌려 거실로 사라졌다. 그러나 그것은 조금도 우습지 않았다. 나는 가슴이 몹시 두근거리는 것을 의식하면서, 한층 세차게 쏟아지는 비를 막으려고 현관문을 잡아당겼다.

한동안 침묵이 흘렀다. 그러고 나서 거실로부터 숨을 죽인 듯한 속삭임과 짧은 웃음소리가 들리고, 이어 데이지의 가식적인, 낭랑한 목소리가 들려왔다.

"다시 뵙게 돼서 정말 기쁘네요."

말이 끊어졌다. 그 시간이 너무나 길게 느껴졌다. 나는 홀에서 힐 일도 없고 해서 거실로 들어갔다. 개츠비는 여전히 양손을 웃옷 주머니에 찔러 넣은 채 지나칠 정도로 아주 편안하다는, 아니 지루할 정도라는 여유 있는 태도를 취하며 벽난로 선반에 기대어 서 있었다. 그는 그런 자세로 벽난로의 못 쓰게 된 시계의 숫자판에 기대어 머리를 뒤로 깊숙이 젖힌 채 갈피를 못 잡는 두 눈으로 데이지를 뚫어지게 내려다보고 있었다. 데이지는 놀랐지만 우아한 자태로 딱딱한 의자의 모서리에 침착하게 앉아 있었다.

"우리는 전에 만난 적이 있지요."

개츠비가 중얼거렸다. 그리고 그는 순간적으로 힐끗 나를 쳐다보았고, 그의 입술이 웃으려고 노력했으나 끝내 웃음은 나오지 않았다. 다행스럽게도 그 순간 시계가 그의 머리에 눌려서 위험할 정도로 기울어지자, 그는 뒤로 돌아서서 떨리는 손가락으로 그것을 붙잡아 다시 제자리에 걸쳐놓았다. 그러고 나서 그는 소파에 경직되게 앉아 팔꿈치를 팔걸이에 얹고 손으로 턱을 괴었다.

"시계를 건드려서 정말 미안해요."

그가 말했다.

그때 내 얼굴은 묘한 감정에 들떠 있었다. 그리고 내 머리 속에는 하고 싶은 말이 너무나 많았으나, 단 한마디의 평범한 말조차 꺼낼 수가 없었다.

"다 낡아빠진 시계인걸요."

나는 바보스럽게 대꾸를 했다.

바로 그 순간, 시계가 방바닥에 떨어져서 박살이 났다.

"그 후 우리는 여러 해 동안 못 만났어요."

데이지가 말했다. 그녀의 목소리는 더할 수 없이 침착했다.

"다가오는 11월이면 5년째가 됩니다."

개츠비가 한 이 대답의 어투가 우리로 하여금 또다시 최소한 1분간은 말을 중단하게 만들었다. 내가 그 두 사람에게 부엌에서 다과 준비하는 것을 좀 도와주겠느냐고 제의해 간신히 그들을 일어서게 했을 때, 눈치 없는 핀란드인 가정부가 차를 쟁반에 담아 가지고 들어왔다.

찻잔과 케이크를 받아놓는 약간의 소란 속에서도 그들의 어떤 자연스런 예의는 철저히 지켜졌다. 개츠비는 그늘진 자리로 옮겨 앉았는데, 내가 데이지와 이야기를 나누는 동안 긴장되고 침울한 눈초리로 물끄러미 우리 두 사람을 번갈아 바라보았다. 여하튼 빨리 침묵을 깨야 했기 때문에 나는 틈을 타서 핑계를 대고 일어섰다.

"어디 가려고요?"

개츠비가 대뜸 놀라며 물었다.

"곧 돌아올게요."

"잠깐 드릴 말씀이 있어요."

그는 허겁지겁 내 뒤를 따라 부엌으로 들어오더니, 문을 닫고는 풀이 죽어 귓속말로 말했다.

"어쩌면 좋지요?"

"왜 그래요?"

"이건 굉장한 실수예요."

그는 고개를 설레설레 내저으며 말했다.

"이건 엄청난 실수라고요."

"아니, 지금 당신은 단지 당황한 거예요."

그리고 나는 다행스럽게도 이렇게 덧붙였다.

"데이지 역시 당황하고 있어요."

"그녀도 당황했다고요?"

그는 믿어지지가 않는다는 듯이 되물었다.

"당신만큼 데이지도 당황하고 있어요."

"그렇게 큰 소리로 말하지 말아요."

"꼭 어린아이처럼 행동하는군요."

나는 참다못해 짜증을 냈다.

"뿐만 아니라 당신은 정말이지 예의가 없군요. 데이지가 저 방에 혼자 앉아 있지 않습니까?"

그는 한 손을 들어 내 말을 막았고, 영원히 잊을 수 없는 책망하는 눈초리로 나를 바라보고는 조심스럽게 문을 열고 그 방으로 되돌아갔다.

나는 30분 전쯤에 개츠비가 불안스럽게 집을 한 바퀴 돌았을 때와 똑같은 모습으로 뒷길로 빠져나가 마디가 울퉁불퉁한, 거대하고 검은 나무를 향해 달려갔다. 빽빽한 나뭇잎들이 비를 막아주는 덮개 구실을 해주었다. 비는 또다시 억수같이 퍼붓고 있었다. 고르지는 않았지만 개츠비의 정원사가 잘 깎아준 나의 잔디밭 작은 흙탕 구덩이와 늪을 많이 만들어내고 있었다.

나무 밑에서 바라볼 만한 것이라고는 개츠비의 거대한 저택밖에 없었기 때문에, 나는 반 시간 동안이나 칸트가 그의 교회 첨탑을 바라보았듯이 그것을 바라보고 있었다. 그 저택은 10년 전쯤에 어떤 양조 업자가 '시대'의 유행에 따라 최신형으로 지은 것이었는데, 그 양조 업자는 이웃의 모든 오두막집 주인들에게 만약 그들이 짚으로 지붕을 이으면 5년간 세금을 대신 내주겠다고 했다고 한다. 그러나 그들의 거절로 '한 가문을 창립'하려던 그의 계획은 좌절되었고 그의 가문은 몰락해 버렸다. 그래서 그 자식들은 현관문에 새긴 검은

화환을 그대로 둔 채 그 집을 팔았던 것이다. 미국인들이란 기꺼이 또는 열성적으로 농노 노릇을 하려고 하면서도, 언제나 농부의 위신을 잃지 않으려고 노력한다.

30분쯤 지나자 다시 햇살이 비치기 시작했고, 저녁 식사 재료를 실은 식료품점의 자동차가 개츠비의 저택 차도로 달려오는 게 보였다. 나는 개츠비는 분명히 그런 음식은 한 숟가락도 먹으려 하지 않을 것이라고 생각했다. 하녀 하나가 그의 저택 2층 창문을 열기 시작했는데, 그녀는 창문마다 잠깐씩 모습을 나타내고는 밖으로 내어단 중앙의 커다란 창문에 몸을 기대고 명상에 잠긴 듯한 얼굴로 정원을 향해 침을 뱉었다.

이제 돌아가야 할 시간이 되었다. 계속해서 비가 내릴 때 그 빗소리는, 감정이 격해짐에 따라 높아지곤 하는 개츠비와 데이지의 속삭임처럼 들렸었다. 그러나 비가 그친 뒤의 새로운 고요함에 빠져들자 그 고요함이 집 안에까지 깃든 것같이 느껴졌다.

난로를 넘어뜨릴 뻔한 소리를 내는 등 부엌에서 가능한 모든 시끄러운 소리를 낸 연후에 나는 거실로 들어갔다. 그러나 그들이 그 어떤 소리도 들었으리라고는 생각지 않는다. 두 사람은 긴 의자 양 끝에 앉아 서로 마주 보고 있었다. 마치 무슨 질문이 오고갔거나 또는 그것이 허공에 떠 있는 것 같았으나, 조금 전의 그 당황의 흔적은 보이지 않았다.

데이지의 얼굴은 눈물로 얼룩져 있었는데, 내가 들어서자 그녀는 자리에서 일어나 거울 앞으로 다가가서는 손수건으로 얼굴을 닦기 시작했다. 한편 개츠비에게는 놀랄 만한 변화가 있었다. 그는 정말로 환한 빛을 발하고 있었다. 환희의 말 한마디도, 행동도 없었지만, 새로운 행복감이 넘쳐흐르는 그 빛은 작은 방을 가득 채우고 있었다.

"아, 반갑군요, 친구 분."

그는 마치 오랜만에 나를 만난 것처럼 말했다. 나는 한순간 그가 악수를 하려는 것으로 생각했다.

"비가 그쳤어요."

"그래요?"

그는 내가 무슨 말을 하는지 알아차렸다. 그리고 방 안에 눈부신 방울 같은 햇살이 비치고 있는 것을 깨달았다. 그러고는 마치 다시 나타난 빛을 매우 기뻐하는 일기 예보관 같은 미소를 띠며 데이지에게 말했다.

"어떻게 생각해요? 비가 그쳤어요."

"잘됐군요, 제이."

가슴 아플 만큼 슬픔이 깃든 데이지의 낭랑한 목소리는 다만 예기치 못한 기쁨만을 나타냈다.

"당신과 데이지를 우리 집으로 초대하고 싶은데요."

개츠비가 말했다.

"데이지에게 우리 집을 꼭 구경시켜 주고 싶어요."

"내가 끼여도 방해가 안 될까요?"

"물론이죠, 친구 분."

데이지는 얼굴을 씻으러 2층으로 올라갔다. 나는 내 더러운 타월을 생각하고 부끄러운 생각이 들었으나 때는 이미 늦었다. 그동안 개츠비와 나는 잔디밭에서 그녀를 기다렸다.

"우리 집, 괜찮아 보이죠? 그렇지 않아요?"

개츠비가 물었다.

"앞면 전체가 햇빛을 받는 걸 좀 보세요."

나는 그 집이 근사하다는 것에 동의했다.

"그래요."

그는 자신의 집의 아치형 문 하나하나와 네모난 탑으로 시선을 옮겼다.

"저 집을 사기 위해 3년이나 돈을 모았어요."

"난 당신이 유산을 물려받은 줄 알고 있었는데요."

"물려받긴 했죠, 친구 분."

그는 냉정하게 말했다.

"그렇지만 대공황, 그 전쟁의 공황으로 난 유산을 대부분 잃고 말았어요."

지금 생각하면, 그때 그는 자신이 무슨 말을 하고 있는지도 모르고 있었던 것 같다. 왜냐하면 내가 무슨 일을 했었냐고 물었을 때 그 대답이 동문서답이라는 것을 깨닫기도 전에 그는 "그건 내 일이오." 하고 대답했던 것이다. 그러고는 "아, 나는 여러 가지 일을 했지요." 하고 자신의 말을 정정했다.

"처음엔 약품 사업을 했고 그 다음에 석유 사업을 했지요. 지금은 두 가지 다 그만두었어요."

그는 나를 더 주의 깊게 바라보았다.

"요 전날 밤에 내가 제의한 일을 생각해 봤나요?"

내가 미처 대답하기도 전에 데이지가 밖으로 나왔기 때문에 더 이상 말하지 못했다. 그녀의 드레스에 두 줄로 달린 놋쇠 단추가 햇빛을 받아 반짝였다.

"저기 저 어마어마한 저택인가요?"

데이지가 손으로 가리키며 소리쳤다.

"마음에 드나요?"

"정말 멋있어요. 그런데 저런 곳에서 어떻게 혼자 사는지 모르겠네요."

"나는 언제나 흥미로운 사람들이 밤낮 없이 집 안을 가득 메우게 하지요. 재미있는 일들을 하는 사람들 말입니다. 그중엔 잘 알려진 사람들도 있지요."

우리는 해협을 따라 난 지름길로 가는 대신, 한길까지 내려가 거대한 뒷문을 통해서 개츠비의 저택으로 들어갔다. 데이지는 푸른 하늘을 배경으로 한 봉건 시대풍 건물의 검은 윤곽을 여기저기 살펴보면서 감탄했다. 그녀는 또 정원과 수선화의 향기, 아가위와 서양 자두꽃의 거품 같은 향기, 그리고 야생 오랑캐꽃의 연한 향기에 감탄했다.

집 앞 대리석 계단에 이르렀는데도, 현관문 안팎에 인적을 보이지 않고 새소리밖에 들리지 않는 것이 이상했다. 나는 집 안으로 들어가 마리 앙투아네트 음악실들과 왕정 복고 시대풍의 객실들을 서성거리다가 비로소 그 이유를 알았다. 모든 손님들은 긴 의자와 테이블 뒤에 숨어서 우리가 지나갈 때까지 숨을 죽이고 가만히 있으라는 지시를 받았던 것이다. 개츠비가 '머튼 대학 도서실'의 문을 닫았을 때, 나는 분명히 그 올빼미 눈 같은 안경을 낀 남자가 유령 같은 기분 나쁜 웃음을 터뜨리는 소리를 들은 것 같았다.

우리는 2층으로 올라가 새 꽃으로 생기가 돌고 장밋빛과 라벤더 빛 비단으로 감싸인 침실들과 화장실, 그리고 당구장을 지나 욕조가 움푹 들어간 욕실들을 둘러보았다. 그 다음 어떤 방으로 들어가자 머리가 헝클어진 남자가 파자마 바람으로 방바닥에서 간장(肝臟) 운동을 하고 있었다. 그는 '하숙생'이라는 별명을 가진 클립스프링어였다. 나는 그날 아침, 해변가에서 하릴없이 서성거리고 있는 그를 보았다. 마침내 우리는 침실과 욕실, 그리고 애덤식 서재가 갖춰진 개츠비의 처소로 가서 그가 벽장에서 꺼내 온 샤트르즈 주를 한 잔씩 마셨다.

개츠비는 잠시도 데이지에게서 눈을 떼지 않았다. 그는 자신의 집에 있는 모든 물건을, 데이지의 아름다운 두 눈에 비치는 반응에 따라 재평가하고 있다고 느꼈다. 때때로 그는 데이지가 자기 눈앞에 실제로 와 있는 이 놀라운 상황에서는, 자신이 소유하고 있는 물건 따위는 이제 하나도 현실감이 없다는 듯이 멍하게 둘러보곤 했다. 그러다가 한 번은 계단에서 굴러 떨어질 뻔하기도 했다.

그의 침실은 모든 방 가운데 가장 수수했다. 다만 경대가 순금제 화장 세트로 장식되어 있는 것을 빼고는. 그 앞에서 데이지는 아주 좋아하며 빗을 집어들어 머리를 빗었고, 그러는 동안 개츠비는 의자에 앉아 두 눈을 가리고 웃음을 보였다.

"이건 이만저만 이상한 일이 아니군요, 친구 분."

그는 들떠서 유쾌하게 말했다.

"나는 애를 써도 저렇게 할 수 없거든요."

그는 이제 두 가지 과정을 거쳐서 세 번째 과정으로 접어들고 있는 것이 분명했다. 당황함과 이유 없는 환희를 거쳐, 이제는 데이지가 눈앞에 있는 데 대한 놀라움으로 어리둥절해하고 있었다. 그는 아주 오랫동안 이렇게 되리라는 생각만을 해왔고, 처음부터 끝까지 꼭 이렇게 되리라고 상상해 왔다. 말하자면 상상조차 할 수 없을 정도로 이를 악물고 기다려왔던 것이다. 이제 그는 그 반동으로 태엽을 너무 감아놓은 시계처럼 천천히 풀리고 있었다.

금방 다시 정상을 되찾은 그는 우리에게 양복과 화장 가운과 넥타이가 가득 차 있고, 벽돌이 차곡차곡 쌓인 것처럼 셔츠가 수북이 쌓인 두 개의 커다란 특허품 옷장을 열어 보여주었다.

"나는 영국에 내 옷을 사서 보내주는 사람을 하나 정해놓고 있는데, 봄가을이면 매번 최신 유행 옷을 골라 내게로 보내주지요."

그는 셔츠 더미 속에서 셔츠를 꺼내 우리 앞으로 하나씩 던졌다. 그러자 개켜져 있던 리넨, 두꺼운 비단, 곱게 짠 플란넬 셔츠들이 펼쳐지면서 형형색색의 색깔로 테이블을 뒤덮었다. 우리가 감탄하는 가운데 그는 다른 한 더미의 셔츠들을 꺼내 테이블 위에 올려놓았다. 산호색, 풋사과의 녹색, 라벤더 색 그리고 연한 오렌지색 바탕에

줄무늬, 소용돌이 무늬, 체크 무늬가 있는 셔츠들이었다. 갑자기 데이지가 그 속에 머리를 파묻고는 흥분한 소리로 격렬하게 울어대기 시작했다.

"정말 아름다운 셔츠들이네요."

그녀는 흐느끼며 말했는데, 그 소리는 겹겹으로 쌓인 셔츠에 묻혀 잘 들리지 않았다.

"지금까지 이렇게, 이렇게 아름다운 셔츠들은 본 적이 없어요. 너무 감격스러워요."

집 안을 둘러본 뒤에 마당과 풀장, 그리고 수상기와 잘 가꿔진 꽃을 볼 계획이었다. 그러나 밖에 다시 비가 내리기 시작해 우리는 나란히 서서 파도치는 바다를 바라보고 있었다.

"안개만 끼지 않았더라면, 만 건너에 있는 당신 집도 볼 수 있을 텐데."

개츠비가 말했다.

"당신의 부두 끝에는 밤새 녹색 등이 켜져 있더군요."

데이지는 개츠비의 겨드랑이에 자신의 팔을 끼웠다. 그런데 그는 조금 전에 자신이 한 말에 신경을 많이 쓰고 있는 것 같았다. 어쩌면 그 등불의 의미심장함이 이제는 완전히 사라져버렸다는 생각이 그의 머리 속에 문득 떠올랐을지도 모른다. 데이지로부터 자신을 떼어놓고 있던 먼 거리에 비하면, 그 불빛은 데이지에게 아주 가까이, 거의 닿을 것같이 보였던 것이다. 이제 그것은 다시 부두의 한 녹색 등불이 되어버렸다. 그가 마음속에 가지고 있던 매력적인 대상 하나가 사라진 것이다.

나는 희미하게 드러난 여러 물건들을 살펴보며 어둑어둑한 방 안을 거닐기 시작했다. 개츠비의 책상 너머 벽에는 요트복 차림의, 나이가 꽤 들어 보이는 남자 사진이 걸려 있었는데, 이상하게도 그것이 내 눈길을 끌었다.

"저 사람은 누군가요?"

"저 사람 말입니까? 댄 코디 씨예요."

어디선가 들어본 적이 있는 이름이었다.

"지금은 고인이 되었지요. 그렇지만 얼마 전까지만 해도 나와 가장 친한 친구였어요."

큰 사무용 책상 위에는 역시 요트복을 입은 개츠비의 조그만 사진이 놓여 있었다―그는 반항적으로 보이기 위해 머리를 뒤로 젖히고 있었다―그가 열여덟 살쯤에 찍은 사진 같았다.

"난 이 사진이 정말 좋아요."

데이지가 소리쳤다.

"머리를 모두 뒤로 빗어 넘겼군요! 머리를 이렇게 했었다는 얘기는 지금까지 한 번도 하지 않았어요. 요트 얘기도 그렇고요."

"이걸 봐요."

개츠비가 빠르게 말했다.

"오려낸 기사 쪽지가 많아요. 당신에 관한 기사지요."

두 사람은 나란히 서서 그것을 살펴보고 있었다. 내가 막 루비를 보여달라고 말하려는데 전화 벨이 울렸다. 개츠비가 수화기를 집어 들었다.

"네. ……글쎄요, 지금은 말할 수 없네요, 친구 분. ……난 작은 도시라고 했어요. 그는 작은 도시가 어떤 것인지 알아야 해요. ……그런데 그가 디트로이트를 작은 도시라고 생각한다면 더 이상 우리에게 필요가 없습니다……."

그는 전화를 끊었다.

"이리 좀 와보세요."

데이지가 창가에서 소리쳤다.

밖엔 여전히 비가 내리고 있었지만, 서쪽에는 어둠이 물러갔고 바다 위엔 분홍빛과 황금빛의 거품 같은 구름이 소용돌이치고 있었다.

"저것 좀 보세요."

데이지가 속삭이고 나서 잠시 후 이렇게 말했다.

"저 분홍빛 구름을 한 덩어리 떼어 그 속에 당신을 넣어 밀고 나녀봤으면 좋겠어요."

나는 그때 돌아오려고 했지만, 그들은 아랑곳하지 않았다. 아마도 내가 거기에 있다는 것이 그들로 하여금 더욱 단둘만의 호젓한 느낌을 갖게 하는 것 같았다.

"이렇게 하지요."

개츠비가 말했다.

"클립스프링어에게 피아노를 치게 하는 겁니다."

그는 방 밖으로 나가서 "유잉! 하고 불렀다. 그리고 잠시 후 약간

수척한 몸에 별갑테 안경을 쓰고 어리둥절해하는, 숱이 적은 금발의 청년을 데리고 들어왔다. 청년은 앞이 터진 스포츠 셔츠와 누런색 즈크 팬츠를 단정하게 입고 운동화를 신고 있었다.

"연습하시는 데 방해가 되지는 않았나요?"

데이지가 공손하게 물었다.

"아니오, 그렇지 않습니다."

클립스프링어는 매우 당황해하면서 큰 소리로 말했다.

"실은 죽 자고 있었습니다. 이제 막 일어났지요."

"클립스프링어는 피아노를 칠 줄 알아요."

개츠비가 청년의 말을 가로막았다.

"그렇지 않소, 유잉, 친구 분?"

"잘 치지는 못합니다. 아니 못 쳐요. 아주 못 칩니다. 통 연습을 하지 않았거든요."

"차라리 우리가 아래층으로 내려가지요."

개츠비가 청년의 말을 가로막고는 스위치를 올렸다. 온 집 안이 전등불로 환하게 밝아지면서, 어스름하게 보이던 창문들이 사라져버렸다. 음악실에 들어서자 개츠비는 피아노 옆에 외로이 있는 전등을 켰다. 그는 떨리는 손으로 성냥을 켜 데이지의 담배에 불을 붙여주고는 구석에 있는 긴 의자에 그녀와 함께 앉았다. 거기에는 홀에서 스며드는 불빛으로 반사된 마룻바닥의 빛을 제외하고는 빛이라곤 전혀 없었다.

클립스프링어는 〈사랑의 보금자리〉를 연주한 뒤 의자에서 몸을 돌려 어정쩡한 표정으로 어둠 속에서 개츠비를 찾았다.
"연습을 전혀 하지 않았습니다. 연주를 잘 못한다고 했지요. 통 연습을 하지 않아서……"
"더 말하지 말아요, 친구 분."
개츠비가 명령했다.
"음악을 계속 들려주세요."

아침에도
저녁에도
우리는 즐겁지 않네.

밖엔 바람 소리가 요란했고, 해협을 따라 약한 천둥 소리가 울려 퍼졌다. 그 무렵 웨스트에그에는 온통 불이 켜지고 있었다. 전동차는 사람들을 싣고 뉴욕으로부터 빗줄기를 뚫고 오면서 속력을 내고 있었다. 사람들에게 큰 변화가 일어나는 시간이라 공기 속에도 온통 흥분이 일고 있었다.

한 가지만은 분명하기에 더 분명한 것은 없네.
부자는 더욱 부자가 되고 가난한 사람은 자식들만 얻네.
그러는 동안, 그러는 사이에.

내가 작별 인사를 하러 갔을 때, 개츠비의 얼굴에는 또다시 그 당황한 표정이 떠올랐다. 마치 현재 자신의 행복에 금이 생기기라도 한 것처럼. 거의 5년 만의 만남이었던 것이다. 그러나 그날 오후에 데이지가 그의 꿈을 중간에 깨뜨리는 순간들이 있었을지도 모른다. 그녀 자신의 잘못 때문이 아니라, 그가 꿈꾸는 환상의 열기 때문에 말이다. 그 열기는 데이지를 뛰어넘었을 뿐 아니라 모든 것을 뛰어넘었다. 그는 창조적인 정열을 가지고 그 환상에 몸을 내던져 끊임없이 그것을 키우며, 자기 앞길에 떠도는 온갖 찬란한 깃털로써 그것을 장식해 왔다. 어떠한 불길함이나 생기도 인간이 자신의 유령 같은 가슴속에 쌓아 올린 것에는 대항할 수 없다.

내가 지켜보고 있을 때, 그는 눈에 띄게 자세를 바로잡았다. 그의 손은 데이지의 손을 잡고 있었다. 그리고 데이지가 그의 귀에 대고 뭐라고 나직이 말했을 때, 그는 솟구치는 정열에 휩싸여 그녀에게로 몸을 돌렸다. 내 생각에는, 억양이 분명하고 열정을 가득 지닌 그녀의 목소리가 그를 완전히 사로잡은 것 같았다. 왜냐하면 그것은 꿈에도 들을 수 없는 달콤한 목소리였기 때문이다. 그 목소리는 영원히 사라지지 않을 노래였다.

그들은 한때 내가 있다는 사실을 잊어버리고 있다가, 데이지가 나를 힐끔 쳐다보고는 한 손을 내밀었다. 그러나 개츠비는 그때까지도 나를 전혀 의식하지 못했다. 나는 다시 한 번 그들을 바라보았고, 그들은 뜨거운 열정에 압도당한 채 멀리서 나를 돌아다보았다. 곧 나는 그들을 거기에 남겨둔 채 방을 나와, 대리석 계단을 내려와서 빗속으로 천천히 걸음을 옮겼다.

제6장

 그 일이 있은 후, 어느 날 아침 뉴욕으로부터 젊은 신문 기자가 개츠비를 찾아왔다. 그는 저택 현관문에서 개츠비에게 뭔가 할말이 없느냐고 물었다.
 "무슨 말씀을 하시려는 겁니까?"
 개츠비가 겸손하게 물었다.
 "글쎄요, 발표문 같은 게 있나 해서요."
 어정쩡하게 5분이 지난 뒤에 그 남자는 자신의 사무실 주변에서 신분을 밝히기를 꺼리거나, 아니면 자신도 잘 알지 못하는 어떤 연줄로 해서 개츠비의 이름을 듣고 찾아왔다는 사실을 밝혔다. 기자는 그날이 마침 비번이기도 해서 직업 의식으로 뭔가를 '찾아내려고' 급히 달려왔던 것이다. 그것은 대상을 겨냥하지 않고 마구 총을 쏘

아대는 격이었지만, 그 기자의 직감은 정확했다.

개츠비에게 환대를 받고 그의 과거에 대해 권위자가 된 수백 명의 사람들이 퍼뜨린, 개츠비에 대한 좋지 못한 평판이 여름 내내 확산된 결과, 그는 결국 훌륭한 뉴스 거리가 되고 말았다.

그에겐 '캐나다로 통하는 지하 정보망'이라느니 하는 별명이 붙어 다녔다. 그리고 그는 절대로 집에서는 살지 않고 집처럼 생긴 배 안에 살면서, 롱아일랜드 해안을 비밀리에 드나든다는 소문도 끊이지 않았다. 도대체 어떻게 이런 뜬소문이 노스다코타 주 태생의 제임스 개츠를 만족시키는 이유가 되었는지 경위를 설명하기가 어렵다.

제임스 개츠. 이것이 그의 실제의, 아니면 적어도 법률상의 이름이었다. 그는 열일곱 살 때, 그러니까 인생의 첫발을 내디디는 순간에 댄 코디의 요트가 슈피리어 호에서도 가장 위험한 여울에 닻을 내리는 것을 보고 자신의 이름을 바꾸어버렸던 것이다.

그날 오후, 그는 다 해진 녹색 운동복 재킷에 즈크 팬츠를 입고 바닷가를 방황하고 있었다. 그러다 보트를 빌려 타고 '튜올로미' 호로 다가가 코디에게 30분도 안 되어 바람이 그의 배를 휩쓸어 부숴버릴 것이라고 일러줄 때, 그는 이미 제이 개츠비가 되어 있었다.

나는 그가 오래 전부터 그 이름을 준비해 두고 있었을 것이라고 생각한다. 그의 부모는 별 볼일 없는 무능한 농부에 불과했다. 그는 꿈속에서도 그들을 진정으로 부모로 인정한 적이 없었다. 사실은 롱아일랜드의 웨스트에그에 사는 제이 개츠비라는 사나이는 자신의 이상으로부터 태어난 것이다. 그는 하느님의 아들이었다―만약 이런 말에 어떤 뜻이 있다면 바로 그것을 뜻한다―그러니까 그는 하느님의 일, 즉 방탕하고 속되고 음탕한 미를 지닌 생활에 몸을 바쳐야 하는 것이다. 그래서 그는 열일곱 살 소년이 만들어낸 제이 개츠비라는 인물에 처음부터 끝까지 충실했던 것이다.

 일년 이상 그는 조개를 캐거나 연어를 잡거나, 아니면 그 밖의 돈이 되는 일이라면 어떤 일이든 하면서 슈피리어 호 남쪽 기슭에서 떠돌이 생활을 했다. 갈색으로 단련되어 가는 그의 육체는, 고난의 시절 온갖 일들을 자연스럽게 견디어냈다. 그는 여자를 일찍 경험했는데, 여자들이 그를 타락시켰기 때문에 그는 여자들을 경멸했다. 젊은 아가씨들은 머리에 든 게 없다고 해서 경멸했고, 그 밖의 여자들은 벗어날 길 없는 자기 도취에 빠져 있는 그 자신의 입장에서 보면 당연한 일인데도 그 일에 대해서 지나치게 신경질을 부렸기 때문에 경멸했다.

 그러나 그의 마음은 끊임없이 휘몰아치는 혼란 속에 놓여 있었다. 너무나 기괴하고 환상적인 생각이, 잠자리에 누운 그에게 엄습해 왔다. 시계는 세면대 위에서 똑딱거렸고, 달은 마룻바닥에 뒤엉켜 있는 그의 옷을 은은하게 비추었다. 그런 것을 느끼는 동안 도저히 표현할 수 없이 천박한 우주가 그의 머리 속에서 넓디넓게 펼쳐졌다. 매일 밤 그는 자기만의 환상의 틀에 새로운 것을 더하다가 잠이 들어버림으로써 생동감 넘치는 장면들을 망각으로 덮어버렸다.

 한동안 이러한 몽상들은 그의 상상력의 배출구를 마련해 주었다. 그것들은 현실이 비현실이라는 흐뭇한 귀띔이었으며, 또한 세계를 지탱하게 하는 바위는 그 기반을 요정의 날개 위에 굳건히 두고 있다는 약속이었다.

이런 일이 있기 몇 달 전에 그는 미래를 바꾸어보겠다는 본능적인 생각으로 남부 미네소타 주의 센트 올라프 대학이라는, 루터 파의 작은 학교에 입학하게 되었다. 그러나 그는 자신의 운명의 북소리가, 아니 운명 그 자체가 지나칠 정도로 기대에 어긋나고, 학비를 벌기 위한 아르바이트에 비위가 상해 2주간 그곳에 머물다가 그 생활을 그만두어 버렸다. 그리고 나서 그는 슈피리어 호로 돌아왔다. 댄 코디의 요트가 호수 기슭의 얕은 여울에 닻을 내리던 그날도 그는 여전히 일거리를 찾고 있었다.

그 당시 50세였던 코디는 네바다 주의 은광 지대와 알래스카 유콘 강 일대가 낳은 인물로, 1875년 이후 금속광의 선풍으로 많은 이들의 부러움을 살 만큼 성공한 사람이었다. 몬태나 주의 동을 사다가 곧 팔아서 몇 배의 이익을 남겨 백만장자가 되자, 육체적으로는 거칠어졌으나 마음은 너그러워졌다. 그런 그를 반신반의한 수많은 여자들이 그의 돈이 탐나 가까이하기 시작했다. 신문 기자인 앨러 케이는 그의 약점을 이용해 메잉트농 부인 같은 농간을 부려서 그를 요트에 태워 바다로 보냈다.

이 사건은 흔히 있는, 별 흥미를 끌지 못하는 사건이었으나, 과장하기를 좋아하는 1902년 당시의 저널리즘은 그 일을 선정적인 공통 소유 기사로 다루었다. 그는 5년간이나 지나치게 환대를 받으며 연안 지대를 항해하고 있었는데, 그때 소녀만(少女灣)에 제임스 개츠가 나타났다. 이 순간이 개츠비에겐 더없는 행운의 시간이었다.

그의 노에 기대어 쉬면서 난간에 달린 갑판을 올려다보고 있던 젊은 개츠비에게 그 요트는 세상에 더할 수 없는 매력으로 보였다. 아마도 그는 코디를 보고 빙그레 웃었을 것이다. 어쩌면 그는 자신이 미소를 띠면 사람들이 자기를 좋아한다는 것을 알고 있었는지도 모른다.

여하튼 코디는 그에게 몇 가지를 물어보았는데, 그 질문들 가운데 하나에 바로 개츠비라는 이름을 최초로 말하게 된 것이다. 코디는 금방 개츠비가 임기응변적이며 대단한 야심가라는 것을 알게 되었다. 2, 3일이 지난 후 코디는 그를 설루드로 데리고 가서, 청색 상의와 흰 삼베 바지 여섯 벌과 요트 모자를 사주었다. 그리로 튜올로미 호를 타고 서인도 제도와 바바리 해안으로 떠날 때, 개츠비도 함께 데리고 갔다.

배 안에서 개츠비의 신분은 애매했다. 코디와 둘이 있을 때는 심부름꾼이 되고 항해사도 되고 선장도 되고 때로는 비서도 되었으며, 심지어는 간수 노릇까지 했다. 왜냐하면 술을 먹지 않았을 때와 먹었을 때는 커다란 차이가 있었기 때문이다. 그 관계는 5년간 계속되었고, 그동안 배는 세계를 세 바퀴나 돌았다. 어느 날 밤 보스턴에서 앨러 케이가 배를 탄 지 일주일 후 댄 코디가 갑작스럽게 죽지만 않았더라면 그들의 관계는 영원히 계속되었을 것이다.

나는 개츠비의 침실에 덩그러니 걸려 있던 댄 코디의 사진을 지금도 기억한다. 굳고 텅 빈 것 같은 얼굴을 한 백발의 중년 신사의 모습. 그는 미국인의 생활의 한 측면에 야만적인 개척인의 창녀 집이나 술집의 난폭성을 몸에 익힌 채 동부의 해안으로 돌아온 그러한 개척 시대의 방탕자와 같은 얼굴을 하고 있었다. 개츠비가 술을 거의 마시지 않는 것은 간접적으로 코디의 영향을 받았기 때문이다. 즐거운 파티가 진행되는 동안 가끔 여자들이 개츠비의 머리에 샴페인을 부어 문지르는 일이 벌어지기도 했다. 그러나 그는 술을 마시지 않는 습관을 길렀다.

그리고 그는 코디로부터 유산—2만 5천 달러—을 상속받았다. 그는 그것밖에 받지 못했다. 그는 자신에게 불리하게 되어 있는 법적 조처를 도저히 이해할 수가 없었다. 그 외의 수백만 달러의 유산은 고스란히 앨러 케이에게로 넘어갔다. 개츠비에게 남은 것이라고는 요소요소 적절하게 받은 교육뿐이었다. 그리하여 제이 개츠비는 희미하나마 성실한 남자로 성숙해 갔다.

그는 이 모든 이야기를 훨씬 나중에야 해주었다. 그러나 나는 처음에 떠돈 억측에서 나온 그의 과거에 대한 헛소문을 정리하기 위해 그것을 여기에 적는 것이다. 그는 내가 자신에 관해 미심쩍어하며 혼란의 기로에 서 있을 때 이 이야기를 들려주었다. 그러니까 개츠비가 숨을 죽이고 있는 그 짧은 정지 상태를 이용해서 나는 그에 관해 떠도는, 잘못된 소문에 대해 해명하는 것이다.

그의 일에 관한 나의 일상도 잠시 멈추어졌다. 몇 주 동안 나는 그를 만나지 못했고 전화 통화조차 하지 않았다. 그러다 마침내 어느 일요일 오후, 나는 개츠비의 집으로 건너갔다. 내가 거기에 간 지

채 2분도 안 되었을 때, 누군가가 한잔하기 위해 톰 부캐넌과 함께 그곳에 왔다. 나는 순간 당황했다. 지금까지 이런 일이 한 번도 없었기 때문이다.

그들 세 사람은 말을 타고 있었다. 톰과 슬론이라는 남자와 갈색 승마복을 입은 예쁜 여자였는데, 그 여자는 언젠가 한 번 본 적이 있었다.

"만나 뵙게 되어서 반갑습니다."

개츠비가 현관에 서서 말했다.

"이렇게 들러주시다니 기쁘군요."

그는 마치 그들이 오기를 몹시 기다렸다는 듯이 말했다.

"담배 한 대 피우시죠."

그는 방 안을 바쁘게 돌아다니며 초인종을 눌렀다.

"빨리 뭐 마실 것을 좀 가져오도록 하겠습니다."

그는 톰이 눈앞에 있다는 사실 때문에 매우 동요되어 있었다. 그는 막연하게나마 그들이 찾아온 것은 오직 한잔하기 위해서라는 것을 알고 있었으므로 무엇이라도 내놓기 전에는 마음이 불안했을 것이다. 사실 슬론은 차가 별로 내키지 않았다.

"레몬수라도 한잔 드시지요."

"아니, 괜찮아요."

"그럼 샴페인을 좀 드릴까요?"

"고맙습니다만 생각이 없네요, 미안합니다."

"승마는 재미있으셨나요?"

"이 근처는 길이 정말 좋더군요."

"아마 자동차들이……."

"그래요."

참을 수 없는 충동에 이끌려 개츠비는 처음 만난 사람으로 소개된 적이 있는 톰에게로 몸을 돌렸다.

"일전에 어디서 뵈었던 것 같습니다, 부캐넌 씨."

"아, 그랬군요."

톰이 퉁명스럽지만 공손한 목소리로 말했다. 그러나 그는 그 일에 대해 확실히 기억하지 못하고 있었다.

"뵌 적이 있지요. 기억납니다."

"2주일쯤 전이었어요."

"맞아요. 여기 있는 닉과 함께 있었지요."

"나는 댁의 부인도 알고 있습니다."

개츠비가 거의 공격적인 자세로 계속해서 말했다.

"그래요?"

톰이 나를 돌아다보며 덧붙였다.

"자네, 이 근처에 살지 않나, 닉?"

"바로 옆이지."

"그래?"

슬론은 대화에 끼어들지 않고 거만하게 의자에 기대어 앉아 있었다. 여자 또한 아무 말이 없었다. 그녀는 하이볼을 두 잔 마시고 나서야 기운을 차리기 시작했다.

"저희들이 다음 파티에 참석해도 될까요, 개츠비 씨?"
그녀가 물었다.
"괜찮으세요?"
"물론이지요. 와주신다면 영광이지요."
"그거 괜찮겠는데요."
슬론이 빈정거리며 말했다.
"그건 그렇고, 이제 그만 집으로 돌아가야 할 것 같은데요."
"천천히 가세요."
개츠비는 그들을 붙들었다. 이제야 마음이 가라앉은 그는 톰에 대해 좀더 알고 싶어했다.
"저, 좀더 계시다가 저녁 식사라도 함께 하시죠? 만약 뉴욕에서 다른 손님들이 예고 없이 들이닥친다 하더라도 나는 개의치 않겠습니다."
"저와 함께 저녁 식사 하러 가세요."
여자가 진지하게 말했다.
"두 분 다 말이에요."
그것은 나를 포함시킨 것이었다. 슬론이 의자에서 일어났다.
"가시지요."
그가 말했다. 그러나 그것은 여자에게만 말한 것이었다.
"진심이에요."
그녀가 다짐했다.
"여러분이 함께 가주신다면 저는 너무 기쁘겠어요. 방도 많이 있어요."

개츠비는 미심쩍어하며 나를 바라보았다. 그는 가기를 원했다. 그는 슬론이 그가 가면 안 된다고 마음속으로 결정한 것을 알아차리지 못했다.

"미안하지만 나는 갈 수 없어요."

내가 말했다.

"그럼 선생님만이라도……."

여자는 개츠비에게 관심을 보였다.

슬론이 얼굴을 여자의 귀 가까이 대고 뭐라고 소곤거렸다.

"지금 출발하면 늦지 않을 거예요."

여자가 큰 소리로 힘주어 말했다.

"난, 말이 없어요."

개츠비가 말했다.

"나는 말을 타본 적이 없어요. 차를 타고 따라가도록 하지요. 잠깐 실례하겠습니다."

우리는 현관으로 걸어 나갔다. 거기서 슬론과 여자가 한쪽에서 열띤 이야기를 나누기 시작했다.

"제기랄, 저 사람이 정말 갈 모양이지?"

톰이 말했다.

"저 사람이 가는 걸 그녀가 좋아하지 않는다는 사실을 모르는 모양이야."

"그 여자는 자기 입으로 꼭 초대하고 싶다고 했네."

"굉장한 만찬회를 열겠다지만, 저 사람은 거기 오는 손님은 한 사람도 모를 텐데."

톰은 얼굴을 찡그리고 말을 계속했다.

"도대체 저 사람이 어디서 데이지를 만났다는 건지 모르겠군. 하긴 내 생각이 낡아서 그런지 모르지만, 요즘 여자들은 너무 쏘다닌단 말이야. 질 나쁜 사람하고도 함부로 어울리고……."

슬론과 여자는 갑자기 계단을 내려가더니 말에 올라탔다.

"가자고!"

슬론이 톰에게 말했다.

"늦었어. 서둘러야겠어."

그리고 그는 내게 덧붙여 말했다.

"바빠서 먼저 간다고 그에게 전해 주세요."

톰과 나는 악수를 했다. 슬론과 여자는 냉정하게 고개만 끄덕이고는 급히 치도로 달려 내려갔다. 개츠비가 모자와 가벼운 코드를 손에 들고 앞문으로 나왔을 때는 그들은 이미 멀리 가버린 뒤였다.

톰은 데이지가 혼자서 돌아다니는 것에 당황하고 있었다. 왜냐하면 다음 토요일 밤에는 그가 데이지를 따라서 개츠비의 파티에 왔기 때문이다. 아마도 그가 나타났기 때문인지 그날 저녁에는 특이한 부담감 같은 것이 느껴졌다.

그날 저녁의 파티는 그해 여름에 있었던, 개츠비가 베푼 다른 여러 파티와는 판이했던 것으로 기억된다. 평소 때와 같은 사람들이 참석했고, 아니 적어도 같은 부류의 사람들이 참석했고, 평소 때와 같은 샴페인이 돌았으며, 익숙한 목소리가 어우러진 떠들썩한 소동이 벌어졌다. 그럼에도 불구하고 나는 그날 밤, 전에 없던 일종의 불쾌감과 험악한 분위기가 감도는 것을 느꼈다.

그러나 사실은 그런 것이 아니라, 그것은 단지 내가 개츠비의 파티에 익숙해져 있었기 때문이다. 웨스트에그 자체가 하나의 완전한 세계로서 기준이 있고 내로라 하는 인사들이 참석했음에도 불구하고 그 자체를 인정하지 않은 까닭에 있었다. 그리고 지금 나는 그 파티를 데이지의 눈을 통해서 보고 있는 것이다. 사람이 자기 자신의 힘으로 조절하며 보아온 사물을 새로운 눈을 통해 본다는 것은 너무나도 서글픈 일이 아닐 수 없다.

부캐넌 부부는 황혼이 질 무렵에 도착했다. 우리가 화려한 옷차림의 수많은 손님들 사이를 서성거리고 있을 때, 데이지의 목소리는 들떠 있었다.

"평소 꿈꿔오던 파티예요."

그녀가 소곤거렸다.

"닉 오빠, 오늘 저녁에 저한테 키스하고 싶어지면 신호만 주세요. 그러면 기꺼이 그렇게 해드리도록 하겠어요. 제 이름을 부르거나 녹색 카드를 꺼내세요. 제가 드릴까 해요, 녹색……."

"둘러보세요."

개츠비가 제안했다.

"둘러보고 있는 중이에요. 놀라운 구경을 하고 있어요."

"이름만 듣던 사람들의 얼굴을 보셔야 합니다."

톰은 거만스러운 눈초리로 거기에 모인 사람들을 훑어보았다.

"우리는 그다지 돌아다니지 않습니다."

그가 말했다.

"실은 이곳에는 내가 아는 사람은 하나도 없다고 생각하고 있는 중이지요."

"그래도 저 여자는 아실 겁니다."

개츠비는 백자두나무 아래 품위 있게 앉아 있는, 사람이 아니라 장미처럼 아름다운 여자를 가리켰다. 톰과 데이지는 이제까지 보아 온 영화를 통해 희미하게 알고 있던 유명한 인사를 알아보았을 때의 쾌감을 느끼며 그 여자를 뚫어지게 바라보았다.

"아름답군요."

데이지가 말했다.

"그녀에게 다가가고 있는 남자는 그녀의 감독이지요."

개츠비는 예의 있게 두 사람을 이 그룹에서 저 그룹으로 데리고 다녔다.

"부캐넌 부인과 부캐넌 씨입니다."

개츠비는 잠시 주저하다가 이렇게 덧붙였다.

"폴로 선수지요."

"아, 아니에요."

톰이 재빨리 부인했다.

"난 선수가 아닙니다."

그러나 폴로 선수라는 말의 억양이 개츠비의 마음에 들었음이 분명했다. 왜냐하면 그날 밤 내내 톰은 '폴로 선수'로 통했던 것이다.

"이렇게 많은 명사들을 만나보기는 난생 처음이에요."

데이지가 소리쳤다.

"전, 저 남자 팬이에요. 이름이 뭐였더라? 코가 푸르스름한 남자 말이에요."

개츠비는 그의 이름을 가르쳐주면서, 그는 유명하지 않은 영화 제작자라고 덧붙였다.

"그래요? 아무튼 전 그를 좋아했었어요."

"난 폴로 선수로 소개되지 않았으면 좋겠습니다."

톰이 유쾌하게 말했다.

데이지와 개츠비는 춤을 추었다. 나는 개츠비가 폭스트롯을 품위 있고 신중하게 추는 것을 보고 놀랐던 것으로 기억된다. 그전에는 그가 춤추는 것을 한 번도 본 적이 없었다. 그동안 나는 데이지의 부탁을 받고 정원에서 감시하고 있었다.

"불이나 홍수가 날지도 모를 경우에 대비해서요."

그녀는 부탁하는 이유를 설명했다.

"아니면 천재지변의 경우에 대비해서요."

그때까지 혼자였던 톰이 우리가 저녁 식탁에 둘러앉아 있을 때 나타났다.

"저기 있는 사람들과 식사를 같이 해도 괜찮겠소?"

그가 말했다.

"한 작자가 신기한 얘기를 하고 있어요."

"그러세요."

데이지가 상냥하게 대답했다.

"그리고 혹시 주소라도 적어두고 싶으면 이 금제 연필을 쓰세요." 데이지는 잠시 후 고개를 좌우로 돌려 사방을 보고는, "저 여자는 평범하지만 아름답군요." 하고 내게 말했다. 그 말로 미루어 개츠비와 단둘이서 지낸 그 반 시간을 제외하면 유익한 시간을 갖지 못했다고 느낄 수 있었다.

우리는 정신을 잃을 정도로 술을 많이 마신 일행과 같은 테이블에 앉아 있었다. 그것은 내 실수였다. 불과 2주일 전 개츠비는 전화를 받으러 갔고, 나는 이런 사람들과 즐겁게 어울렸었다. 그러나 그때 나를 즐겁게 해주던 것이 지금은 허전한 분위기로 바뀌어 있었다.

"기분이 어떠십니까, 베데커 양?"

내가 인사한 그 여자는 내 어깨에 푹 기대려다가 실패했다. 내 물음에 그녀는 재빨리 똑바로 앉아서는 눈을 떴다.

"뭐 말이지요?"

그러자 데이지에게 내일 그곳 클럽에서 골프를 치자고 말했던, 몸집이 크고 둔하게 생긴 여자가 베데커 양을 보호하며 말했다.

"아, 이젠 괜찮아요. 칵테일을 대여섯 잔만 마시면 항상 저렇게 고함을 지르지요. 그래서 내가 그녀에게 고함치지 말라고 충고해 주곤 하죠."

"고함치지 않았어요."

책망을 들은 사람이 힘없이 반발했다.

"당신이 고함을 쳤기 때문에 내가 여기 계신 닥터 시베트에게 말씀드렸어요. '선생님, 선생님의 도움을 필요로 하는 사람이 있어요.'라고 말이에요."

"그녀가 몹시 고마워하더군요. 정말이에요."

다른 한 친구가 못마땅한 듯이 말했다.

"그런데 당신이 그녀를 풀장으로 미는 바람에 그녀의 옷이 완전히 젖어버리고 말았지요."

"난 머리가 물속에 잠기는 게 제일 싫어요."

베데커 양이 중얼거렸다.

"언젠가는 뉴저지에서 저들이 나를 거의 익사시킬 뻔했다니까요."

"그렇다면 술을 마시지 말아요."

닥터 시베트가 반격했다.

"당신 건강이나 생각하시지 그래요."

베데커 양이 앙칼지게 소리쳤다.

"당신 손이 떨리고 있잖아요? 난 당신 같은 사람은 수술을 하지 않겠어요."

그날은 이런 식이었다. 내 기억에 거의 마지막으로 남아 있던 일이라고는 데이지와 나란히 서서 그 영화감독과 여배우를 지켜보고 있었던 일뿐이다. 그들은 끝까지 백자두나무 아래에 앉아 있었는데, 서로 거의 닿을 듯이 얼굴을 맞대고 있었다. '저 감독은 오늘 저녁 내내 아주 서서히 저 여배우에게로 몸을 굽혀서 저 정도까지 가깝게 접근하게 되었나 보네.' 하는 생각이 문득 내 머리에 떠올랐다. 내가 지켜보고 있는 동안 그 감독은 마지막 각도로 몸을 굽히더니 그 여배우의 뺨에 키스를 했다.

"전 저 여자가 좋아요."

데이지가 말했다.

"사랑스럽군요."

그러나 그 나머지 다른 것들은 그녀를 화나게 했다. 그리고 그것은 이성적인 행동이 아니라 감정적이었기에 특별히 이야기할 수가 없었다. 그녀는 브로드웨이가 롱아일랜드의 한 어촌에 자리잡게 한, 웨스트에그의 이 거대한 저택이 두려웠던 것이다. 케케묵은 완곡한 표현에 불붙은 생생한 힘에 소름이 끼쳤고, 그곳 사람들을 불가능의 지름길을 통해 모여들게 하는 너무나 강제적인 운명이 두려웠다. 그녀는 자신이 이해하지 못하는 바로 그 단순성 속에서 어떤 무서운 것을 느꼈던 것이다.

나는 그들이 차를 기다리는 동안 그들과 함께 가운데 계단에 앉아 있었다. 그곳은 약간 어두컴컴했다. 다만 밝은 현관문만이 부드럽고 검은 새벽을 향해 10평방 피트 정도의 빛을 던져 보내고 있을 뿐이었다. 이따금 2층의 화장실 블라인드에 비치는 한 사람의 그림자가 움직이다 사라지면 곧 다른 그림자가 나타났는데, 그 그림자들은 어둠 속에서도 거울을 보고 루즈를 바르고 분을 발랐다.

"도대체 그 개츠비라는 자는 뭐 하는 사람이지?"

톰이 갑자기 물었다.

"거물급 주류 밀매 업자가 아닐까?"

"왜? 어디서 누가 그런 말을 하던가?"

내가 물었다.

"그런 건 아니지만, 단지 내가 상상해 본 거지. 요즘 나타난 거부들 가운데 상당수가 대규모 주류 밀매 업자들이라는 건 자네도 알고 있지 않은가?"

"개츠비 씨는 그렇지 않아."

나는 짤막하게 말했다.

톰은 잠시 말이 없었다. 차도에 깔린 자갈들이 부딪히는 소리가 났다.

"그런데 이 많은 구경꾼들을 모으느라 꽤 수고했겠는걸."

데이지의 모피 깃의 잿빛 잔털이 산들바람에 흔들거렸다.

"적어도 여기 모인 사람들은 우리가 알고 있는 사람들보다 훨씬 재미있군요."

데이지가 힘들여 말했다.

"당신은 별로 재미없어하는 것 같던데."

"글쎄…… 전 재미있었어요."

톰이 웃고 나서 나를 돌아다보았다.

"그 여자가 데이지더러 냉수 샤워를 시켜 달라고 졸랐을 때, 자네 데이지 얼굴 자세히 보았나?"

이때 데이지가 반주에 맞추어 허스키하고 애잔한 입속말로 한마디 한마디에 의미를 담아 노래를 부르기 시작했다. 멜로디가 높아지면 그녀의 목소리가 달콤하게 바뀌면서 콘트랄토 음성만이 낼 수 있는 소리로 그것을 따르곤 했는데, 그럴 때마다 그녀는 자신의 따스한 인간적 매력을 조금씩 공기 속으로 내던지곤 했다.

"상당수의 사람들이 초대받지 않았는데도 왔어요."

데이지가 갑자기 말했다.

"저 여자도 초대받지 않았어요. 그들은 무작정 몰려오고, 개츠비 씨는 냉정하게 거절을 못 한단 말이에요."

"난 그가 어떤 사람이며, 또 무슨 일을 하는 사람인지 알고 싶어."

톰이 끈질기게 따지고 들었다.

"그걸 꼭 알아내야겠어."

"지금 당장 알려주지요."

데이지가 대답했다.

"그 분은 몇 개, 아니 여러 개의 약국을 소유하고 있어요. 그것을 혼자 힘으로 마련했지요."

한 대의 리무진이 천천히 사도를 기어 올라왔다.

"안녕히 주무세요, 닉 오빠!"

데이지가 말했다.

그녀의 시선은 내게서 떠나 조명이 밝게 비치는 계단 꼭대기를 더듬고 있었다. 그해에 유행했던, 산뜻하며 애조를 띤 왈츠 소곡 〈새벽 3시〉가 열린 현관문을 통해 잔잔히 흘러나오고 있었다. 결국 개츠비 저택의 파티에는, 데이지의 세계에서는 지금껏 느껴볼 수 없었던 그 어떤 낭만이 숨어 있었던 것이다.

데이지를 다시 안으로 끌어들이는 것 같던 그 노래에는 대체 무엇이 숨어 있었을까? 이제 이 어둑어둑하고 쓸쓸한 시각에 무슨 일이 일어날까? 어쩌면 믿을 수 없을 정도로 귀한 어떤 손님이 도착할지도 모른다. 더할 수 없이 귀하고 경이로운 사람이, 지난 5년 동안 한 번도 흔들린 적이 없는 헌신적 열정을 지워버릴 정도로 눈부시고 젊음이 넘치는 여인이 도착할지도 모르는 것이다.

그날 밤 나는 늦게까지 그곳에 머물러 있었다. 개츠비가 자신의 손님 접대가 끝날 때까지 기다려 달라고 해서, 꼭 있게 마련인 수영객들이 몸은 춥지만 마음은 들떠서 검은 해안으로부터 물러가고 머리 위로 바라보이는 객실들의 불이 꺼질 때까지 나는 정원 안에서 서성이며 시간을 보내고 있었던 것이다. 마침내 개츠비가 계단을 내려왔을 때, 볕에 그을은 그의 얼굴이 보통 때와는 달리 팽팽했고, 또 두 눈은 지쳐 보이지만 반짝이고 있었다.

"데이지가 오늘 파티를 별로 즐기지 않았지요?"

그가 갑자기 말했다.

"아니, 좋아했는데요."

"아니에요, 좋아하지 않았어요."

그가 고집을 부렸다.

"재미있어하지 않았던 것 같아요."

그는 계속해서 침묵했고, 나는 그의 말 못할 침울함을 대충 짐작했다.

"내가 그녀로부터 멀어진 것을 느낄 수 있었어요."

그가 말했다.

"내 마음을 이해해 달라는 건 어려운 일이겠지요?"

"춤 때문에 그런 건가요?"

"춤이라고요?"

그는 손가락을 튀기면서 자신이 추었던 춤 같은 것은 전혀 문제 삼지 않았다.

"친구 분, 춤은 그다지 중요한 게 아니에요."

그는 데이지가 톰에게로 가서 "전 결코 당신을 사랑한 적이 없어요."라고 말하기를 원했던 것이다. 데이지의 그 말이 5년이라는 세월을 지워버린 다음이라야, 그들은 보다 실질적인 해결 방안을 세울 수 있게 되는 것이다. 그러한 방법 가운데 하나는, 데이지가 자유의 몸이 된 다음 함께 루빌로 돌아가 그녀의 부모님으로부터 승낙을 얻어 결혼하는 것이다. 마치 5년 전으로 되돌아간 것처럼.

"그런데 그녀는 이해하지 못하고 있어요."

그가 말했다.

"전에는 이해했는데 말이에요. 그녀와 난 몇 시간이고 함께 앉아 있곤 했지요."

그는 갑자기 입을 다물고는 과일 껍질과 버려진 파티 회원권과 짓밟힌 꽃이 깔려 있는 황량한 마당을 왔다갔다했다.

"나라면 그녀에게 그렇게 많은 부담을 주지 않을 거예요."

나는 내 생각을 말해 보았다.

"과거는 돌이킬 수가 없잖아요."

"과거를 되풀이할 순 없단 말인가요?"

그가 믿을 수 없다는 듯이 날카롭게 소리쳤다.

"무슨 소리예요. 과거도 되풀이할 수 있어요."

그는 마치 과거가 자신의 손이 미치는 곳에서 숨어 기다리고 있기라도 한 듯이 성난 눈초리로 주위를 둘러보았다.

"난 모든 것을 예전과 같이 할 거예요."

그는 단호하게 고개를 끄덕이며 말했다.

"그녀도 두고 보면 알 겁니다."

그는 자신의 과거에 대하여 많은 이야기를 했다. 나는 급기야, 그는 어쩌면 데이지를 사랑하기에 이르렀던 자신의 어떤 신념 같은 것을 다시 찾아내려고 노력하고 있는 건지도 모른다는 결론을 내렸다. 그때부터 그의 인생은 혼란스러워지고 엉망이 되었던 것이다. 그러나 만약 그가 어떤 출발점으로 되돌아가서 모든 것을 천천히 되풀이할 수만 있다면, 분명 그는 그것이 무엇이었는지 찾아낼 수 있을 것이다.

5년 전의 어느 가을밤, 그들은 낙엽이 지는 거리를 지나 나무 한 그루 없는, 보도가 달빛으로 하얗게 빛나는 곳에 이르렀다. 거기서 걸음을 멈춘 그들은 몸을 돌려 서로 마주 보았다. 일년에 두 번, 계절이 바뀔 때면 찾아오곤 하는, 신비로운 흥분이 감도는 감미로운 밤이었다.

집들로부터 새어 나오는 고요한 불빛이 어둠 속으로 부드럽게 스며들고 있고, 하늘의 별들 사이에서는 희미한 별빛이 더욱 빛을 발하고 있었다. 개츠비가 곁눈질해 보니, 보도의 블록 벽돌이 정말로 하나의 사닥다리 모양을 형성해서 가로수 위쪽에 있는 신비로운 곳까지 아득히 쌓여 있었다. 만약 그 혼자 간다면 거기까지 올라갈 수 있을 것 같고, 일단 그곳에 올라가면 꿀물을 마음껏 마실 수 있을 것 같았다.

데이지의 하얀 얼굴이 그의 얼굴 가까이 다가오자 그의 가슴은 더욱더 세차게 고동쳤다. 그는 자기가 이 아가씨에게 키스하여 공기 속으로 사라지는 숨결을 잡을 수 있을 것 같았다. 그리고 지금까지 방황했던 마음이 제자리를 찾아갈 것이라 믿었다. 그래서 그는 소리 굽쇠가 어떤 별에 부딪혀서 내는 소리에 귀를 기울이며 한동안 더 기다렸다. 그러고 나서 그는 그녀에게 키스했다. 그의 입술이 닿자, 그녀는 꽃처럼 활짝 피어나 그를 받아들였다. 그들의 그 결합은 완벽하게 이루어졌다.

그가 들려준 모든 이야기를 통해서, 그리고 심지어는 놀랍기까지 했던 그의 감상을 통해서 내 머리 속에는 어떤 기억이 되살아났는데, 그것은 아주 오래 전에 어디선가 들은 적이 있는, 희미하게 떠오르는 리듬과 잃어버린 말들의 단편이었다. 잠시 내 입 속에서는 어떤 말이 형태를 갖추려고 애썼고, 내 입술은 마치 한 줌의 놀란 공기를 내뿜으려는 것이 아니라 조금이라도 더 움직이려고 애를 쓰는 벙어리의 입술처럼 벌어졌다. 그러나 내 입술은 끝내 아무 소리를 내지 못했으며, 내가 거의 다 해냈던 그 말은 영원히 입 밖에 내지 못했다.

제7장

개츠비에 대한 나의 호기심이 절정에 달한 어느 토요일 밤, 그의 저택에 끝내 불이 켜지지 않았다. 그리고 그의 트리말치오 같은 경력은 시작될 때와 마찬가지로 확실치 않은 상태로 끝나버렸다. 내가 뒤에 알게 된 일이지만, 기대감에 차 그의 저택 주차장으로 꺾어져 들어간 승용차들이 얼마 있지 못하고 황급히 돌아가곤 했다. 나는 혹시 그가 병이라도 난 것이 아닌가 하는 궁금증과 걱정에 휩싸여 그의 집으로 찾아갔다. 험상궂은 얼굴의 낯선 하인이 문간에서 미심쩍은 듯이 눈살을 찌푸리고 나를 쳐다보았다.

"개츠비 씨가 어디 아픈가요?"

"아닙니다······."

그는 일단 말을 끊었다가 부자연스런 소리로 천천히 덧붙였다.

"……선생님."

"나는 그분이 집 밖으로 나오는 것을 보지 못했습니다. 그분께 캐러웨이가 왔다고 전해 주시오."

"누구라고요?"

그가 무례하게 다그쳐 물었다.

"캐러웨이요."

"캐러웨이? 알았습니다. 그분께 말씀드리지요."

그는 문을 거칠게 닫아버렸다.

내 집의 핀란드인 가정부가 들려준 말로는, 개츠비는 일주일 전에 모든 하인들을 해고해 버리고 5, 6명만의 새로운 하인들을 다시 고용했다고 했다. 새로 고용된 하인들은 웨스트에그 마을로 들어가 장사꾼들과 실랑이하는 일 없이 전화로 적당한 값의 물건을 주문한다고 했다. 식료품 배달 소년은 그 저택의 주방이 돼지우리 같더라고 전했으며, 마을 사람들은 새로 들어온 사람들이 하인 같지는 않다고 쑥덕거렸다.

다음날 개츠비로부터 전화가 왔다.

"외출하나요?"

내가 물었다.

"아니에요, 친구 분."

"하인들이 모두 바뀌었다고 들었는데요."

"공연히 소문 내지 않을 사람들을 택했지요. 데이지가 이곳에 자주 옵니다. 오후에 말이에요."

그러니까 데이지가 보인 거부 때문에 그렇게 거대한 저택이 마치 종이로 만든 집처럼 내려앉고 만 것이다.

"이번에 들어온 사람들은 울프심이 돌봐주고 싶어하는 사람들이에요. 모두 형제자매들이지요. 조그만 호텔을 경영했대요."

"그랬군요."

그는 데이지의 부탁으로 내게 전화를 걸었던 것이다. 내일 그녀의 집으로 점심 식사를 하러 오겠냐는 것이었다. 조던 베이커도 올 거라고 했다. 그로부터 약 30분 후엔 데이지가 직접 전화를 걸어왔다. 내가 승낙하자 그녀는 안심하는 것 같았다. 그들에게 무슨 일이 생긴 것이 분명했다.

그렇다 하더라도 나는 그들이 이 기회에 무슨 일을 벌일 거라고는 생각할 수 없었다. 특히 전에 개츠비가 정원에서 대강 말했던, 다소 가슴 아픈 사건은 말이다.

다음날은 유난히도 더웠다. 그해 여름 중 가장 무더운 날이었을 것이다. 내가 탄 열차가 터널에서 빠져나왔을 때는 오직 내셔널 비스킷 회사의 사이렌 소리만이 대낮의 고요함을 깨뜨리고 있었다. 객차 안의 밀짚 좌석은 금방이라도 타버릴 듯이 후끈거렸다. 내 옆에 앉아 있던 여자는 잠시 블라우스 윗부분을 잡아당겨 그 안에 땀을 식힐 바람을 불어넣었다. 그러나 이내 손에 쥔 신문이 땀에 젖어버리자 처량한 소리를 지르며 찌는 더위에 속수무책으로 당하고 있었다. 그 여자의 지갑이 객차 바닥으로 털썩 떨어졌다.

"어머나, 이런!"

그녀는 숨을 헐떡거렸다. 나는 지친 동작으로 허리를 굽혀 지갑을 집어서 그 여자에게 돌려주었다. 그때 난 지갑을 탐내고 있지 않다는 것을 알리기 위해 팔을 쭉 뻗어서 지갑의 한쪽 귀퉁이를 쥐고 들었다. 그렇지만 그 여자를 비롯해 근처에 있던 사람들은 모두들 나를 의심했다.

"아유, 덥다."

차장이 낯익은 사람들에게 말했다.

"지독한 날씨로군! 아, 덥다! ……정말 덥군! ……아, 더워! 지독하게 덥지요? 그렇지요?"

내 정기 승차권이 그의 손에서 거무스름한 때가 묻어 다시 내게 돌아왔다. 이런 더위 속이라면 여자의 붉은 입술에 남자가 키스를 하고, 그 남자의 머리가 가슴에 걸친 잠옷 주머니를 축축하게 적셔 놓은들 그 누가 신경을 쓸까.

부캐넌 부부의 저택 홀에서는 잔잔하게 바람이 불고 있어서 현관에서 기다리고 있는 개츠비와 나에게 전화 벨 소리를 사뿐히 보내주었다.

"주인 어른의 몸요?"

하인이 수화기에 대고 고래고래 소리를 질렀다.

"부인, 죄송합니다만 저희들은 그걸 차릴 수가 없습니다. 오늘 낮은 너무나 더워서 손을 댈 수가 없어요."

사실상 그가 한 말은 "네……, 네……, 알아보겠습니다."였다.

그는 수화기를 놓고서는 조금 윤기 있는 얼굴로 우리에게 다가오더니 우리의 뻣뻣한 맥고모자를 받아 들었다.

"부인께선 객실에서 기다리고 계십니다."

그는 쓸데없이 그쪽을 가리키며 소리쳤다. 그날처럼 더운 날은 필요 이상의 몸짓은 모욕으로 느껴진다.

그 방은 커튼으로 햇살을 잘 가려 어둡고 시원했다. 데이지와 조던 베이커는 큼직하고 긴 의자에 누워, 동상처럼 자신들의 흰 드레스가 선풍기 바람에 흩날리지 않도록 내리누르고 있었다.

"우리는 움직일 수가 없어요."

그들이 동시에 말했다.

햇볕에 그을렸는지 하얗게 분을 바른 조던의 손가락이 잠시 내 손가락에 와서 닿았다.

"그런데 토머스 부캐넌 씨는 어디 있나요?"

내가 물었다. 바로 그때 거칠고 착 가라앉은, 허스키한 그의 목소리가 홀의 전화기를 통해 들려왔다.

개츠비는 진홍색 양탄자 한가운데 서서 매혹적인 눈으로 주위를 살펴보고 있었다. 데이지는 그를 지켜보다가 흥분된 웃음을 터뜨렸다. 그녀의 가슴에서 약간의 분가루가 공기 속으로 솟아올랐다.

"소문에 의하면 말이지요."

조던이 속삭였다.

"전화를 걸어온 사람은 톰의 애인이라는군요."

우리는 침묵을 지키고 있었다.

톰은 귀찮다는 듯이 짜증을 부렸다.

"그럼 좋아요. 당신에게는 절대로 그 차를 팔지 않겠소. ……당신에게 팔아야 할 하등의 의무가 없으니까. ……그리고 점심 식사 시간에 그런 일로 사람을 귀찮게 하다니 도저히 참을 수가 없군요!"

"수화기를 내려놓고 저러는 거예요."

데이지가 빈정거리며 말했다.

"아니, 그렇지 않을 거야."

나는 그녀에게 장담했다.

"정말로 거래하는 거야. 내가 우연히 그걸 알게 되었어."

톰이 문을 와락 열고는 그 거대한 몸집으로 문의 공간을 한순간 꽉 채우더니 방 안으로 급히 들어왔다.

"개츠비 씨!"

그는 싫은 기색을 교묘히 감추고 널따란 손을 내밀었다.

"와주셔서 기쁘군요. ……그리고 닉."

"시원한 음료를 좀 만들어주세요."

데이지가 소리쳤다.

그가 다시 방을 나가자 데이지는 일어나 개츠비에게로 가서는 그의 얼굴을 끌어당겨 입술에 키스했다.

"제가 당신을 사랑하는 거 아시죠?"

그녀가 속삭였다.

"여기 숙녀가 있다는 걸 잊었군요."

조던이 말했다.

데이지가 모르겠다는 듯이 돌아다보았다.

"너도 닉에게 키스하지 그래."

"무슨 여자가 저렇게 저속할까?"

"난, 그런 데 신경 안 써!"

데이지는 악을 쓰듯 말하더니 벽돌로 만들어진 벽난로에 기름을 채우기 시작했다. 그러다 곧 더위를 생각하고 쑥스러운 듯이 긴 의자에 가서 앉았다. 바로 그때 단정히 차려입은 유모가 어린 여자 아이를 데리고 안으로 들어왔다.

"내 귀엽고 예쁜 아기."

데이지가 두 팔을 뻗으며 노래하듯이 말했다.

"널 사랑하는 엄마에게로 오렴."

유모의 손에서 벗어난 아이는 방을 달음질쳐 엄마의 품속으로 부끄러운 듯이 들어가 앉았다.

"내 귀엽고 예쁜 아기, 엄마가 네 머리에 분을 뿌려주었지? 자, 일어나서 안녕 해볼까?"

개츠비와 나는 번갈아 몸을 굽혀서 마음에도 없이 내민 그 조그만 손을 잡았다. 그런 뒤 개츠비는 놀란 표정으로 아이를 바라보고 있었다. 그는 그 어린아이의 존재를 지금까지 단 한 번도 생각해 본 적이 없는 것 같았다.

"나 점심 먹기 전에 새 옷으로 입었어요."

그 아이는 데이지에게로 돌아서서 말했다.

"그건 엄마가 널 예쁘게 보이게 하고 싶어서 그런 거야."

데이지는 아이의 조그맣고 하얀 목 주변의 주름에 얼굴을 비볐다.

"넌 꿈이란다. 아주 귀여운 꿈이야."

"그래요."

아이가 조용하게 말했다.

"조던 아줌마도 하얀 드레스를 입었네요."

"너도 엄마 친구들이 마음에 드니?"

데이지는 아이를 뒤로 돌려 개츠비를 쳐다보게 했다.

"저분들 멋있어?"

"아빠는 어디 갔죠?"

"이 아이는 제 아빠를 닮지 않았어요."

데이지가 설명했다.

"얘는 날 닮았어요. 머리 색깔, 얼굴 생김새는 물론 모든 게 말이에요."

데이지는 긴 의자에 기대어 앉았다. 유모가 한 걸음 내디디며 손을 내밀었다.

"패미, 이리 와요."

"안녕, 내 아기!"

훈련이 잘된 그 아이는 마음이 내키지 않는 듯이 뒤를 힐끔 돌아다보고는 유모의 손을 잡고 문 밖으로 이끌려 나갔다. 바로 그때 톰이 얼음을 가득 채운 네 잔의 진 리키를 들고 돌아왔다.

개츠비가 자기 잔을 집어들었다.

"정말 시원해 보이는군요."

그는 어색하게 긴장한 얼굴로 말했다. 모두 목이 말랐는지 한 번에 잔을 비웠다.
"어느 책에선가 읽었는데, 태양이 해마다 점점 더 뜨거워지고 있답니다."

톰이 기분 좋게 말했다.

"그러니까 얼마 안 있어서 지구는 태양 속으로 떨어져 들어갈 겁니다. 아니 가만있자, 정반대군요. 태양이 해마다 식어가고 있다는 거죠. 밖으로 나갑시다."

그가 개츠비에게 권했다.

"이곳을 한번 구경시켜 드리고 싶습니다."

나도 그들과 함께 베란다로 나갔다. 더위에 기운이 다 빠져버린 파란 바다에는 작은 돛배 한 척이, 더 시원한 바다를 향해 기어가듯 떠가고 있었다. 개츠비는 눈으로 잠시 그 배를 쫓다가 손을 들어 만 건너를 가리켰다.

"나는 이 집 건너편에 살고 있어요."

"그렇지요."

우리는 삼복더위 속의 바닷가에 있는 장미 꽃밭과 뜨거운 잔디와 잡초가 무성한, 손질 안 된 땅을 보고 있었다. 배의 하얀 돛들은 푸르고 시원한 하늘의 경계선을 등지고 천천히 움직이고 있었다. 그 앞쪽에는 부채 모양의 바다와 풍요로워 보이는 섬들이 가로놓여 있었다.

"재미있는 게임이 있는데……"

톰이 고개를 끄떡이며 말했다.

"난 저 사람과 1시간쯤 저기로 가볼까 해."

우리는 더위를 막기 위해 태양을 가린 그늘진 식당에서 점심을 먹고, 시원한 맥주와 함께 불안한 즐거움을 만끽했다.

"오늘 오후엔 뭘 할 거죠?"

데이지가 소리쳤다.

"그리고 내일은요? 그리고 앞으로 30년 동안은요?"

"바보 같은 소리 하지 말아요."

조던이 말했다.

"인생이라는 것은 시원해지는 가을이면 다시 새 출발을 하게 마련이라구요."

"하지만 지금은 너무 더워."

눈물이 나오기 직전에 우기듯 데이지가 말했다.

"게다가 모든 게 걷잡을 수 없이 엉망이야. 모두들 시내로 가는 게 어때요."

그녀의 목소리는 더위 속을 애써 뚫고 부딪히며 무의미하게 허공을 맴돌았다.

"마구간을 차고로 만든다는 얘기를 들어본 적이 있어요."

톰이 개츠비에게 말했다.

"차고를 마구간으로 만든 사람은 내가 처음일 겁니다."

"어떤 분이 시내로 가실 거죠?"

데이지가 끈질기게 물었다. 개츠비의 시선이 그녀에게 옮겨갔다.

"아이, 참!"

그녀가 소리쳤다.

"당신은 너무 냉정해 보여요."

그들의 눈동자가 부딪쳤고, 그들은 허공을 통해 서로를 바라보았다. 데이지는 힘없이 식탁 위로 시선을 떨구었다.

"당신은 언제나 너무 재미없어요."

그녀는 되풀이해서 말했다.

그녀는 그를 사랑한다고 그에게 말했었다. 톰 부캐넌도 지금 그것을 확인했다. 톰은 굉장히 놀랐다. 그는 입을 조금 벌린 채 개츠비를 보았다. 그러더니 잊었던 옛 친구를 이제 막 알아보기라도 한 듯한 눈으로 데이지를 바라보았다.

"당신은 그 광고에 나온 남자와 닮았어요."

데이지는 천진스레 말을 이었다.

"그 광고에 나온 남자, 알 거예요."

"좋아."

톰이 갑자기 끼어들었다.

"나 갑자기 시내에 가고 싶어졌어. 자, 가자고. 우리 모두 시내로 가는 거야."

그가 일어섰다. 그의 눈은 여전히 개츠비와 자기 아내의 중간에서 번뜩이고 있었다. 그러나 움직이는 사람은 하나도 없었다.

"가자니까."

톰은 약간 짜증을 냈다.

"대체 왜들 이러는 거지? 시내로 갈 거면 지금 출발합시다."

그는 자신의 감정을 억제하기 위해 떨리는 손으로 잔을 들어 남은 음료를 마셨다.

데이지의 목소리에 햇볕이 내리쬐는 차도로 나갔다.

"그런데 가서 뭐 하지요?"

데이지가 이의를 제기했다.

"이런 식으로 말이에요? 우선 담배를 피고 싶은 사람에게 담배를 피도록 해줄 수 없어요?"

"모두들 줄곧 피웠잖소?"

"아이, 그러지 말고 즐겁게 지내요."

그녀가 톰에게 부탁했다.

"너무 더워서 말할 힘도 없군."

톰은 아무 말도 하지 않았다.

"당신 맘대로 하라고요."

그녀가 말했다.

"이리 와, 조던."

두 여자가 2층으로 준비하러 간 동안 우리 세 남자는 차도에서 뜨거운 자갈을 발로 이리저리 굴리며 서 있었다. 서쪽 하늘에는 벌써 침침한 초승달이 떠 있었다. 개츠비가 마음을 고쳐먹고 말을 꺼내려고 했다. 바로 그때 톰이 빙그르르 돌아서 그의 말을 기다리듯 마주 보았다.

"이곳에 마구간을 갖고 있나요?"

개츠비가 애써서 말했다.

"여기서 4분의 1마일 가량 내려가면 있어요."

"그래요?"

잠시 말이 끊겼다.

"왜 시내로 가려는 거죠?"

톰이 상스럽게 말을 꺼냈다.

"여자들이란 머리 속으로 그따위 생각이나 한다니까요."

"마실 걸 좀 갖고 갈까요?"

데이지가 2층 창가에서 소리쳤다.

"아냐, 내가 가지러 가겠소."

톰이 대답했다. 그리고 그는 안으로 들어갔다. 개츠비는 굳은 표정으로 나를 돌아다보았다.

"저 사람의 집에서는 아무 말도 할 수가 없군요, 친구 분."

"데이지 목소리가 좀 투박하게 느껴져요."

내가 말했다.

"그 목소리엔 가득하게……"

난 망설였다.

"그 목소리는 돈으로 치장되어 있지요."

그가 갑자기 이렇게 말했다. 그의 말이 옳았다. 난 지금까지 그걸 느끼고 있었다. 정말이지 그녀의 목소리는 돈으로 가득 차 있었다. 그것은 올라갔다 떨어졌다 하는 천박한 매력이었다. 그 목소리는 딸랑딸랑 울리기도 하고 심벌즈의 노래 같기도 했다. 그녀는 하얀 궁전에 높이 앉은 공주이자 모든 남성의 우상이었다.

톰이 1쿼터들이 술병을 타월로 싸면서 밖으로 나왔다. 그 뒤를 데이지와 조던이 금속 천으로 만든, 작고 꼭 끼는 모자를 쓰고 팔에는 가벼운 케이프를 걸치고 따라왔다.

"제 차로 가는 게 어떻겠습니까?"

개츠비가 제안했다. 그러나 이내 그는 의자의 후끈거릴 녹색 가죽을 생각하고 이렇게 덧붙였다.

"그늘에다 주차시켜 두었어야 했는데……."

"이 차는 표준형 변속인가요?"

톰이 물었다.

"네."

"그럼 제 쿠페를 타도록 하시지요. 제가 당신 차를 몰고 시내로 갈게요."

이 제안은 개츠비의 기분을 상하게 했다.

"휘발유가 충분하지 않은 것 같네요."

"휘발유는 넉넉합니다."

톰은 자랑하듯 말하고는 계량기를 들여다보았다.

"혹시 휘발유가 떨어지더라도 약국에 들르면 됩니다. 요즘엔 약국에서 뭐든지 다 팔더라고요."

둘 사이에 비꼬는 투의 말이 오가자 서로 얼굴이 붉어졌다. 데이지가 얼굴을 찡그리고 있는 톰을 바라보았다. 그러자 말할 수 없이 괴로운 표정이 개츠비의 얼굴을 스쳐 갔는데, 그것은 분명 처음 보는 것 같았지만 마치 어디선가 본 적이 있는 것 같은, 어렴풋이 기억할 수 있는 표정이었다.

"가자고, 데이지!"

톰은 이렇게 말하면서 손으로 그녀를 개츠비의 차 쪽으로 밀었다.

"이 곡마단의 승용차로 태워다 주겠소."

톰은 차 문을 열었다. 그러나 데이지는 그의 팔에서 빠져나와 버렸다.

"당신은 닉 오빠와 조던을 태우고 가요. 우리는 쿠페로 뒤따라갈게요."

그녀는 개츠비에게 가까이 다가가서 그의 웃옷을 챙겨주었다. 톰과 조던과 나는 개츠비의 차 앞좌석으로 들어가 앉았다. 톰이 시험 삼아 생소한 기어를 밀어 넣어보았다. 그리하여 우리는 데이지와 개츠비만을 뒤에 남겨둔 채 숨막히는 더위 속으로 미끄러져 나갔다.

"자네 봤나?"

톰이 내게 물었다.

"뭘 말이야?"

그는 조던과 내가 모든 걸 알고 있다는 것을 눈치챈 듯 날카로운 시선으로 나를 바라보았다.

"자네는 나를 바보 멍텅구리로 생각하겠지? 그렇지 않나?"

그가 넌지시 물었다. 그러고는 계속 말을 이었다.

"그렇게 생각할 수도 있겠지. 그러나 내겐 투시력 같은 게 있어서 때로는 그것이 내게 행동 지침을 말해 준다네. 자넨 믿지 않을는지 모르지만, 과학이란……."

그는 말을 중단했다. 눈앞에 나타난 우연한 사실이 그를 사로잡아 이성적 함정에서 그를 다시 끌어냈던 것이다.

"그 작자에 관해 어느 정도 조사해 봤지."

톰이 말을 이었다.

"만약 내가 진작에 알았더라면 완전히 파헤쳤을 텐데."

"그럼 점쟁이한테 갔었다는 얘긴가요?"

조던이 익살스럽게 물었다.

"뭐라고요!"

우리가 웃어대자 톰은 당황스런 표정을 지으며 우리를 빤히 바라보았다.

"점쟁이라뇨?"

"개츠비 씨에 대해서 알아보러 말이에요."

"개츠비 씨에 대해서라뇨? 아니에요, 그런 일 따위는 하지 않았어요. 다만 그 작자의 과거에 대해 좀 조사해 보았을 뿐이오."

"그래서 그가 옥스퍼드 대학 출신이라는 것을 알아냈군요."

조던이 아는 척하며 말했다.

"옥스퍼드 출신이라고요!"

톰은 깜짝 놀라며 우리를 쳐다봤다.

"옥스퍼드 출신이라니, 웃기는 소리 하지 말아요."

"어쨌든 그는 옥스퍼드 출신이에요."

"뉴멕시코의 옥스퍼드겠지요."

톰이 경멸 조로 콧방귀를 뀌었다.

"아니면 사이비 대학이거나……."

"이봐요, 톰! 만약 당신이 그를 그렇게 무시한다면 왜 그런 사람을 점심 식사에 초대했지요?"

조던이 짓궂게 따져 물었다.

"내가 아니라 데이지가 그자를 초대한 거요. 데이지는 나와 결혼하기 전에 그 자와 사귀었어요. 그런데 어디서 알게 되었는지 알 수가 있어야지!"

우리는 이제 약해지는 술기운에 모두 신경이 곤두서 있다는 것을 알고 있었기에 한동안 침묵을 지켰다. 그때 T. J. 에클버그 박사의 퇴색한 두 눈이 길 아래쪽으로부터 시야에 들어왔다. 그러자 나는 문득 휘발유에 관해 개츠비가 주의를 주던 일이 떠올랐다.

"시내까지 가기엔 넉넉할 만큼 있다고."

톰이 말했다.

"그렇지만 바로 저기에 주유소가 있잖아요."

조던이 이의를 제기했다.

"이렇게 푹푹 찌는 더위 속에서 꼼짝도 못하고 있는 게 싫단 말이에요."

톰이 화를 내며 양쪽 브레이크를 밟자, 차가 먼지를 일으키며 미끄러지듯 윌슨의 가게 간판 아래에 급정거했다. 잠시 후 가게 주인이 나오더니 노려보는 눈으로 우리 차를 뚫어지게 쳐다보았다.

"기름 좀 넣어주시오."

톰이 거칠게 소리쳤다.

"우리가 왜 차를 세웠는지 아시오? 경치를 감상하려고 선 게 아니에요. 어서 넣어주세요."

"난, 몸이 좀 좋지 않아요."

윌슨은 꼼짝도 하지 않고 말했다.

"하루 종일 앓고 있었어요."

"왜 병이 난 거요?"

"그동안 너무 지쳤어요."

"그럼 내가 직접 넣어도 되겠소?"

톰이 다그쳐 물었다.

"전화했을 땐 아무렇지도 않았잖소?"

윌슨은 간신히 기대고 있던 차양 아래의 문기둥을 떠나 숨을 가쁘게 몰아쉬며 휘발유 탱크 마개를 비틀어 열었다. 햇빛 속에 비친 그의 얼굴은 창백했다.

"점심 시간을 방해할 생각은 아니었어요."

그가 미안한 표정을 지으며 말했다.

"하지만 돈이 몹시 궁했고, 혹시 당신이 그 낡은 차를 어떻게 하려는 게 아닌가 걱정이 돼서 전화했던 겁니다."

"이 차는 어떻소?"

톰이 물었다.

"지난 주에 산 거예요."

"노란색이 잘 어울리는데요."

윌슨은 핸들을 좌우로 돌려보며 말했다.

"이 차를 살 생각은 있소?"

"구미가 당기긴 합니다만……."

윌슨의 얼굴에 엷은 미소가 떠올랐다.

"그건 안 사겠어요. 그렇지만 당신의 다른 차로 돈을 좀 벌 수 있을 겁니다."

"갑자기 돈을 어디에 쓰려는 겁니까?"

"난, 여기서 너무 오랫동안 살았어요. 이제 여길 떠나고 싶어요. 아내와 서부로 가고 싶어요."

"부인도 그러길 원한단 말이에요?"

톰이 깜짝 놀라 소리쳤다.

"아내는 10년 전부터 그런 얘길 해왔는걸요."

윌슨은 잠시 주유소 펌프에 몸을 기대고 두 눈을 지그시 감았다.

"그러나 이제는 아내가 원하든 원치 않든 떠나겠어요. 아내를 데리고 말입니다."

쿠페가 먼지를 일으키며 거칠게 사라졌다. 언뜻 안에서 손을 흔드는 것이 보였다.

"얼마요?"

톰이 퉁명스럽게 물었다.

"지난 이틀 동안 난 좀 이상한 사실을 발견했어요."

윌슨이 말했다.

"그 때문에 여기를 떠나버리려는 거예요. 차 문제로 당신을 귀찮게 한 것도 그 때문이었지요."

"얼마냐니까요?"

"1달러 20센트입니다."

나는 무자비하게 내리쬐는 햇볕 때문에 머리가 어지러워 잠시 판단력이 흐려졌으나, 윌슨이 아직은 톰을 의심하지 않고 있다는 것을 깨달았다. 윌슨은 아내 머틀이 자기를 떠나 다른 세계에서 다른 종류의 생활을 하고 있었다는 것을 알게 되었고, 그로 인해 병이 났던 것이다.

나는 윌슨을 뚫어지게 바라보고 나서, 이어 톰을 바라보았다. 톰도 자신의 아내에게서 그와 비슷한 발견을 한 지가 한 시간도 안 되었던 것이다. 그러고 보니 순간 나는 병자와 건강한 사람의 차이만큼 심각한 것도 없지만, 지성이나 인종에 관해서는 사람들 사이에 그 어떤 차이도 없다는 것을 깨달았다. 윌슨은 크게 병이 나서 무슨 일을 저지른 듯한, 그것도 용서받지 못할 일을 저지른 듯한 사람처럼 보였다. 마치 방금 어떤 가엾은 처사에게 임신이라도 시킨 사람 같았다.

"그 차를 양도하겠소."

톰이 말했다.

"내일 오후에 넘기겠어요."

그 지역은 언제나 불만스러운 곳이었다. 심지어 오후의 해가 한창일 때도 그랬다. 그때도 나는 등뒤로부터 어떤 위협을 받고 있는 것처럼 머리를 뒤로 돌렸다. 잿더미 너머로 T. J. 에클버그 박사의 거대한 두 눈이 여전히 불침번을 서고 있었다. 그러나 잠시 후 나는 또

다른 눈이 20피트도 안 되는 가까운 곳에서 특별히 긴장된 빛을 띠고 우리를 지켜보고 있다는 것을 알아차렸다.

윌슨의 가게 위층의 한 창문에는 커튼이 약간 옆으로 걷혀져 있었는데, 그 사이로 머틀 윌슨이 우리 차를 눈여겨보고 있었다. 그녀는 너무 열중한 나머지, 누가 자기를 지켜보고 있다는 것도 알아채지 못했다. 마치 천천히 현상되고 있는 사진에 여러 물체가 나타나듯, 그녀의 얼굴에는 차례차례 서로 다른 표정이 떠올랐다.

그런데 그 표정은 이상하게도 눈에 익은 것이었다. 그것은 내가 여자의 얼굴에서 흔히 보아온 그런 표정이었지만, 머틀 윌슨의 얼굴에서는 그것이 아무런 의미가 없고 형언할 수 없는 표정으로 느껴졌다. 그러다 마침내 나는, 질투와 공포로 휘둥그래진 그녀의 눈이 톰에게가 아니라 조던 베이커에게 고정되어 있음을 알게 되었는데, 그녀는 조던 베이커를 톰의 아내로 잘못 알고 있었던 것이다.

단순한 사람이 혼란스러워지는 것만큼 걷잡을 수 없는 혼란은 없다. 그 예로, 톰은 차를 타고 가면서 심한 채찍질을 당하고 있는 것 같은 괴로움을 느끼고 있었다. 1시간 전까지만 해도 자기 아내와 정부(情婦)는 자기 손아귀에 꽉 잡혀 있어 아무도 넘보지 못했었는데, 이제는 갑자기 자신의 통제에서 벗어나 활개를 치고 있었다.

데이지를 추월하고 윌슨으로부터 멀리 떨어져야겠다는 그의 본능이 가속기를 마구 밟게 했고, 우리는 시속 50마일로 아스토리아를 향해 달려갔다. 마침내 고가 도로의 거미줄 같은 도로 사이에서 느굿하게 달리고 있는 푸른색 쿠페가 우리 시야에 들어왔다.

"50번가 근처에 있는 대형 영화관이 시원하지요."

조던이 말을 꺼냈다.

"저는 모든 사람들이 외곽으로 빠져나간 여름철 오후의 뉴욕이 좋아요. 어딘지 모르게 감각적인 면이 있거든요. 마치 온갖 이상한 과일들이 무르익어서 손에 쥐어질 것만 같죠."

이 '감각적'이라는 말이 톰을 한층 더 불안하게 만드는 효과를 나타냈다. 그러나 미처 항의의 말을 꺼내기도 전에 쿠페가 다가왔고, 곧이어 데이지가 우리에게 차를 가까이 대라고 신호를 보냈다.

"어디로 가는 거죠?"

그녀가 소리쳤다.

"영화를 보는 게 어떻겠소?"

"이렇게 더운데요?"

그녀는 짜증을 냈다.

"당신들끼리 가세요. 우리는 드라이브나 할 테니. 나중에 만나요."

그녀는 간단히 재치 있는 말로 우리를 따돌렸다.

"어느 길모퉁이에서 만나도록 해요. 찾기 쉽게 나는 두 개비의 담배를 피우고 있는 사람이 될게요."

"이곳은 그런 일로 입씨름할 데가 아니오."

뒤에서 트럭이 요란하게 경적을 울려대자, 톰이 신경질적으로 말했다.

"센트럴 파크의 남쪽으로 해서 플라자 호텔 앞까지 우리 뒤를 따라와요."

그는 몇 번이나 고개를 돌려 그들의 차를 바라보는가 하면, 그들의 차가 신호에 걸려 늦어지면 그들이 시야에 들어올 때까지 속도를 늦추었다. 그때 그는 그들이 옆길로 총알같이 돌진해 들어가서는 자신의 인생에서 영원히 사라져버리지는 않을까 하고 두려워했던 것이 아니었나 생각해 본다.

그러나 그들은 그렇게 하지 않았다. 그리하여 우리는 남의 눈에 띄지 않도록 플라자 호텔의 특별 휴게실을 빌렸다. 우리가 그 방으로 떼지어 들어감으로써 끝나버린 그 끈질기고 떠들썩했던 입씨름은, 지금은 하나도 기억나지 않는다. 그러나 그때 그 과정에서 속옷이 온통 땀으로 가득했던 일만은 생생히 기억한다.

이러한 기억은 그때 다섯 개의 욕실을 빌려 냉수욕을 하자고 했던 데이지의 제안이 생각났기 때문에 떠오른 것인데, 그 후 '민트줄렙을 마시러 간 곳'에 대한 기억으로 더 생생하게 남은 것이다. 우리는 저마다 그것은 '미친 생각'이라고 여겼다. 그때 우리 모두는 어리둥절해하던 호텔 종업원에게 한꺼번에 떠들어댐으로써 아주 유쾌하다고 생각했거나 또는 유쾌한 척했던 것 같다.

그 방은 큼지막했으나 숨막힐 것 같았고, 오후 4시가 되어 창문들을 열어젖혔으나 공원의 뜨거운 관목 숲으로부터 겨우 한 차례 바람이 불어올 뿐이었다. 데이지는 화장대 앞으로 가서 우리에게 등을 돌린 채 서서는 머리를 매만지고 있었다.

"방들이 근사하네요!"

조던이 감탄조로 소곤거리자 모두가 한바탕 웃었다.

"다른 창문들도 좀 열어요."

데이지가 계속 거울을 쳐다보며 말했다.

"더 이상 열 창문이 없어요."

"그럼 도끼를 가져오라고 전화라도 하는 편이 낫겠군요."

"해야 할 일이란 게 기껏 더위나 잊어버리는 것이라니……."

톰이 참을성 없이 한마디했다.

"당신이 자꾸 트집을 잡으니까 더 덥게 느껴지잖아요."

그는 타월로 감싸 가지고 온 위스키 병을 풀어 테이블 위에 올려놓았다.

"그녀가 하는 대로 내버려두시죠?"

개츠비가 의견을 말했다.

"시내로 오자고 했던 사람은 당신이지요."

잠시 침묵이 흘렀다. 못에 걸려 있던 전화 번호부가 스르르 빠져나와 바닥으로 떨어지자 조던이 조그만 소리로 말했다.

"실례했어요."

그러나 이번에는 그 누구도 웃지 않았다.

"내가 집을게요."

내가 일어나며 말했다.

"내가 집었어요."

개츠비는 끊어진 줄을 살펴보더니 재미있다는 듯 "흠!" 하는 소리를 내고는 그것을 의자 위로 던져 올렸다.

"당신의 표현력은 대단해요!"

톰이 날카롭게 말했다.

"뭐 말이지요?"

"그 '친구 분' 하는 소리 말입니다. 어디서 얻어낸 말이지요?"

"저 좀 봐요, 톰."

데이지가 화장대에서 몸을 돌려 말했다.

"개인적인 이야기를 할 생각이라면 난 갈 거예요. 딴 얘기 그만하고, 전화 좀 걸어서 민트줄렙에 넣을 얼음이나 주문해 줘요."

톰이 수화기를 집어들자 압축된 더운 공기가 폭발하여 그 소리에 섞여 들어갔고, 우리는 아래층의 무도장에서 울려오는 멘델스존의 〈결혼행진곡〉의 엄숙한 화음에 귀를 기울였다.

"이런 무더위에 결혼을 하다니!"

조던이 침울하게 말했다.

"그래도 난 6월 중순에 결혼했었지."

데이지가 지난 일을 기억하며 말했다.

"6월에 루빌에서! 그때 누군가 기절했었는데, 그 사람이 누구였지요, 톰?"

"빌록시."

톰이 짤막하게 대답했다.

"맞아. 빌록시라는 사람이었어. 블럭스 빌록시였지. 상자를 만드는 사람이었어. 정말이야. 게다가 그는 테네시 주 빌록시 출신이었어."

"사람들이 그를 우리 집으로 실어 왔었지요."

조던이 말했다.

"우리 교회에서 두 번째 집에 살았으니까요. 그런데 그는 우리 아버지가 나가 달라고 말해도 3주일이나 계속 머물렀지요. 그가 떠난 다음날 우리 아버지가 돌아가셨어요."

잠시 후 그녀가 덧붙였다.

"그와 무슨 연관이 있었던 건 아니에요."

"내가 전에 멤피스 출신의 빌 빌록시라는 사람과 알고 지냈는데요……."

내가 한마디했다.

"그는 그 사람의 사촌이에요. 그 사람이 떠나기 전에 난 그의 집안 내력을 모두 알았지요. 그 사람은 내게 알루미늄으로 만든 골프채를 주었는데, 난 지금까지도 그걸 사용하고 있어요."

결혼식이 시작되면서 음악은 그치고, 창문으로 기다란 환호 소리에 뒤이이 "그래요, 그래, 그래!" 하는 짧은 고함 소리가 들려오더니 마침내 재즈가 터지면서 댄스가 시작되었다.

"우리는 이제 늙어가고 있어요."

데이지가 말했다.

"만약 우리가 젊다면 일어나서 신나게 춤을 출 텐데 말이에요."

"빌록시란 사람 기억나요?"

조던이 그녀에게 주의를 주었다.

"그를 어디서 알게 되었죠, 톰?"

"빌록시?"

톰은 기억을 더듬느라 애를 썼다.

"나는 그런 사람 모르겠는데요. 그는 데이지의 친구였으니까 말이에요."

"아니에요."

데이지가 부정했다.

"난, 그를 본 적이 없다고요. 그는 자가용을 타고 왔어요."

"그런데 그는 당신을 안다고 했소. 자기는 루빌에서 자랐다고 했지. 에이서 버드가 마지막 무렵에 그를 데리고 와서 그에게 내줄 방이 없냐고 우리에게 물었었지."

조던이 미소를 지었다.

"그는 고향에 가던 길에 건달 짓을 했나 봐요. 예일 대학 시절엔 당신이 다니던 과의 대표를 했었다고 제게 말했어요."

톰과 나는 어안이 벙벙해서 서로 마주 보았다.

"빌록시가 말이에요?"

"우선 우리 과엔 대표라는 것이 없었지."

개츠비가 안절부절못하며 발을 동동 구르자, 톰이 갑자기 그쪽으로 시선을 돌렸다.

"대학 말이 나왔으니 말인데요, 개츠비 씨. 당신은 옥스퍼드 대학 출신이라고 하던데요."

"정확히 그렇다고는 말할 수 없지만 대충은 그래요."

"아 참, 내가 듣기로는 옥스퍼드에 갔었다고 하던데요."

"네, 갔었지요."

침묵이 흘렀다. 그리고 잠시 후 톰이 믿기 어렵다는 듯이 경멸 조로 말했다.

"빌록시가 뉴헤이븐에 가 있을 무렵에 당신도 분명히 거기에 가셨겠군요."

또다시 침묵이 흘렀다. 그때 웨이터가 노크를 하고 으깬 박하와 얼음을 가지고 들어왔다. 그러나 그가 "감사합니다."라고 말하고, 또 문을 가볍게 닫고 나가도 침묵은 쉽게 깨지지 않았다. 그리고 그 엄청나고도 자세한 이야기가 마침내 밝혀지게 되었다.

"그곳에 갔었다고 말했잖소."

개츠비가 말했다.

"그 얘기는 들었소만, 언제였는지 그걸 알고 싶어요."

"1919년이었는데, 난 단지 5개월 정도 머물렀소. 그래서 정확히 말하면 옥스퍼드 출신이라고 할 수는 없지요."

톰은 혹시 우리가 자신의 불신을 반영해 주지 않을까 해서 힐끔 우리를 돌아보았다. 그러나 우리 모두는 개츠비를 바라보고 있었다.

"휴전 후 일부 장교들에게 그런 기회가 주어졌지요."

개츠비가 말을 계속했다.

"우린 영국 아니면 프랑스의 어느 대학이든 원하는 곳에 갈 수 있었어요."

나는 일어서서 그의 등을 툭툭 쳐주고 싶었다. 전에도 경험한 적이 있는 완전한 믿음이 다시 일어났던 것이다. 데이지가 살짝 미소를 지으며 일어서서는 테이블로 갔다.

"위스키를 따세요, 톰."

그녀가 말했다

"민트줄렙을 한잔 만들어 드릴게요. 한잔하고 나면 한결 좋아질 거예요. ……이 박하를 봐요."

"잠깐 기다려요."

톰이 날카롭게 말했다.

"개츠비 씨에게 한 가지 더 물어보고 싶은 게 있소."

"말씀하세요."

개츠비가 공손하게 말했다.

"도대체 당신은 우리 가정이 어떻게 되길 바라는 겁니까?"

마침내 그들은 대놓고 맞붙게 되었고, 개츠비는 오히려 잘되었다고 생각했다.

"그분은 아무 죄가 없어요."

데이지가 두 사람을 심각하게 번갈아 보며 말했다.

"당신이 소동을 일으키고 있는 거예요. 그러니 제발 그만두세요."

"그만두라고?"

톰은 참을 수 없다는 듯이 되받아 말했다.

"요즘 처신은 남편이 뒤로 물러앉아 정체 불명의 별 볼일 없는 남자가 자기 아내를 사랑하게 내버려두는 것일 테지. 그래, 그것이 당신이 원하는 거라면 그렇게 내버려두지. ……요즘 사람들은 우선 가정 생활과 가족 제도를 코웃음치기 시작했다지. 그들은 조만간 모든 걸 다 내팽개치고 흑백 인종 간의 결혼도 인정하겠지."

갑작스런 논란으로 얼굴이 붉으락푸르락해진 톰은, 자신을 문명의 마지막 방벽에 홀로 서 있는 것으로 보았다.

"우린 모두 백인인데요."

조던이 중얼거렸다.

"내가 그다지 인기가 없다는 건 나도 알고 있소. 난 성대한 파티 같은 건 열지 않소. 사람들을 사귀려면 자기 집을 돼지우리로 만들어야 하나 봐, 요즘 세상은 말이오."

다른 사람과 마찬가지로 나도 화가 났지만, 톰이 입을 열 때마다 어쩐지 자꾸 웃음이 났다. 난봉꾼이 감쪽같이 도덕가가 된 그 변신은 빈틈이 없었다.

"나도 할말이 좀 있소, 친구 분." 하고 개츠비가 말을 시작했다. 데이지는 곧 그가 하려는 말을 짐작했다.

"제발 참으세요."

그녀는 어찌할 바를 모르며 당황스러워했다.

"제발 모두들 돌아가요. 모두 집으로 돌아가는 게 어때요?"

"그거 좋은 생각이야." 하고 내가 일어섰다.

"가지, 톰. 한잔하고 싶어하는 사람이 아무도 없네."

"개츠비 씨! 당신이 내게 하고 싶은 말이 뭔지 듣고 싶소."

"당신 부인은 당신을 사랑하지 않아요."

개츠비가 자신 있게 말했다.

"당신을 사랑한 적이 절대로 없어요. 부인은 날 사랑하고 있소."

"당신 미쳤군."

톰이 기계적으로 외쳤다. 개츠비는 벌떡 일어섰다. 흥분으로 기운이 솟아나는 모양이었다.

"부인은 당신을 사랑한 적이 결코 없었소. 알겠소?"

그가 소리쳤다.

"내가 가난했고, 또 나를 기다리다 지쳐서 할 수 없이 당신과 결혼했던 거요. 그건 돌이킬 수 없는 실수였소. 그러나 마음속으로는 나 이외엔 그 누구도 사랑하지 않았소!"

그때 조던과 나는 자리를 뜨려고 했으나, 톰과 개츠비가 서로 다투는 듯한 강한 어조로 우리에게 함께 있어주기를 청했다. 마치 자기들은 숨길 것이 아무것도 없으며, 우리가 자기들의 감정 문제에 개입하는 것이 무슨 특권이라도 되는 듯이 생각하는 모습이었다.

"앉아요, 데이지."

톰은 부모와 같은 어투로 말하려 했으나 제대로 되지 않았다.

"무슨 일이 있는 거요? 모두 듣고 싶소."

"무슨 일이 있는지는 내가 말하지 않았습니까?"

개츠비가 말했다.

"5년 동안이나 반복되어 온 일을 당신은 모르고 있어요."

톰은 데이지를 휙 돌아다보았다.

"5년 동안이나 이자와 만나왔단 말이지?"

"만나왔다는 게 아니오."

개츠비가 말했다.

"우리는 만날 수가 없었소. 그렇지만 우리 두 사람은 줄곧 서로를 원하고 있었던 거요, 친구 분. 그런데 당신은 그걸 모르고 있었소. 난 가끔 웃어대곤 했지요."

그러나 지금 그의 두 눈에는 웃음기가 없었다.

"당신이 모르고 있다는 걸 생각하고서 말이오."

"아, 그랬었군."

톰은 굵직한 손가락을 목사처럼 철썩 마주치더니 의자의 등받이에 털썩 몸을 기댔다.

"당신은 미쳤소."

그는 큰 소리로 외쳤다.

"난, 5년 전에 어떤 일이 있었는지 그때는 데이지를 알기 전이니까 상관없소. 당신이 뒷문으로 식료품 배달이나 하는 사람이 아니었다면 어떻게 그녀에게 1마일 내로 접근할 수 있었겠소. 하지만 그 나머지 얘기는 모두 터무니없는 거짓말이오. 데이지는 나와 결혼할 때 나를 사랑했있고 지금도 나를 사랑하고 있단 말이오."

"그렇지 않아요."

개츠비가 고개를 좌우로 흔들며 말했다.

"그녀는 날 사랑하고 있소. 가끔 바보 같은 생각을 떠올리고 자기가 무슨 일을 하고 있는지를 모르는 게 탈이긴 하지만 말이오."

톰은 아는 척하며 고개를 끄덕였다.

"그리고 무엇보다도 나 역시 데이지를 사랑하고 있소. 이따금 술을 진탕 마시고 떠들어대거나 어리석은 짓을 하기도 하지만, 언제나 제정신이 들면 진심으로 그녀를 사랑하게 되오."

"그런 불쾌한 말은 하지 말아요."

데이지가 말했다. 그리고 그녀는 내게로 몸을 돌렸다. 그녀의 목소리는 한 옥타브 낮아지면서 소름 끼치는 경멸 조로 방 안을 가득 채웠다.

"우리가 왜 시카고를 떠났는지 아세요? 당신의 그 별것 아닌 술잔치 얘기를 그곳 사람들이 곧이듣지 않는 걸 보고 난 깜짝 놀랐어요."

개츠비가 그녀에게로 걸어가서 그 곁에 섰다.

"데이지, 그건 이미 다 끝난 일이오."

그가 진지하게 말했다.

"그건 이제 문제가 되지 않아요. 그러니까 저 사람한테 사실대로만 말해요. 당신은 저 사람을 사랑한 적이 없다는 걸 말이오. 그러면 모든 것을 영원히 깨끗하게 씻어버릴 거요."

데이지는 무의식적으로 개츠비를 쳐다보았다.

"어떻게 제가 저 사람을 사랑할 수 있겠어요? 어떻게 감히 그런 일이 일어날 수 있겠어요?"

"당신은 저 사람을 사랑하지 않았소."

데이지는 망설였다. 그녀의 시선은 마치 자기가 무엇을 하고 있는지 드디어 깨달은 것처럼 간절한 표정으로 조던과 내게로 향했다. 그것은 마치 자기는 처음부터 끝까지 아무것도 할 마음이 없었다고 말하고 있는 것 같은 시선이었다. 그러나 일은 이미 벌어졌다. 이미 때가 늦은 것이다.

"저 사람을 사랑한 적은 한 번도 없었어요."

데이지는 눈에 띄게 힘주어 말했다.

"카피올라니에서도 말이오?"

톰이 갑자기 다그쳐 물었다.

"그래요."

아래층 무도장으로부터 억눌리고 숨막힐 듯한 화음이 뜨거운 공기의 파장을 따라 떠올라왔다.

"펀치 볼에서 구두가 젖지 않도록 내가 당신을 안아서 차에 앉혀줬던 그날도 날 사랑하지 않았단 말이오?"

톰은 강경하게 말했으나 말투는 부드러웠다.

"제발 대답해, 데이지!"

"제발 그만둬요."

데이지의 목소리는 차가웠지만 증오심은 이미 사라진 상태였다. 그녀는 개츠비를 쳐다보았다.

"보셨지요, 제이."

그녀가 말했다. 그런데 담배에 불을 붙이려 했을 때 그녀의 손이 눈에 띌 정도로 떨고 있었다. 갑자기 그녀가 담배와 불붙은 성냥개비를 양탄자 위로 내던졌다.

"아아, 당신은 너무 많은 걸 원해요!"

그녀가 개츠비에게 소리쳤다.

"저는 지금 당신을 사랑해요. 그거면 충분하지 않나요? 지난 일은 어쩔 수 없잖아요."

그녀는 어찌할 바를 모르며 흐느껴 울기 시작했다.

"전 사실 한때는 저 사람을 진정으로 사랑했어요. 하지만 그러면서도 당신을 사랑했던 거예요."

개츠비는 눈을 감았다.

"나도 사랑했다는 거요?"

그는 데이지의 말을 되받아 물었다.

"그것도 거짓말이오."

톰이 사납게 말했다.

"데이지는 당신이 살아 있다는 걸 모르고 있었소. 사실 데이지하고 나 사이엔 당신으로선 결코 알지 못할 여러 가지 일들이 있었소. 우리 두 사람이 결코 잊을 수 없는 일들이 말이오."

이것은 개츠비의 몸을 마구 할퀴는 것 같은 쓰라린 말이었다.

"데이지와 단둘이서 이야기하고 싶소."

톰이 우겼다.

"데이지가 지금 너무나 흥분해 있어서……."

"단둘이 있을 때라도 전 톰을 결코 사랑하지 않았다고는 말할 수 없어요."

데이지가 가련한 목소리로 이렇게 시인했다.

"사랑하지 않았다는 것은 사실이 아니니까요."

"당연히 사실이 아니겠지."

톰이 맞장구를 쳤다.

데이시는 톰 쪽을 돌아다보있다.

"마치 당신한테 문제가 되기나 하는 것처럼 나서는군요."

그녀가 말했다.

"물론 문제가 되지. 이제부터는 당신을 더 잘 돌봐야겠소."

"이해를 못하는군요."

개츠비가 약간 당황하며 말했다.

"앞으로 당신은 더 이상 데이지를 돌볼 필요가 없을 거요."

"돌볼 필요가 없을 거라고요?"

톰은 눈을 크게 뜨며 여유 있게 웃었다. 이제 그는 자기의 감정을 억제할 여유를 갖게 되었다.

"왜 그렇지요?"

"데이지는 당신을 떠나려 하고 있소."

"허튼소리 하지 말아요."

"정말이에요, 난 떠날 거예요."

데이지는 이 말을 하는 데 아주 힘들어했다.

"데이지는 내게서 떠나지 않아요!"

톰의 이 말이 갑자기 개츠비의 모든 것을 내리누르는 것 같았다.

"여자에게 끼워줄 반지를 훔쳐야만 하는 협잡꾼 따위에겐 절대로 가지 않을걸."

"정말 못 참겠어요."

데이지가 소리쳤다.

"아아, 제발 나가요."

"도대체 당신의 정체는 뭐요?"

톰이 갑자기 말문을 열었다.

"마이어 울프심 같은 족속들과 몰려다니는 패거리지. 그 정도는 우연히 알았소. 난 당신에 대해서 약간 뒷조사를 해봤지. 내일은 더 자세히 조사해 볼 작정이오."

"그 일에 관해서는 맘대로 해보시오, 친구 분."

개츠비가 차분하게 말했다.

"당신의 그 '약국'이 무엇을 하는 곳인지 알아냈소."

톰은 우리 쪽을 돌아보며 재빨리 말했다.

"이 사람과 울프심은 이곳과 시카고에 많은 옆골목 약국을 매입해서는 카운터에서 에틸알코올을 팔았어. 그게 이 사람의 알량한 재주 가운데 하나지. 난 이 사람을 처음 보았을 때 주류 밀매 업자라고 생각했어. 그런데 그게 정확해."

"그게 어쨌다는 겁니까?"

개츠비가 공손하게 말했다.

"당신 친구 월터 체이스도 별로 자존심이 없어서 한몫 잡으려고 그 사업에 끼어든 걸로 알고 있습니다만……."

"그런데 당신은 곤경에 빠진 그를 못 본 척했지요. 그렇지 않소? 뉴저지의 교도소에 한 달이나 있게 했지요. 어떻게 그럴 수가 있지요? 당신의 참모습을 알려면 월터 말을 들으면 되겠더군요."

"그 사람은 알거지가 되어서 우리에게로 왔지요. 그리고 돈을 좀 벌더니 기뻐 날뛰더군요, 친구 분."

"날 '친구 분'이라고 부르지 마시오!"

톰이 소리쳤다.

개츠비는 상대하지 않았다.

"월터는 당신을 도박법 위반으로 고소할 수 있었지만, 울프심이 그를 위협해서 입을 다물게 했던 거요."

늘 보아온 것은 아니나 낯설지 않은 표정이 개츠비의 얼굴에 다시 떠올랐다.

"그 약국 운영은 그저 푼돈 벌이에 불과한 것이지."

톰은 천천히 말을 이었다.

"당신은 현재 월터가 내게 일러주는 것을 두려워하는 어떤 일을 하고 있소."

내가 데이지를 힐끔 보니, 그녀는 겁에 질린 채 개츠비와 자기 남편을 번갈아 가며 뚫어지게 쳐다보고 있었다. 그리고 조던을 슬쩍 보니 그녀는 눈에 띄지는 않지만, 마음을 쏟는 어떤 물건을 턱 끝에 올려놓고 균형을 잡기 시작하고 있었다.

다음으로 나는 개츠비에게로 몸을 돌렸다. 그리고 나는 그의 표정을 보고 깜짝 놀랐다. 그는 마치 '살인을 한' 것 같은 표정을 짓고 있었다. 그러나 이것은 그의 정원에서 사람들이 내뱉던 그에 대한 험담을 일체 무시하고서 하는 말이다. 잠시 동안의 그의 모습은 이렇게 야릇한 방법으로밖에 묘사할 수가 없었다.

잠시 뒤 그 표정이 사라지자, 그는 데이지에게 흥분된 어조로 이야기하기 시작했다. 그는 모든 것이 사실과 다르다고 변명하고, 자기가 저지르지 않은 일에 대한 세상의 나쁜 평에 대해 자신을 변호했다. 그러나 그 말 한마디 한마디가 그녀를 점점 더 움츠러들게 한다는 사실을 깨닫고, 그는 자기를 옹호하는 말을 그만두고 말았다. 오후의 해가 기울어가고 있는 동안, 오직 생명을 잃은 꿈만이 이제는 손에 잡을 수 없는 것을 만져보려고 기쁨도 없이 절망을 이겨내며 방 저쪽으로 간 잃어버린 목소리를 향해 애를 쓰고 있었다. 그 목소리는 다시 원상태로 돌아가기를 애원했다.

"제발 톰! 전 더 이상 참을 수가 없어요."

그녀의 겁에 질린 두 눈은 그녀가 가졌던 모든 의지와 용기가 모두 다 사라져버렸음을 말해 주었다.

"당신들 둘이서 집으로 출발해요, 데이지."

톰이 말했다.

"개츠비 씨의 차로 말이오."

그녀는 이번에는 놀란 눈으로 톰을 바라보았다. 그러나 톰은 도량이 넓은 듯한 침착한 말투로 권했다.

"가요. 이 사람이 당신을 괴롭히진 않을 거요. 그 주제넘고 별것 아닌 애정 행각은 이제 끝났다는 걸 깨달았을 거요."

두 사람은 말 한마디 없이 마치 유령들처럼 눈 깜짝할 사이에 우리의 시선을 벗어나 외로이 가버렸다. 잠시 후에 일어난 톰은 마개도 따지 않은 위스키 병을 다시 타월로 싸기 시작했다.

"이걸 좀 마시겠소, 조던? 닉?"

나는 대답하지 않았다.

"닉?"

그가 재차 물었다.

"뭐라고?"

나는 정신을 차리고 고개를 한 번 흔들었다.

"좀 마시겠어?"

"생각 없어. 오늘이 내 생일이라는 게 이제 막 생각났네."

나는 서른 살이었다. 내 앞에는 새로운 10년이라는 불길하고 위협적인 길이 뻗어 있었다.

우리가 톰과 함께 쿠페를 타고 롱아일랜드를 향해서 출발한 것은 7시쯤이었다. 톰은 으스대며 우습다는 듯이 계속 지껄여댔다. 그러나 그의 목소리는 보도에서 들리는 낯선 사람들의 외침이나 고가 도로의 소음만큼이나, 조던과 내게는 상관없는 것이었다. 인간의 동정심에는 한계가 있는 법이라, 우리 두 사람은 그들의 비극적인 말다툼이 뒤에 따르는 뉴욕의 불빛과 함께 사라지게 함으로써 만족을 느꼈다.

서른 살, 그것은 녹신 남자로서 알아야 할 일들의 목록이 얇아져가고, 또한 열광이 든 가방의 부피가 줄어들고 머리숱이 적어져갈 앞으로의 고독한 10년을 약속하고 있었다. 그러나 내 곁에는 조던이 있었다. 그녀는 데이지와는 달리 지나치게 총명해서 쉽게 잊을 수 있는 꿈들을 영원히 잊고 산다.

차가 어두운 다리 위를 달릴 때 그녀는 핏기 없는 얼굴을 힘없이 내 어깨에 기댔다. 그녀의 손이 꽉 잡아주는 새로운 다짐으로 서른 살이라는 나이가 던진 무서운 충격은 멀리 사라져버렸다. 그리하여 우리는 서늘해져 가는 황혼 속을 지나 죽음을 향해 달렸다.

잿더미 옆에서 식당을 하고 있는 젊은 그리스인인 미카엘리스는 검시 때 중요한 증인이 되었다. 그는 무더위 속에서 5시까지 잠을 자고 일어나 주유소 차고 쪽으로 슬슬 걸어갔다가, 조지 윌슨이 사무실에서 앓고 있는 것을 발견했다. 그는 정말 앓고 있었는데, 얼굴이 자기의 머리 색깔처럼 창백했으며 온몸을 부들부들 떨고 있었다. 미카엘리스는 그에게 침대에 가서 누우라고 권했지만, 윌슨은 그러면 장사에 손해가 많이 난다며 거절했다. 그런데 미카엘리스가 그를 설득하고 있는 동안 위쪽에서 요란한 소리가 들려왔다.

"아내를 저 속에 가둬놓았어요."

윌슨이 침착하게 말했다.

"아내를 모레까지 저 속에 가둬놓을 거예요. 어차피 여길 떠날 생각이니까."

미카엘리스는 깜짝 놀랐다. 그들은 4년 동안이나 이웃사촌으로 살아왔다. 게다가 윌슨의 평소 행동으로 보아 그가 이런 말을 할 수 있으리라고는 상상조차 못했던 것이다. 쉽게 말해 윌슨은 낙오자였다. 그는 일을 하지 않을 때면, 문 앞의 의자에 앉아서 길을 지나가는 사람들과 차들을 멍하니 바라보곤 했다. 그리고 누군가가 말을 걸면 언제나 상냥하고 무표정한 웃음을 짓곤 했다. 그는 엄처시하의 남자로 어느 것 하나 자기 마음대로 처신하지 못하는 위인이었던 것이다.

그래서 미카엘리스는 무슨 일이 일어났었는지 알아내려고 애를 썼지만, 윌슨은 더 이상 말하지 않았다. 오히려 그는 호기심을 띤 의심하는 시선으로 미카엘리스를 힐끔힐끔 쳐다보면서, 언제 어디서 무엇을 하고 있었느냐고 꼬치꼬치 물었다. 미카엘리스가 짜증이 나기 시작한 바로 그때, 몇 명의 노동자들이 윌슨의 집 문 앞을 지나 그의 식당을 향해 걸어갔다. 그래서 그는 나중에 다시 올 생각으로 윌슨 곁을 떠났다. 그렇지만 그는 거기에 다시 오지 않았다. 아마 잊어버렸을 것이다. 7시가 조금 지나서 다시 밖으로 나온 그는, 머틀이 차고 아래층에서 요란하게 욕설을 퍼붓는 소리를 듣고는 아까 윌슨과 주고받았던 이야기를 떠올렸다.

"때려봐!"

미카엘리스는 머틀이 악을 쓰는 소리를 들었다.

"날 때려, 이 더럽고 야비한 놈아!"

잠시 후 그녀가 두 손을 흔들며 소리를 지르면서 어둑어둑한 땅거미 속으로 달려나갔다. 그가 문간에서 미처 움직이기도 전에 일은 끝나고 말았다.

신문에서 그렇게 떠들어댄 그 '죽음의 차'는 멈추지 않았다. 그 차는 짙어가는 어둠 속에서 나타나 비극적으로 한순간 비틀거리더니, 이윽고 다음 커브 길 근처에서 사라지고 말았다. 마브로 미카엘리스는 차 색깔조차 확실히 보지 못했다. 그는 처음 만난 경찰에게 그 차는 옅은 녹색이었다고 말했다.

뉴욕으로 가던 또 다른 차가 100야드쯤 앞에 정차한 뒤 그 운전사가 황급히 머틀 윌슨이 있는 곳까지 되돌아 달려왔는데, 그때 그녀는 이미 숨이 끊긴 채 한길에 쓰러져 있었고 걸쭉하고 붉은 피가 먼지와 엉겨 범벅이 되어 있었다.

　미카엘리스와 그 운전사가 먼저 그녀에게로 다가갔다. 그들이 아직 땀에 젖어 있는 그녀의 웃옷 옆구리를 찢고 보았을 때, 그녀의 왼쪽 가슴이 헝겊 조각처럼 찢어져서 흔들리고 있었다. 따라서 그 밑에 있는 심장에 귀를 대볼 필요가 없었다. 그녀는 마치 그렇게 오랫동안 간직하고 있던 거대한 생명력을 내뿜고 있을 때 가슴이 좀 답답하다는 듯이 입을 크게 벌리고 있었는데, 양쪽 입 끝이 약간씩 찢어져 있었다.

　우리는 그곳으로부터 상당히 떨어진 곳에서 서너 대의 승용차와 군중을 보았다.
　"사고야!"
　톰이 말했다.
　"그거 잘됐는데. 윌슨도 마침내 돈 좀 벌 수 있겠군."
　그는 속력을 늦추었지만 정차할 생각은 전혀 없었다. 그러다가 그곳으로 더 가까이 다가가면서 자동차 정비소 문 앞에 모인 사람들의 말없고 심각한 얼굴을 보자 무의식적으로 브레이크를 밟았다.
　"구경 좀 하지."
　그가 이상하다는 듯이 말했다.
　"잠깐 들여다보자고."
　나는 그제야 자동차 정비소에서 끊임없이 들려오는 공허한 통곡 소리를 듣게 되었다. 그 소리는 우리가 쿠페에서 내려 문 앞으로 걸어갈 때는 "오, 하느님! 세상에!"라는 말로 들렸는데, 숨가쁜 신음 소리가 되풀이되고 있었다.

"여기서 안 좋은 사고가 났어."

톰이 흥분해서 말했다. 그는 발돋움을 해 둘러선 사람들의 머리 너머로 자동차 정비소 안을 들여다보았다. 그곳에는 높이 매달려 흔들거리는 금속 광주리 속의 노란 등 하나만이 켜져 있었다. 이윽고 목구멍 속에서 거친 소리를 한 번 낸 톰은 억센 두 팔로 사람들을 난폭하게 밀어젖히고 안으로 들어갔다. 뒤로 밀려났던 사람들은 투덜거리면서 다시 자동차 정비소 앞으로 모여들었다. 한동안 나는 아무것도 볼 수가 없었다. 그런데 새로 온 사람들이 미는 바람에 조던과 나는 갑자기 안으로 밀려 들어갔다.

그 찌는 듯이 더운 밤에 추위를 염려한 듯 담요로 둘러싼 머틀 윌슨의 시체가 벽에 붙은 작업대 위에 누워 있었다. 톰은 우리 쪽으로 등을 돌린 채 시체 위로 몸을 구부리고 꼼짝도 하지 않았다. 그의 곁에서는 오토바이 순찰 경찰이 땀을 뻘뻘 흘리며 작은 노트에다 여러 번 고치면서 이름들을 써넣고 있었다.

처음에는 텅 빈 자동차 정비소 안에서 요란스럽게 메아리치는 높은 신음 소리가 어디서 나오는 것인지 알 수가 없었다. 그때 나는 윌슨이 사무실의 한 층 높은 문지방에 서서 두 손으로 문설주를 잡고는 몸을 앞뒤로 흔들어대고 있는 것을 보았다. 어떤 남자가 나지막한 소리로 그에게 뭐라고 말하면서 가끔 그의 어깨에 손을 얹으려고 했으나, 윌슨은 듣지도 보지도 않았다. 그의 시선은 흔들거리는 등불에서 시체가 놓인 벽에 붙은 작업대로 서서히 떨구어졌다가는 다시 등불을 향해 홱 돌려졌다. 그러고는 높고 섬뜩한 고함을 끊임없이 지르고 있었다.

"오, 하느님, 세상에! 오, 하느님, 세상에! 오, 하느님, 세상에! 오, 하느님, 세상에! 오, 하느님, 세상에!"

이윽고 톰이 머리를 홱 쳐들더니 흐릿해진 눈으로 자동차 정비소 안을 한 바퀴 둘러보고 나서는, 그 경찰에게 뭐라고 앞뒤가 맞지 않는 말을 중얼거렸다.

"엠, 에이, 브이." 하고 경찰은 말하고 있었다.

"오."

"아니오, 아르." 하고 사내가 바로잡았다.

"엠, 에이, 브이, 아르, 오."

"내 말 좀 들어봐요!"

톰이 거칠게 중얼거렸다.

"아르." 하고 경찰이 말했다.

"오."

"지."

"지."

경찰은 톰의 넓적한 손이 자신의 어깨를 세게 내려치자 그를 쳐다보았다.

"왜 그러시오?"

"무슨 일이 일어났소? 그게 내가 알고 싶은 거요."

"차가 저 여자를 들이받았습니다. 즉사했어요."

"즉사라……."

톰이 경찰을 뚫어지게 바라보며 되뇌었다.

"저 여자가 도로로 뛰어나갔어요. 그놈의 자식, 차를 세우지도 않았소."

"차는 두 대였습니다."

미카엘리스가 말했다.

"한 대는 오고 있었고 다른 한 대는 가고 있었지요. 알겠어요?"

"어디로 가고 있었다는 거요?"

경찰이 날카롭게 물었다.

"한 대씩 각자의 길을 간 거죠. 그런데 갑자기 저 여자가……."

그는 담요 쪽을 향해서 손을 반쯤 쳐들었다가는 그만두고 다시 내렸다.

"저 여자가 저리로 달려나갔고, 뉴욕에서 오던 차가 그녀를 정면으로 들이받았지요. 그 차는 시속 30 내지 40마일로 달려갔습니다."

"이곳 이름이 뭐요?"

경찰이 물었다.

"이름 같은 건 없어요."

얼굴이 창백하고 잘 차려입은 흑인이 경찰 바로 옆으로 다가갔다.

"노란색 차였어요."

그가 말했다.

"큼직한 노란색 차였어요. 새 차였지요."

"사고 현장을 보았소?"

경찰이 물었다.

"아닙니다. 하지만 그 차는 한길에서 나를 지나쳐서 시속 40마일 이상으로 달려갔습니다. 아니 50이나 60마일로 달려갔어요."

"이리 와서 당신 이름을 말해 주시오. 자, 잘 생각해 봐요. 그의 이름을 알아내야 해요."

이 대화 가운데 몇 마디를 문설주에 기대어 몸을 흔들고 있던 윌슨이 엿들은 모양이었다. 갑작스럽게 새로운 화제가 그에게 쥐어짜는 듯한 울음소리 가운데 말할 기회를 만들어주었다.

"그게 어떤 차였는지 내게는 말해 줄 필요가 없어요! 나는 그게 어떤 차였는지 알아요."

톰을 지켜보고 있던 나는 그의 어깨 뒤 근육이 그의 웃옷 밑에서 굳어지는 것을 보았다. 톰은 잽싸게 윌슨에게로 걸어가 그 앞에 서더니 그의 두 팔을 꽉 움켜잡았다.

"당신, 정신을 바짝 차려야만 되겠소."

그는 거친 목소리를 죽이면서 말했다. 윌슨의 시선이 톰에게로 쏠렸다. 윌슨은 깜짝 놀라 발돋움을 하며 펄쩍 뛰었는데, 톰이 부축해 주지 않았더라면 무릎을 꿇으며 주저앉고 말았을 것이다.

"내 말을 들어요."

톰은 그를 가볍게 잡아 흔들며 말했다.

"난 조금 전에 뉴욕에서 여기에 도착했소. 우리가 말했던 그 쿠페를 끌고 왔어요. 아까 내가 운전했던 그 노란색 차는 내 차가 아니에요. 듣고 있소? 난 그 차를 오후 내내 못 봤어요."

오직 흑인과 경찰만이 두 사람 가까이 있어 톰의 말을 엿들을 수 있었다. 경찰은 톰의 말투에서 무언가를 눈치채고 험상궂은 눈으로 쳐다보았다.

"그게 다 무슨 소리요?"

경찰이 다그쳐 물었다.

"나는 이 사람 친구요."

톰이 계속해서 두 손으로 윌슨의 몸을 꼭 잡은 채 고개만 돌리고 말했다.

"이 친구는 사고를 낸 차를 알고 있다는군요. 노란색 차였다고 합니다."

어떤 희미한 충동에 움직여 경찰은 톰을 수상쩍은 듯 쳐다보았다.

"그럼 당신 차는 무슨 색이오?"

"푸른색 차요. 쿠페형이고."

"우린 뉴욕에서 방금 왔습니다."

내가 말했다.

우리 뒤를 따라 운전해 온 사람 하나가 이 얘기가 거짓말이 아니라고 말하자, 경찰은 딴 곳으로 고개를 돌려버렸다.

"그럼 그 이름을 다시 한 번 정확히 말해 주었으면 하는데요."

톰은 윌슨을 인형처럼 들어 올려 사무실 안으로 들어가 의자에 앉혀놓고 돌아왔다.

"누가 저기 가서 저 사람 곁에 좀 앉아 있어주면 좋겠는데요."

위대한 개츠비 219

톰은 위엄 있게 급히 말했다. 그리고 그는 가까이 있던 두 남자가 서로 얼굴을 쳐다보다가 마지못해 사무실 안으로 들어가는 것을 지켜보았다. 그런 다음 그는 두 사람이 들어간 문을 닫고 한 계단으로 된 층계를 내려왔는데, 그의 눈은 작업대 쪽을 외면하고 있었다. 그는 내 곁으로 가까이 지나가면서 귓속말로 말했다.

"나가세."

톰의 위엄 있는 두 팔이 길을 내주는 대로 우리는 다른 사람의 시선을 의식하면서 아직도 모여들고 있는 군중들 틈을 뚫고 나왔다. 혹시나 하는 희망으로 30분 전쯤에 사람을 보내 부른 의사가 손에 가방을 들고 바쁜 걸음으로 마주 오는 것이 보였다.

톰은 한길의 커브 길을 지날 때까지 천천히 운전했다. 그 다음부터 발을 힘차게 내리 밟자 쿠페가 밤 공기를 가르며 달렸다. 잠시 후 나는 나직한, 목쉰 흐느낌 소리를 들었고 톰의 얼굴에 눈물이 거침없이 흘러내리고 있는 것을 보았다.

"망할 놈의 겁쟁이 자식!"

그가 울음 섞인 목소리로 말했다.

"그 자식이 차를 세우지 않다니······."

부캐넌 부부의 집이 바스락거리는 검은 나무를 뚫고 우리를 향해 갑작스럽게 떠올라왔다. 톰은 현관 옆에 차를 세우고 2층을 올려다보았다. 담쟁이덩굴 사이로 불이 켜진 두 개의 창문이 보였다.

"데이지가 집에 있군."

톰이 말했다.

차에서 내릴 때 그는 나를 힐끔 보며 얼굴을 조금 찡그렸다.

"웨스트에그에서 자네를 내려주었어야 했는데……. 닉, 오늘밤엔 아무것도 대접할 게 없네."

그의 얼굴에는 변화가 생겼고, 그래서 그는 말을 엄숙하고도 단호하게 했다. 현관을 향해 달빛 어린 자갈길을 걸어가면서 그는 두세 마디의 활기 찬 말로 상황을 처리했다.

"내가 전화로 택시를 부르겠네. 그동안 자네와 조던은 부엌에 가서 저녁 식사라도 차려 달라고 해서 먹는 게 좋겠어. 먹을 생각이 있으면 말이야."

그는 현관문을 열었다.

"들어오지."

"아니, 괜찮아. 하지만 택시를 불러주면 고맙겠네. 난 밖에서 기다릴게."

조던이 내 팔을 잡았다.

"들어가지 않겠어요, 닉?"

"아니, 괜찮아요."

나는 약간 기분이 좋지 않아서 혼자 있고 싶었다. 그러나 조던은 잠시 더 머뭇거리면서 서성거리고 있었다.

"이제 겨우 9시 30분밖에 안 되었어요."

그녀가 말했다.

난 내가 집 안으로 들어가면 더 비참해질 것 같았다. 나는 하루

동안에 그들 모두와 함께 지겨울 정도로 시달렸다. 조던도 나를 피곤하게 만든 사람 중 하나였다. 그녀는 내 표정에서 그걸 알아챘다. 왜냐하면 그녀가 홱 돌아서서 현관 계단을 달려 올라가서는 집 안으로 들어가버렸기 때문이다. 나는 잠시 앉아서 두 손으로 머리를 감싸고 있었다. 마침내 집 안에서 하인이 수화기를 들고 택시를 부르는 소리가 들려왔다. 나는 집 앞에서 택시를 기다릴 생각으로 현관을 등지고 차도를 천천히 걸어 내려왔다.

20야드도 채 못 왔을 때 내 이름을 부르는 소리가 들리고, 이어 개츠비가 나무숲 사이로부터 차도로 걸어오는 게 보였다. 나는 그때까지 몹시 기분이 상해 있었기 때문에 달빛 아래에서 그의 핑크색 양복이 눈부시다는 것밖에는 생각하지 못했다.

"뭘 하고 있는 겁니까?"

내가 물었다.

"그저 여기에 서 있소, 친구 분."

어쨌든 그것은 비열한 일로 생각되었다. 왜냐하면 내가 알고 있는 바로는 그가 금방이라도 톰의 집을 털 작정을 하고 있는 것 같았기 때문이다. 그런 만큼 만약 그의 뒤 어두운 나무숲에서 험상궂은 얼굴들, 즉 '울프심 일당'이 나타났더라도 나는 놀라지 않았을 것이다.

"혹시 한길에서 어떤 사고가 난 거 봤어요?"

잠시 후 그가 물었다.

"봤어요."

그가 머뭇거렸다.

"그 여자 죽었나요?"

"그래요."

"나도 그러리라 생각했어요. 데이지에게도 그럴 거라고 말했고요. 충격은 한꺼번에 받는 게 정신 건강에 좋아요. 데이지는 다행히 아주 잘 견뎌냈어요."

그에게 문제되는 건 오직 데이지의 반응뿐인 것처럼 말했다.

"난 옆길로 돌아서 웨스트에그로 갔어요."

그가 계속해서 말했다

"그리고 우리 집 차고에 차를 넣어두었어요. 우리를 본 사람은 아무도 없을 거라고 생각하지만, 그러나 안심할 수는 없어요."

이때에 이르러서는 나는 그가 너무도 싫어졌기 때문에 그가 잘못했다는 말을 해주기를 바라지도 않았다.

"그 여자가 누구죠?"

그가 물었다.

"머틀이란 여자요. 남편이 자동차 정비소를 하고 있어요. 도대체 어쩌다 그런 끔찍한 사고를 낸 거죠?"

"글쎄, 난 핸들을 돌리려고 했어요."

그는 말을 중단했고, 나는 갑작스럽게 사고의 진상을 추측했다.

"데이지가 운전했나요?"

"그랬어요."

잠시 후 그가 말했다.

"하지만 물론 내가 했다고 말하겠어요. 우리가 뉴욕을 떠났을 때 데이지는 신경이 몹시 날카로워 있었기 때문에 자신이 운전이라도 하면 가라앉을 거라고 생각했던 거예요. 그런데 우리가 마주 오는 차를 막 지나치려고 할 때, 그 여자가 우리 차 앞으로 달려나온 거예요. 그 일은 순식간에 일어났지요. 그런데 그 여자는 우리를 아는 사람으로 여겼는지 무슨 얘기를 하고 싶은 것처럼 보였어요. 데이지는 처음엔 그 여자를 피하려고 다른 차 쪽으로 방향을 돌렸다가, 다음 순간 침착성을 잃고 먼저 방향으로 차를 다시 돌렸어요. 내 손이 핸들에 닿은 바로 그 순간 나는 충격을 느꼈지요. 그 여자는 틀림없이 그 자리에서 죽었을 겁니다."

"갈갈이 찢겨 있었소."

"그만해요."

그가 움찔했다.

"하여튼 데이지는 그 여자를 들이받아 버렸어요. 난 데이지를 멈추게 하려고 애썼지요. 그런데 멈추게 할 수가 없었어요. 그래서 난 비상 브레이크를 잡아당겼지요. 그러자 데이지가 내 무릎 위로 쓰러졌고, 그래서 내가 차를 몰았던 거예요. 데이지는 내일이면 회복이 될 겁니다."

그는 잠시 후 말을 이었다.

"난 여기서 혹시 톰이 오늘 오후의 일로 데이지를 괴롭히지 않나 지켜보려고 해요. 데이지는 자기 방에 들어가 문을 잠가버렸어요. 그리고 만약 톰이 난폭한 짓을 하려 들면 데이지가 불을 껐다 다시 켜기로 했어요."

"톰은 데이지에게 손을 대지 않을 거요."

내가 말했다.

"그는 데이지에 대한 생각은 하고 있지도 않았소. 난 그자를 믿지 않아요, 친구 분."

"얼마나 오래 지켜볼 작정입니까?"

"필요하다면 밤을 새서라도요. 아무튼 그들이 모두 잠들 때까지 지켜볼 작정이에요."

내 머리 속엔 새로운 생각이 떠올랐다. 만약 톰이 데이지가 운전했다는 것을 알게 된다면 어떻게 될까. 그는 거기에 어떤 하나의 연관이 있음을 알았다고 생각할지도 모른다. 그는 어떤 일이든 생각하게 될 것이다. 나는 톰의 집을 바라보았다. 아래층에는 두세 개의 창문에만 불이 켜져 있고, 2층의 데이지 방에서는 핑크색 불빛이 새어 나오고 있었다.

"여기서 기다리세요."

내가 말했다.

"혹시 무슨 소동이라도 일어날 기미가 보이는지 내가 살펴보고 올게요."

나는 돌아서서 잔디밭을 따라 걷기 시작해 조심스런 걸음으로 자갈길을 가로지른 다음, 발뒤꿈치를 들고 베란다의 계단을 올라갔다. 객실의 커튼은 열려 있었지만 안에는 아무도 없었다. 나는 우리가 3개월 전인 6월의 어느 날 밤에 식사를 했던 그 문간방을 가로질러 식료품실 창문으로 생각되는, 장방형 불빛이 비치는 작은 방으로 갔다. 차광 막이 내려져 있었지만, 나는 창에 갈라진 틈이 있는 것을 찾아냈다.

데이지와 톰은 부엌의 식탁 앞에 마주 앉아 있었는데, 테이블에는 식은 닭튀김 한 접시와 맥주 두 병이 놓여 있었다. 톰은 진지해진 나머지 한 손으로 데이지의 손을 감싸쥐고 있었다. 데이지는 때때로 그를 올려다보며 동의의 표시로 고개를 끄덕이곤 했다.

그들은 즐거운 얼굴이 아니었고, 둘 다 닭튀김이나 맥주에는 손도 대지 않았다. 그렇다고 해서 두 사람이 불행하게 보이는 것도 아니었다. 그 사이에는 전혀 꾸밈없는 친밀한 공기가 감돌고 있었다. 다른 누군가가 보았더라면, 그들 부부가 함께 어떤 음모를 꾸미고 있는 중이라고 말했을 것이다.

내가 발뒤꿈치를 들고 조심스레 현관을 되돌아 걸어 나오고 있을 때, 한 대의 택시가 그 집을 향해 어두운 차도에서 천천히 달려오는 소리가 들렸다. 개츠비는 내가 기다리고 있으라고 한, 차도의 그 자리에 서 있었다.

"좀 조용해졌나요?"

그가 걱정스럽게 물었다.

"그래요. 아주 잠잠해요."

나는 머뭇거리며 말했다.

"집으로 돌아가서 좀 쉬는 게 좋겠어요."

그는 고개를 내저었다.

"난 데이지가 잠자리에 들 때까지 여기 있고 싶어요. 먼저 가세요,

친구 분."

그는 두 손을 웃옷 주머니에 찔러 넣고는, 내가 거기 있는 것이 마치 불침번의 신성함을 망쳐놓기라도 한 것처럼 다시 톰의 집을 자세히 살피기 위해 긴장된 자세로 돌아섰다. 그래서 나는 달빛 아래 서 있는 그를 남겨두고 그곳을 떠났다. 그는 아무것도 보이지 않는 먼 곳을 지켜보고 있었다.

제8장

 나는 그날 밤 잠을 이룰 수가 없었다. 해협에서 처량한 무적 소리가 끊임없이 들려왔고, 나는 기묘한 현실과 잔인하고 무서운 꿈 사이를 가슴 답답하게 방황하고 있었다. 해가 뜰 무렵, 개츠비의 저택 차도로 택시가 달려가는 소리를 듣고, 즉시 침대에서 뛰쳐나와 옷을 주워 입기 시작했다. 나는 개츠비에게 일러줄 일, 경고해 줄 일들이 있다는 것을 깨달았고, 그것을 아침에 말해 주는 것은 너무 늦다고 생각되었다.
 그의 저택 잔디밭을 건너갔을 때, 현관문이 열려 있었다. 그가 깊은 절망에 빠져서인지 아니면 잠에 빠져서인지 모르겠으나, 홀의 테이블에 힘없이 기대고 있는 것이 보였다.
 "밤새 아무 일 없었어요."

그는 멍하니 말했다.

"나는 계속 지켜봤지요. 그랬더니 4시쯤에 데이지가 창가로 와 거기에 잠시 서 있다가 곧 불을 껐어요."

우리가 담배를 찾느라고 그 넓은 방들을 뒤지며 돌아다녔던 그때만큼 그의 저택이 거대하게 느껴진 적은 없었다. 우리는 큰 천막 같은 커튼을 옆으로 밀어젖히고 전기 스위치를 찾으려고 어두운 벽을 더듬었다. 그 시간이 너무나 길게 여겨졌다. 한 번은 내가 유령같이 보이는 피아노 건반 위로 요란한 소리를 내며 넘어지기도 했다. 가는 데마다 많은 먼지가 쌓여 있었고, 방들은 오랫동안 환기를 시키지 않은 듯 곰팡이 냄새를 풍겼다. 나는 낯선 테이블 위에서 담뱃갑을 발견했는데, 그 안에는 곰팡내 나고 바싹 마른 담배 두 개비가 들어 있었다. 우리는 객실의 프랑스식 창문을 열어젖히고 앉아서 어둠 속으로 담배 연기를 뿜어냈다.

"이곳을 떠나는 게 좋겠어요."

내가 말했다.

"당신 차가 곧 발견될 테니까."

"지금 피해야 할까요?"

"일주일쯤 애틀랜틱 시티나 몬트리올에 가 있는 게 좋을 거예요."

그는 그 문제는 생각해 보려고도 하지 않았다. 그는 데이지의 마음을 알기 전에는 절대 떠날 수 없다는 태도였다. 그는 마지막 희망에 매달리고 있었는데, 나는 차마 그를 거기서 떼놓을 수가 없었다.

그가 댄 코디와 함께 지낸 자기의 젊은 시절에 관한 이야기를 나에게 해준 것은 바로 그때였다. '제이 개츠비'가 톰의 굳은 악의에 부딪혀 유리 조각처럼 산산이 부서져버렸기 때문에 더 이상 숨길 것이 없었다. 오랫동안 신비에 싸여 있던 것들을 모두 풀고 있었다. 그때의 그로서는 무엇이든지 거리낌없이 사실대로 말하려고 했을 것이라 생각되는데, 그는 무엇보다도 데이지에 관한 이야기를 하고 싶어했다.

데이지는 그가 사귄 여자 중에서 가장 '아름다운' 여자였다. 그는 드러나지 않는 갖가지 능력으로 그런 여자들과 관계를 맺으려 했으나 항상 눈에 띄지 않는 가시 철망이 가로막고 있었다. 그는 데이지에게 매우 호감이 갔다. 그는 처음에는 테일러 병영의 다른 장교들과 함께 데이지의 집에 갔으나 나중에는 혼자서 갔다. 그녀의 집은 대단했다. 그때까지 그는 그렇게 아름답고 훌륭한 집을 본 적이 없었다. 그러나 정작 그가 그 집에서 숨막힐 것 같은 긴장된 분위기를 느낀 것은 데이지가 거기에 살고 있다는 사실 때문이었다. 그녀가 거기에 살고 있다는 것은, 그가 병영의 천막에 살고 있는 것과 마찬가지로 우연한 일이었다.

그 집은 신비로움으로 가득 차 있었다. 2층엔 다른 어떤 침실보다 더 아름답고 시원한 침실이 있었고, 그 복도에는 명랑하고 밝은 움직임이 있었다. 그리고 곰팡이가 나서 이미 시든 라벤더 꽃 속에 간직해 둔 것이 아니라, 반짝이는 최신형 자동차와 전혀 시들지 않은 꽃들로 둘러싸인 춤의 은근한 암시가 있었다. 그러나 무엇보다 이미 많은 남자들이 데이지에게 마음을 빼앗겼다는 사실이 그의 가슴을

뛰게 했다. 그 사실은 그녀의 가치를 더욱 높여주었다. 그는 그런 남자들의 흔적을 구석구석에서 느낄 수 있었다.

그러나 한편 그가 데이지의 집에 오게 된 것은 아주 우연한 일 때문이었다. 제이 개츠비로서의 그의 장래가 얼마나 영광스런 것이 될는지는 모르지만, 그때의 그는 돈 한 푼 없고 별 볼일 없는 젊은이였으며, 몸을 가린 마법의 옷과 같은 군용 외투도 언제 벗겨질지 모르는 그야말로 처량한 신세였다.

그래서 그는 주어진 모든 것을 최대한으로 이용했다. 얻을 수 있는 것이라면 체면도 차리지 않고 이를 악물고 손에 넣었다. 그리하여 마침내 10월의 어느 고요한 밤에 데이지를 차지했다. 그는 그녀의 손을 잡을 수 있는 진정한 권리를 지니지 못했기 때문에 더욱더 그녀를 차지하고 싶어했던 것이다.

그는 자기 자신을 미워했을지도 모른다. 왜냐하면 정당하지 못한 방법으로 데이지를 차지했기 때문이다. 나는 지금 그가 수백만 달러라는, 환상에 지나지 않는 돈으로 데이지에게 안도감을 갖게 했다는 뜻으로 이렇게 적고 있는 것이다. 즉, 그는 데이지에게 자기를 그녀와 동등한 계층의 사람이라고 속였던 것이다. 그녀를 편안히 살 수 있게 할 부자로 믿게 했던 것이다. 하지만 사실은 그에게 그러한 능력이 없었다. 그에게는 부유한 가족도 없었고, 또 그는 국가의 정세에 따라 세계의 어느 구석으로 쫓겨 나갈지 모르는 처지에 놓여 있었던 것이다.

그러나 그는 자신을 경멸하지 않았고, 사태도 그가 상상했던 것처럼 나빠지지 않았다. 그는 아마도 얻고자 하는 것을 차지하고 나면 떠나버릴 생각이었을 것이다. 그러나 이제 그는 자신이 오직 하나의 성배(聖杯)만을 좇는 데 전념하고 있음을 알게 되었다. 그는 데이지가 특이하다는 것을 알고 있었으나 '아름다운' 여자가 얼마나 특이할 수 있는지는 알지 못했다. 그녀는 개츠비에게 아무것도 남겨주지 않은 채 다시 부유하고 풍요로운 생활 속으로 떠나가버렸다. 그에게 남은 것은 단지 그녀와 결혼했으면 하는 몽상뿐이었다.

이틀 후 그들이 다시 만났을 때 애를 태운 것은 개츠비였다. 그녀의 집 현관은 장식용의 호사스러운 별빛 등으로 눈이 부셨으며, 그녀가 몸을 돌리자 등의자의 삐걱거리는 소리조차도 우아하게 들렸다. 그는 데이지의 호기심에 찬 사랑스런 입술에 키스했다. 그녀는 감기에 걸려 그 어느 때보다 쉰 소리를 냈는데, 그 때문에 더욱 매력적으로 보였다. 개츠비는 압도된 채 돈이 가두고 보호한 젊음과 신비, 수많은 옷이 지닌 신선함, 그리고 가난한 자들의 열띤 생존 경쟁을 안전하고 자랑스럽게 내려다보는, 은처럼 반짝이는 데이지를 의식했다.

"내가 데이지를 사랑하고 있다는 것을 알았을 때, 내 자신이 얼마나 놀랐는지는 도저히 설명할 수가 없어요. 한때 나는 데이지가 나를 버렸으면 하고 바라기도 했지만, 그녀 역시 날 사랑하고 있었기 때문에 그렇게 하지 않았지요. 그녀는 자기가 모르는 일들을 내가 알고 있으니까 내가 많은 것을 알고 있는 것으로 착각했던 겁니다.

……아무튼 나의 야망도 멀리 사라지고, 시간이 지날수록 더 깊이 사랑에 빠져들었어요. 그리고 갑자기 나는 모든 것을 포기하고 말았지요. 장래에 할 일을 데이지에게 얘기해 주기만 하면 더 즐거운 시간을 가질 수 있는데, 실제로 큰일을 한다고 해서 무슨 이득이 있겠어요?"

그는 해외로 떠나기 전날 오후, 데이지를 오랫동안 아무 말 없이 껴안고 앉아 있었다. 방 안에 난롯불이 피워져 있는 쌀쌀한 가을날이었다. 그녀의 뺨은 붉게 상기되어 있었다. 그는 이따금 그녀가 몸을 움직이면 팔을 풀어주었다. 그리고 따뜻한 입술로 그녀의 검고 윤기 흐르는 머리에 키스를 했다.

그날 오후는 마치 그 다음날 기약된 긴 이별을 위해 큰 추억거리라도 만들어주려는 듯이 한동안 그들의 마음을 평온하게 해주었다. 말없는 가운데 데이지의 입술이 그의 상의 어깨를 스치자, 그는 마치 그녀가 잠들어 있기나 한 것처럼 살며시 그녀의 손가락 끝을 어부만졌다. 한 달간에 걸쳐 사랑을 속삭인 가운데 이때만큼 그들이 가까이 있고 서로의 감정이 통한 적은 없었다.

전쟁에서 그의 활약은 대단했다. 전선으로 가기 전 그는 대위였으나, 아르곤 전투의 공적으로 소령으로 진급해 사단의 기관총 부대를 지휘했다. 휴전 후 그는 미친 듯이 고국으로 돌아가려고 애썼다. 그런데 사무 착오가 생겼는지 아니면 오해가 생겼는지 모르겠으나 그는 옥스퍼드 대학으로 보내졌다. 그는 걱정에 빠졌다. 데이지의 편지에는 초조와 절망이 나타나기 시작했다.

데이지는 그가 왜 돌아오지 못하는지 이해하지 못했다. 그리고 외부의 압력을 느끼고 있었다. 그래서 그녀는 그를 다시 만나 그의 존재를 확인하고 싶었으며, 자신의 선택에 대한 확신을 갖고 싶어했다.

당시 데이지는 젊었을 뿐 아니라 그녀의 주변 세계에는 난초 꽃의 향기와 유쾌하고 즐거운 속물 근성과 오케스트라가 있었는데, 그 오케스트라는 새로운 가락으로 인생의 슬픔과 암시를 요약하고 있었다. 색소폰들이 밤새도록 〈빌 가(街)의 블루스〉의 절망적인 넋두리를 늘어놓고 있는 동안 100켤레나 되는 금빛과 은빛 실내화들이 반짝이는 빛을 내며 먼지를 일으켰다. 침침한 티타임이면 방 안에 항상 낮고 상쾌한 열기가 끊임없이 고동치고, 새로운 얼굴들이 구슬픈 나팔 소리에 마룻바닥 주위에 흩날리는 장미 꽃잎처럼 여기저기 떠돌아다녔다.

계절이 바뀌자 데이지는 다시 저녁때마다 열리는 사교장에 드나들기 시작했다. 갑자기 그녀는 하루에 5, 6명의 남자와 데이트를 계속하게 되었고, 새벽녘이 되어서야 목걸이와 모슬린 야회복을 침대 옆 마루에 놓여 있는 시들어가는 난초 꽃들 속에다 아무렇게나 벗어 던져두고 잠들곤 했다.

그러는 동안 그녀의 마음속에서는 결심할 것을 호소하고 있었다. 그녀는 하루빨리 생활이 안정되기를 원했다. 그리고 그 결심은 어떤 힘, 사랑이나 돈이나 아니면 나무랄 데 없는 실제적인 힘에 의해서 이루어져야 했는데, 그 힘은 바로 가까이에 있었다.

봄이 한창일 무렵 톰 부캐넌이 나타났다. 데이지에게 톰의 됨됨이와 사회적 지위는 믿음직스러워 보였다. 그리고 그는 그녀를 치켜세워 주었다. 그녀는 약간의 심적 갈등을 느끼는 한편, 그만큼의 구원감도 느꼈다. 편지는 다행히도 개츠비가 옥스퍼드 대학에 있을 때 전달되었다.

어느덧 롱아일랜드에도 새벽이 찾아왔다. 우리는 아래층으로 내려가 이리저리 다니며 나머지 창문을 열어, 잿빛에서 금빛으로 바뀌고 있는 햇빛을 방 안 가득 채웠다. 한 그루의 나무가 갑자기 이슬 위로 그림자를 드리우고, 푸른 나뭇잎 사이에서 보이지 않는 새들이 지저귀기 시작했다. 대기 속에서 바람이라고는 할 수 없으나 느리고 상쾌한 움직임이 일고 있어서 서늘하고 화창한 날씨를 약속해 주고 있었다.

"난 데이지가 톰을 사랑했다고는 생각하지 않아요."

개츠비가 창가에서 빙그르르 돌아서더니 달려들 듯 나를 쳐다보며 말했다.

"친구 분, 당신도 기억하겠지만, 데이지는 어제 오후 몹시 흥분해 있었어요. 톰이 데이지에게 두려움을 느끼게 하려고 그런 식으로 말한 겁니다. 그의 얘기는 나를 너무나 형편없는 사기꾼처럼 보이게 했어요. 그 결과 데이지는 자기가 무슨 말을 하고 있는지조차 전혀 알지 못하고 있었단 말이에요."

그는 침울한 표정으로 의자에 걸터앉았다.

"물론 아주 잠깐 동안은 데이지도 그 사람을 사랑했을 거예요. 적어도 그들이 결혼했던 당시에는 말이에요. 그러나 그때도 그녀는 나를 더 사랑하고 있었던 거예요. 알겠어요?"

별안간 그는 이상한 말을 했다.

"어찌되었든."

"그것은 지극히 개인적인 문제에 지나지 않아요."

알 수 없는 이 연애 사건에 관한 그의 생각이 좀 지나치다는 것밖에 나는 달리 생각할 것이 없었다.

톰과 데이지가 아직도 신혼 여행 중일 때, 프랑스에서 돌아온 그는 군대에서 받은 봉급을 다 털어 초라한 루빌 여행을 떠났다. 그곳에서 일주일을 머물면서 그 옛날 11월 밤에 데이지와 둘이서 걸었던 거리들을 다시 걸어다녀도 보고, 데이지의 하얀 차로 달렸던 한적한 곳곳을 모두 찾아다녔다. 데이지의 집이 그에게는 그 어떤 집보다 항상 더 신비롭고 즐거워 보였던 것과 마찬가지로, 비록 데이지가 그 도시를 떠나버리긴 했지만 그 도시 자체에 어떤 우울한 아름다움이 가득 차 있었다.

그는 좀더 애를 썼더라면 데이지를 찾아냈을지도 모른다는, 그리고 그녀를 혼자 남겨두고 떠난다는 느낌이 들었다. 보통 객차―그는 이제 빈털터리 신세였다―안은 더웠다. 그는 열려 있는 승강용 통로로 가서 접의자에 앉았다. 역이 미끄러지듯 사라지고, 낯선 건물들의 뒷면이 스쳐 지나갔다. 객차는 이윽고 봄 기운이 가득한 벌판으로 들어섰다. 거기서 노란 전차가 잠시 객차와 경주를 했다. 노란 전차에 데이지가 타고 있지나 않을까 하는 미련이 떨쳐지지 않았다.

　선로가 구부러진 곳을 지나자 전차는 벌판으로부터 멀어져가고 있었다. 태양이 한층 낮게 기울어지면서 데이지가 살았던, 그리고 이제는 사라져가는 그 도시를 축복하기 위해 자신을 펼치는 것 같았다. 그는 그녀로 인해 아름다웠던 공간의 한 조각이나마 간직하기 위해 한 줌의 공기라도 낚아채려는 듯이 안타깝게 손을 뻗었다. 그러나 이제 눈물로 흐려진 그의 눈에 그것은 너무나 빨리 지나가버렸으며, 그는 가장 깨끗하고 가장 아름다웠던 부분을 영원히 잃어버렸다는 것을 깨달았다.

　우리가 아침 식사를 마치고 현관문으로 나갔을 때는 9시였다. 날씨는 밤새 급격한 변화를 가져와 공기 속에도 가을의 기운이 감돌고 있었다. 개츠비의 예전 하인들 중에서 마지막으로 남은 사람인 정원사가 계단 밑으로 걸어왔다.

　"오늘 풀장 물을 빼버리려 하는데요, 주인님. 곧 낙엽이 떨어지기 시작할 거고, 그러면 파이프가 막힐 테니까요."

　"오늘은 내버려두세요."

　개츠비가 대답했다. 그리고 그는 변명이라도 하듯이 나를 돌아다보았다.

　"난 이번 여름에 저 풀장을 한 번도 사용하지 않았어요."

　나는 마음이 조급해 서둘러 일어섰다.

　"열차 시간이 12분밖에 남지 않았어요."

나는 뉴욕으로 가고 싶지 않았다. 일이 잘 풀리지 않는다는 것은 핑계였다. 사실은, 개츠비를 두고 떠나고 싶지가 않았던 것이다. 나는 기차를 두 대나 놓치고 나서야 그곳을 떠났다.

"전화할게요."

나는 마침내 그렇게 말했다.

"그렇게 해주세요, 친구 분."

"정오쯤 걸게요."

우리는 천천히 계단을 내려갔다.

"데이지도 전화를 걸겠지요?"

그는 내가 확신을 주었으면 하는 듯한 근심스런 얼굴로 나를 쳐다보았다.

"나도 그럴 거라고 생각해요."

"그럼 잘 가요."

나는 악수를 나누고 그의 집을 떠났다. 울타리에 이르렀을 때 나는 불현듯 무언가가 생각나서 뒤로 돌아섰다.

"그들은 썩어빠진 녀석들이에요!"

나는 잔디밭 너머로 소리쳤다.

"당신은 그 못난 놈들 전부를 합한 것보다 더 가치가 있어요!"

나는 그때 내가 그 말을 한 것을 지금까지도 뿌듯하게 생각하고 있다. 그 말은 내가 그에게 보낸 유일한 찬사였기 때문이다. 나는 처음부터 끝까지 그가 한 일에 대해 찬성하지 않았다. 처음에 그는 예의바르게 고개를 끄덕하더니, 이윽고 마치 우리 두 사람이 공모하여

줄곧 그 사실에 도취되어 있기라도 한 것처럼 환히 빛나는 얼굴에 알아들었다는 미소를 띠었다.

그의 멋진 핑크색 양복이 흰 층계를 등지고 한 점의 선명한 색깔로 보이자, 3개월 전 내가 그의 저택을 처음 방문했던 날 밤의 일이 떠올랐다. 그때 그의 저택 잔디밭과 차도에는 그의 몰락을 추측하고 있는 사람들로 우글거리고 있었다. 그리고 그는 저 층계에 서서 자신의 순수한 꿈을 감추고, 그들에게 손을 흔들어 작별 인사를 하고 있었던 것이다.

나도 그의 대접에 감사했다. 아니, 우리는 항상 그의 환대에 감사하고 있었다. 나도, 또한 다른 사람들도.

"잘 있어요!"

나는 외쳤다.

"아침 식사 잘했습니다, 개츠비 씨."

뉴욕 시내에 노착한 나는 한동안 수많은 주식 시세를 적어보려고 하다가 그만 회전의자에 앉은 채 잠이 들고 말았다. 정오가 되기 조금 전 전화 벨 소리에 잠이 깬 나는, 이마에 솟은 땀방울을 손등으로 닦으며 일어났다. 그 전화는 조던 베이커에게서 온 것이었다.

그녀는 이맘때 종종 전화를 걸어왔는데, 그것은 호텔로, 골프 클럽으로, 또는 자기 집으로 바쁘게 돌아다니는 그녀였기에 달리 연락을 취할 수 있는 방법이 없었기 때문이다. 보통 때 그녀의 목소리는 마치 푸른 골프장의 잔디 조각이 사무실 창문으로 날아 들어오는 것

같이 싱싱하고 푸르게 들렸다. 그러나 이날은 평상시와 달리 목소리가 거칠고 메마른 것처럼 들렸다.

"방금 데이지의 집에서 나오는 길이에요."

그녀가 말했다.

"제가 지금 헴프스테드에 와 있는데, 오후엔 사우댐프턴으로 갈 거예요."

그녀가 데이지의 집에서 나온 것은 현명한 일이라고 생각했지만 한편으로는 나를 당황하게 했고, 그녀의 다음 말은 나를 더욱 어색하게 만들었다.

"어젯밤에 저한테 그다지 친절하지 않더군요."

"신경 쓰는 일이 너무 많다 보니까……."

잠시 침묵이 흘렀다. 이윽고 그녀가 다시 말했다.

"그건 그렇고, 만나고 싶어요."

"나도 보고 싶소."

"그럼 내가 사우댐프턴으로 가지 않고, 오후에 시내로 들어가면 될까요?"

"아니, 오늘 오후에는 일이 있어서……."

"좋아요."

우리는 이렇게 한동안 이야기를 주고받다가 갑자기 말이 끊어졌다. 그때 누가 먼저 수화기를 내려놓았는지는 기억나지 않는다. 그러나 나는 그 일에 신경 쓰고 싶지 않았다. 설령 내가 이 세상에서 다시는 그녀와 말을 나누지 못하는 일이 생기더라도, 그날만큼은 테이블을 사이에 두고 그녀와 대화를 나눌 수 없었다.

난 얼마 후에 개츠비의 집으로 전화를 걸었으나 통화 중이었다. 나는 네 번이나 다시 걸었다. 마침내 화가 난 교환수가 짜증을 내며 디트로이트로부터 걸려온 장거리 전화 때문에 계속 통화 중이라는 것을 알려주었다. 나는 기차 시간표를 꺼내 3시 50분발 기차에 조그만 동그라미를 그렸다. 그리고 의자에 등을 기댄 채 눈을 감았다. 생각을 좀 해보려고 했다. 시계가 12시를 가리키고 있었다.

그날 아침 기차를 타고 잿더미를 통과할 때 나는 객차의 반대편 좌석으로 건너가 앉았다. 그곳에는 호기심에 찬 구경꾼들이 종일 모여 떠들고 있을 것이고, 아이들은 아이들 나름대로 먼지 속에서 검은 점들을 찾고 있을 것이기 때문이다. 그리고 어느 끼어들기 좋아하는 남자는 여기서 발생한 일에 대해 이야기를 되풀이하다가 마침내 지쳐버릴 것이다. 더 이상 이야기할 거리가 없어져버릴 것이고, 그래서 머틀 윌슨의 비극적 행위도 마침내 잊혀지고 말 것이라 생각했다.

이제 나는 가까운 과거로 되돌아가, 그 전날 밤 우리가 윌슨의 자동차 정비소를 떠나온 뒤 그곳에서 발생한 일에 대해서 이야기할까 한다.

그들은 머틀의 동생인 캐서린의 소재를 알아내는 데 어려움을 겪었다. 캐서린은 그날 밤, 술을 안 마시기로 했던 규칙을 깨뜨렸던 것 같다. 왜냐하면 그곳에 도착했을 때 그녀는 술에 취해 있었고 구급

차가 이미 플러싱으로 갔다는 사실을 이해하지 못했다고 하니까 말이다. 사람들이 그 사실을 설명하자, 그녀는 마치 그것이 참을 수 없는 일이기라도 한 듯이 곧 기절해 버렸다고 한다. 어떤 사람이 친절에서인지 아니면 호기심에서인지 그녀를 자기 차에 태워 언니의 시체를 실은 구급차를 뒤쫓아가 주었다.

자정이 훨씬 지나서까지 군중들이 번갈아 가며 자동차 정비소 정면을 둘러싸고 있는 동안, 조지 윌슨은 사무실에 있는 긴 의자에 앉아 몸을 앞뒤로 흔들고 있었다. 사무실 출입문은 한동안 열려 있었다. 그래서 자동차 정비소 안으로 들어간 사람은 자연히 그 안을 힐끔 들여다보지 않을 수 없었다. 마침내 어떤 사람이 그것은 보기 민망한 일이라며 그 문을 닫아버렸다.

미카엘리스와 그 외 몇 사람이 윌슨과 함께 있었다. 처음에는 4, 5명이 함께 있었으나 나중에는 2, 3명으로 줄었다. 그리고 더 나중에는 한 명만 남게 되었다. 미카엘리스는 마지막으로 남은 그 낯선 사람에게 15분만 더 앉아 있어 달라고 부탁하고는 자기 집으로 가서 커피 한 주전자를 끓여 왔다. 그 후 그는 혼자서 새벽녘까지 윌슨과 함께 있어주었다.

새벽 3시쯤 되자 윌슨의 알 수 없는 중얼거림이 바뀌었다. 그는 점차 정신을 차리더니 노란색 차에 대한 이야기를 하기 시작했다. 그는 노란색 차 주인이 누군지 알아낼 방법이 있다고 큰소리쳤다. 그러면서 약 두 달 전에 자기 아내가 얼굴에 상처를 입고 코가 부어 가지고 뉴욕에서 돌아왔다는 이야기를 불쑥 꺼냈다. 그는 자기가 한

이 말에 몸을 움츠리고 다시 신음 소리를 내더니, 소리를 지르기 시작했다.

"오, 하느님!"

미카엘리스는 그의 마음을 돌리려고 무척 애를 썼다.

"결혼한 지는 얼마나 됐지요? 조지, 나 좀 봐요. 잠시 가만히 앉아서 내가 묻는 말에 대답 좀 해봐요. 결혼한 지는 얼마나 됐지요?"

"12년 됐어요."

"아이도 있었나요? 나 좀 봐요, 조지. 좀 움직이지 말아요. 한 가지 물어볼게요. 아이를 낳은 적이 있나요?"

단단한 껍질의 갈색 딱정벌레들이 지겹게 날아와 희미한 전등에 부딪히고 있었다. 바깥 도로에서는 자동차가 찢어지는 소리를 내며 달리고 있었는데, 미카엘리스에게는 그 소리가 몇 시간 전에 사고를 내고 도망가버린 그 자동차 소리처럼 들렸다. 그는 정비소 안으로 들어가기가 싫었다. 시체를 뉘었던 작업대에 피가 묻어 있었기 때문이다. 그래서 그는 불편한 듯이 사무실 안을 서성거리고 있었다. 그리하여 아침이 되기도 전에 그는 사무실 안에 있는 물건들을 모조리 알게 되었다. 이따금 윌슨의 곁으로 가서 그를 좀더 진정시키려고 애쓰기도 했다.

"가끔 가는 교회가 있나요, 조지? 설령 오랫동안 나가지 않았더라도 말이에요. 만약 있다면 내가 그 교회에 전화를 걸어서 목사님을 오시라고 할게요. 그러면 목사님이 영혼을 평화롭게 해줄 수 있을 텐데. 무슨 말인지 알아듣겠어요?"

"난 아무 교회에도 나가지 않아요."

"교회에 좀 나가지 그랬어요, 조지. 이런 때를 대비해서 말이에요. 그래도 한 번쯤은 교회에 나간 적이 있을 텐데. 교회에서 결혼한 게 아니에요? 내 말 들어요 조지, 내 말을. 혹시 교회에서 결혼하지 않았어요?"

"그런 아주 옛날 일이에요."

대답하는 데 힘이 들어 앞뒤로 흔들던 몸의 리듬이 깨지고 말았다. 그는 잠시 말이 없었다. 그런 다음 그의 흐려진 두 눈에 흐리멍덩한 표정이 조금 전과 똑같이 다시 나타났다.

"저기 저 서랍을 열어봐요."

윌슨이 손가락으로 책상을 가리키며 말했다.

"어느 서랍이요?"

"저 서랍, 그거 말이에요."

미카엘리스는 손에서 가장 가까운 서랍을 열었다. 그 안에는 가죽과 은을 꼬아서 만든 값비싼 작은 개 줄이 들어 있을 뿐이었다. 그것은 산 지 얼마 안 된 새것이었다.

"이거 말이에요?"

미카엘리스는 그것을 들어 올리면서 물었다.

윌슨이 천천히 고개를 끄덕였다.

"내가 어제 오후에 그걸 발견했어요. 머틀은 그것에 대해 설명하려 애썼지만, 난 그것이 뭔가 이상하다는 걸 알았어요."

"당신 부인이 이걸 샀단 말이에요?"

"머틀은 그걸 화장지에 싸서 화장대 위에 놓아두었어요."

미카엘리스는 그의 아내의 그런 행동이 조금도 이상하다고 생각되지 않았다. 그래서 윌슨에게 왜 머틀이 개 줄을 사게 되었을까에 대해서 다양한 이유를 설명해 주었다. 그러나 윌슨은 전에 머틀로부터 그와 비슷한 설명을 들은 일이 있었던 것 같았다. 왜냐하면 윌슨이 "또 그 이야기야!" 하고 중얼거리기 시작했기 때문이다. 그를 위로하려던 것이 결국은 허공에 대고 이야기한 셈이 된 것이다.

"그렇다면 그자가 머틀을 죽였어."

윌슨이 말했다. 갑자기 그의 입이 딱 벌어졌다.

"누가 죽였다고요?"

"난 알 수 있어."

"당신 제정신이 아니군요, 조지."

미카엘리스가 말했다.

"이번 일에 당신은 신경을 너무 많이 썼어요. 그래서 지금 자기가 무슨 얘기를 하고 있는지도 모르는 거요. 아침까지 가만히 앉아서 안정을 취하는 게 좋겠어요."

"그자가 내 아내를 죽였어."

"그건 사고였어요, 조지."

윌슨은 고개를 내저었다. 그러고는 눈을 가늘게 뜨고 거만스럽게 "흠!" 하는 소리를 낮게 내뱉으며 입을 조금 벌렸다.

"난 알고 있어."

그는 확신에 차서 말했다.

"나도 의리를 아는 놈이라 다른 사람에게 피해를 줄 생각은 없어요. 그렇지만 일단 알아야 할 건 알아내야지. 사고를 낸 자는 그 차에 타고 있던 그자였어요. 내 아내는 뭔가를 말하려고 달려나갔지요. 그런데 그자가 차를 세우지 않고 달아난 거야."

미카엘리스도 그런 생각은 했었다. 그러나 거기에 어떤 특별한 의미가 있으리라고는 생각하지 않았다. 그는 머틀이 남편에게서 뛰쳐나가기는 했으나, 어떤 특정한 차를 세우려고 한 것은 아니라고 믿었다.

"왜 그렇게 생각하지요?"

"아내는 속을 알 수 없는 여자였어요."

윌슨은 마치 그것이 질문에 대한 대답이라는 듯 건성으로 말했다.

"아!"

그는 다시 몸을 앞뒤로 가볍게 흔들기 시작했고, 미카엘리스는 개줄을 손으로 비비 꼬며 서 있었다.

"내가 알려야 할 친구들은 있겠지요, 조지?"

이 말은 가능성이 없는 말이었다. 그는 윌슨에게 친구가 없다는 것을 거의 확신하고 있었다. 미카엘리스는 잠시 후 창문에 푸른빛이 돌자 방 안에 변화가 생기는 것을 보고 새벽이 다가온다는 것을 알았다. 5시쯤 되자 바깥은 전등을 꺼도 될 만큼 환해졌다.

윌슨의 흐리멍덩한 눈동자가 밖의 잿더미 쪽으로 옮겨졌다. 거기서는 조그마한 잿빛 구름들이 환상적인 형태를 이루며 새벽바람에 이리저리 움직이고 있었다.

"내가 아내에게 말했어요."

그는 오랜 침묵을 깨고 중얼거렸다.

"날 속일 수 있을지는 몰라도 하느님은 속일 수 없을 거라고 말이에요. 나는 아내를 창가로 데리고 갔지요."

그는 힘들게 일어나서는 뒤쪽 창가로 걸어가 창문에 얼굴을 눌러대며 몸을 굽혔다.

"그리고 말했어요. '하느님은 당신이 한 일, 당신이 해온 모든 일을 알고 계셔. 나를 속일 수 있을지는 몰라도 하느님을 속일 수는 없어!'라고요."

윌슨의 뒤에 서 있던 미카엘리스는 윌슨이 T. J. 에클버그 박사의 두 눈을 바라보고 있는 것을 알자 충격을 받았다. 에클버그 박사는 서서히 걷히고 있는 어둠 속에서 거무스레한 형체를 막 드러내고 있었다.

"하느님은 모든 것을 보고 계시지."

윌슨이 되풀이했다.

"저건 광고 간판이에요."

미카엘리스는 그에게 다짐해 두었다. 알 수 없는 무언가가 미카엘리스로 하여금 창문에서 시선을 돌려 다시 방 안을 보게 했다. 그러나 윌슨은 얼굴을 창유리에 바짝 갖다 댄 채 한참 동안 그곳에 서서 서서히 밝아오는 새벽 햇살을 향해 고개를 끄덕이고 있었다.

6시쯤 되자 미카엘리스도 지쳐버렸다. 그래서 바깥에서 인기척이

나자 반갑게 생각되었다. 간밤에 미카엘리스와 함께 윌슨을 지키다가 다시 오겠다고 약속하며 돌아간 사람들 중 한 명이었다. 미카엘리스는 3인분의 아침 식사를 만들었다. 그러나 그와 아침에 온 남자만 그것을 먹었다. 주위가 더욱 조용해져 미카엘리스는 잠을 자기 위해 자기 집으로 갔다. 그가 4시간 뒤 잠이 깨어 급히 자동차 정비소로 갔을 때 윌슨은 어디론가 가버리고 없었다.

나중에 추적해 보니 윌슨은―그는 시종일관 걸어다녔다―처음엔 루스벨트 항구로 갔다가 그 다음 개스힐에 도착했다. 여기까지는 그가 보낸 시간을 설명하기가 어렵지 않다. 미친 사람 같은 행동을 하는 남자를 본 소년들이 있었고, 길가에 서서 이상한 눈으로 자기들을 노려보는 사람을 보았다는 자동차 운전사들이 있었기 때문이다. 그 후 3시간 동안 그는 종적을 감추었다.

그가 미카엘리스에게 '알아낼 방법이 있다'고 말한 것으로 미루어, 경찰은 윌슨이 그 3시간 동안 노란색 차를 찾기 위해 주변 자동차 정비소를 뒤지고 다녔으리라고 추측했다. 그러나 그를 보았다는 자동차 정비소 주인은 한 사람도 없었다. 그것으로 보아 윌슨은 자기가 알고 싶은 것을 찾아내는 더 쉽고 확실한 방법이 있었던 것 같다.

2시 30분쯤 그는 웨스트에그에 있었으며, 그곳에서 어떤 사람에게 개츠비의 집을 물었다. 그러니까 그때 벌써 그는 개츠비의 이름을 알고 있었던 것이다.

2시에 개츠비는 수영복을 입고는, 하인에게 만약 전화가 오면 그

내용을 수영장에 있는 자기에게 전해 달라고 일러두고 밖으로 나갔다. 그는 여름 동안 손님들을 흥겹게 해준 공기 매트리스를 가지러 차고에 들어갔다. 혼자 매트리스에 바람 넣는 것을 운전사가 도와주었다. 이어서 그는 무슨 이유에서인지 운전사에게 무개차를 끌고 나가지 말라는 지시를 내렸다. 그런데 이 지시는 뭔가 이상했다. 왜냐하면 그 차의 앞쪽 오른쪽 펜더는 수리를 해야 했기 때문이다.

개츠비는 공기 매트리스를 어깨에 메고 수영장을 향해 천천히 걸어갔다. 그는 한 번 멈춰 서서 그것을 조금 고쳐 멨다. 운전사가 그에게 도움이 필요한지 물어보았으니, 그는 머리를 가로젓고는 잠시 후 노란색으로 변해 있는 나무들 사이로 사라져버렸다.

전화 벨은 한 번도 울리지 않았지만, 하인은 졸지도 않고 4시까지 전화를 기다렸다. 전화가 와도 그것을 전해 들을 사람이 없어진 지 오래되었는데도 그는 기다리고 있었다. 아마 개츠비 자신은 전화 같은 것은 오지 않으리라 믿고 있었으며, 아마 더 이상 전화에 대해서는 신경을 쓰지 않고 있었는지도 모른다.

만약 이러한 추측이 옳다면, 그는 너무나 오랫동안 한 가지 꿈만을 지니고 살기 위해 비싼 대가를 치른 셈이다. 지금까지 가졌던 아늑하고 따스한 세계를 잃어버렸다고 생각한 것임에 틀림없다. 그는 반드시 겁을 주는 나뭇잎들 사이로 하늘을 쳐다보았을 것이고, 장미꽃이 얼마나 괴상스러운 것이며 갓 돋아난 풀 위에 내리쬐는 햇살이 얼마나 가혹한 것인지를 깨닫고 몸서리쳤을 것이다.

실제로 존재하진 않지만 유형(有形)인 새 세계, 그곳에서 공기를 마시듯 꿈을 들이마시는 가엾은 허깨비들이 우연히 이곳저곳을 돌아다니고 있었다. 마치 일정한 형태가 없는 나무들 사이로 미끄러지듯 다가오는 잿빛 그림자처럼.

그의 운전사—그는 울프심의 부하다—는 몇 발의 총소리를 들었다. 나중에 그는 총성을 그리 대단하게 생각하지 않았었다고밖에 말할 수 없었다.

나는 정거장에서 곧바로 개츠비의 저택으로 차를 몰았다. 그런데 걱정스럽게 달려가서 저택 앞 계단을 올라갔던 나의 행동이 사람들을 무척 놀라게 했다. 그러나 확신하건대, 그들은 그때 이미 사건의 모든 것을 알고 있었다고 생각한다.

거의 한마디의 말도 주고받지 않은 채 우리 네 사람, 즉 운전사와 하인과 정원사, 그리고 나는 황급히 수영장으로 내려갔다. 한쪽 끝에서 흘러나오는 맑은 물이 반대쪽에 있는 배수로로 밀려갔을 때, 거기에는 겨우 느낄 수 있는 희미한 물의 움직임이 있었다. 물결의 그림자라고도 하기 어려운 작은 파문을 일으키면서 개츠비를 실은 공기 매트리스가 불규칙적으로 배수구를 향해 움직이고 있었다. 가까스로 수면에 파문을 일으킬까 말까 한 한줄기의 약한 바람일지라도, 우연히 태운 짐을 싣고 우연한 방향으로 가고 있는 이 매트리스의 진로를 방해하기에는 충분했다. 한 무더기의 낙엽이 떨어져 닿자 그것은 마치 전경의(轉鏡儀)의 다리처럼 물 속에서 서서히 연분홍색 동그라미를 그리며 돌고 있었다.

정원사가 조금 떨어진 풀밭에서 윌슨의 시체를 발견한 것은, 우리가 개츠비를 들고 집으로 출발한 이후였다. 이렇게 해서 최대의 대학살극은 막을 내렸다.

제9장

 그로부터 2년이 지난 지금, 나는 사건이 난 날 하루 종일 오직 경찰과 사진반원들과 신문 기자들이 개츠비의 저택 현관문을 끊임없이 드나들던 일만 기억하고 있다. 앞쪽 대문을 가로질러 밧줄이 처지고, 경찰 한 사람이 그 옆에 서서 궁금해하는 구경꾼들을 막고 있었으나, 어린 사내아이들은 내 집 마당을 통해 들어갈 수 있다는 것을 곧 알아냈으며, 풀장 근처에는 언제나 입을 벌린 아이들이 2, 3명씩 몰려 있었다.
 그날 오후 적극적인 행동을 하는 형사같이 보이는 남자가 윌슨의 시체를 살펴보면서 '미치광이'라는 표현을 썼는데, 우발적인 권위를 지닌 그의 목소리는 이튿날 아침 신문 보도의 실마리가 되었다. 그러한 보도들은 대체로 악몽과 같은 것들이었다. 기괴하고 상대적이고 성급하고 사실이 아닌 것들이었다. 검시 때 미카엘리스의 증언에 따라 윌슨이 자기 아내를 의심했다는 사실이 밝혀졌을 때, 나는 잠시 후 모든 사실이 왜곡되어 전해질 것이라고 생각했다.

그러나 무슨 말이라도 할 법한 캐서린은 한마디도 하지 않았다. 그녀는 그 문제에서 놀라울 정도로 차가운 성격을 보여주었다. 그녀는 그린 눈썹 아래의 단호한 두 눈으로 검식관을 노려보면서, 자기 언니는 한 번도 개츠비를 만난 일이 없을 뿐만 아니라 형부하고 더없이 행복했으며 어떠한 불장난에도 빠진 적이 없다고 맹세했다. 그녀는 스스로 그렇게 확신하고 있어서, 마치 그와 같은 암시 자체만으로도 견딜 수 있는 한계를 벗어나는 것처럼 손수건에 얼굴을 파묻고 울어댔다.

그래서 윌슨은 그 사건이 그런 종류의 극히 단순한 형태의 것이 되게 하려고 결국 '슬픔에 못 이겨 미쳐버린' 사내로 격하되었다. 그리고 사건은 그 상태로 끝나고 말았다.

그러나 그 사건의 이 부분은 모두 관계가 멀고 중요하지 않은 것처럼 여겨졌다. 나 혼자만이 개츠비의 편이었다. 내가 이 비극적인 사건의 대단원을 웨스트에그 마을에 전화로 알려주자마자, 그를 둘러싼 모든 억측과 실질적 질문이 내게로 쏟아졌다.

나는 처음에는 놀랐고 당황했다. 그러나 그가 움직이지도 숨쉬지도 말하지도 않고 집 안에 누워 있는 시간이 몇 시간이고 계속되자, 책임질 사람은 나밖에 없다는 생각이 점점 강해졌다. 왜냐하면 나말고 다른 사람들은 아무도 그에게 관심을 갖고 있지 않았기 때문이다. 내가 말하는 것은 누구나 다 결국에는 어떤 희미한 권리를 갖고 있는 진정한 인간적 관심이라는 것이다.

우리가 개츠비의 시체를 발견한 지 30분 만에 나는 본능적으로 주저하지 않고 데이지에게 전화를 걸었다. 그러나 그녀와 톰은 그날 오후 짐을 챙겨 어디론가 가버리고 없어진 상태였다.

"연락처도 남겨두지 않았나요?"

"그렇습니다."

"언제 돌아오겠다고 하던가요?"

"말씀이 없었습니다."

"짐작 가는 곳이 없습니까? 어떻게 하면 그들과 연락이 될까요?"

"모르겠습니다. 말씀드릴 수가 없네요."

나는 개츠비를 위해 누군가를 데려오고 싶었다. 나는 그가 누워 있는 방으로 가서 그를 안심시켜 주고 싶었던 것이다.

'내가 당신을 위해 누군가를 데려오겠어요, 개츠비 씨. 그러니 걱정하지 마세요. 그럼 나만 믿어요. 내가 당신을 위해 누군가를 데려오리다.'

마이어 울프심의 이름은 전화 번호부에 없었다. 하인이 브로드웨이에 있는 그의 사무실 주소를 일러주었다. 나는 전화 안내에 전화를 걸었다. 그러나 그의 전화 번호를 알아냈을 때는 5시가 훨씬 넘은 후였다. 그래서 아무도 전화를 받지 않았다.

"한 번 더 신호를 보내주겠소?"

"세 번이나 불렀는데요."

"중대한 일입니다."

"미안합니다. 그쪽에 아무도 안 계신 것 같습니다."

다시 객실로 들어간 나는 한순간 그 방에 갑자기 가득 모여 있는 공무 관계자들이 모두가 우연한 내방객들이라는 착각을 했다. 그들이 홑이불을 걷고 충격받은 눈으로 개츠비를 들여다보는 동안 내 머리 속에는 개츠비의 항의가 계속되고 있었다.

'이봐요, 친구 분. 나를 위해 누군가를 데려다 주어야겠어요. 힘써 주시오. 난 혼자서는 이 사건을 겪어낼 수가 없어요.'

누군가가 나에게 몇 가지 질문을 하기 시작했다. 그러나 나는 그 자리를 피해 2층으로 올라가 개츠비 책상의 잠겨 있지 않은 부분을 황급히 두루 살펴보았다. 그가 내게 자기 부모가 돌아가셨다고 분명히 말한 적은 없었다. 책상 속에는 아무것도 없었다. 다만 잊혀진 격렬한 생활의 표시인 댄 코디의 사진만이 외로이 벽에서 나를 내려다보고 있었다.

이튿날 아침 나는 울프심에게 전할 편지를 써서 하인 편으로 보냈는데, 그 편지에 나는 그가 알고 있는 것을 알려 달라고 청하고 다음 기차 편으로 와주었으면 한다는 말을 덧붙였다. 그 편지를 쓸 때 나는 그러한 요청은 필요하지 않은 것이라 생각했다. 난 정오가 되기 전에 틀림없이 데이지에게서 전보가 올 것을 확신한 것과 마찬가지로, 울프심도 신문을 보면 틀림없이 이곳으로 올 것이라고 확신하고 있었던 것이다.

그러나 데이지의 전보도, 울프심도 오지 않았다. 경찰과 사진반원들과 신문 기자들의 숫자만 늘어났을 뿐 다른 사람은 아무도 오지 않았다. 하인이 울프심의 답장을 갖고 왔을 때, 나는 그들 전부에 대한 개츠비와 나 사이의 반항적 기분, 경멸하고 싶은 일치된 기분을 느끼기 시작했다.

친애하는 캐러웨이 씨. 이 일은 제 일생에서 가장 끔찍하고 충격적인 사건 중 하나이며, 저는 도무지 이것이 사실이라고 믿기가 어렵습니다. 그가 저지른 것과 같은 그런 미친 짓은 우리 모두 생각해 보아야 할 것입니다. 지금 저는 아주 중요한 일에 얽매여 있기 때문에 꼼짝도 할 수 없는 처지입니다. 그곳에 갈 수가 없을 뿐 아니라 지금으로서는 이 일에 끼어들기도 싫습니다. 얼마 후에 제가 할 수 있는 일이 있으면 에드거를 통해 저에게 알려주십시오. 이와 같은 사건을 들었을 때 저는 어디에 있는지조차 모를 지경으로 큰 충격을 받아 망연자실했습니다.

미이어 울프심 드림

그의 편지엔 황급히 쓴 듯한 추신이 덧붙여져 있었다.

장례식과 그 밖의 일에 관해 알려주십시오. 개츠비 씨의 가족 사항에 대해선 아는 바가 없습니다.

그날 오후 전화 벨이 울리고 교환수가 시카고에서 온 장거리 전화라고 말했을 때, 나는 그건 분명 데이지에게서 온 전화일 거라고 생각했다. 그러나 연결된 목소리는 어떤 남자의 목소리로 아주 가늘고 희미하게 들렸다.

"슬래그입니다……."

"네?"

내게는 낯선 이름이었다.

"전화 상태가 좋지 않네요, 그렇지요? 내 전보는 받으셨나요?"

"전보라곤 한 장도 오지 않았는데요."

"파크가 문제를 일으켰어요."

그는 빠른 말씨로 지껄였다.

"카운터 너머로 채권을 건네주다가 붙잡혔어요. 경찰은 그 일이 있기 5분 전에 뉴욕으로부터 번호를 알리는 회신을 받았어요. 거기 대해서 뭐 알고 계신 게 없나요? 이런 시골 마을에선 도무지 알 수가 없어요."

"여보세요!"

나는 숨을 죽이며 그의 말을 중단시켰다.

"제 말 잘 들으세요. 난 개츠비 씨가 아닙니다. 개츠비 씨는 죽었어요."

그쪽에선 오랜 침묵이 흘렀고 그러고 난 다음 절규하는 소리가 들렸다. 그러고는 전화가 끊기면서 시끄럽게 꽥꽥 소리가 났다.

미네소타 주의 어느 읍으로부터 헨리. C. 개츠라고 서명된 전보가

온 것은, 사건이 있은 지 3일째 되던 날로 기억된다. 발신자는 즉시 출발할 테니 장례식은 자기가 도착할 때까지 연기해 달라고 적고 있었다.

그는 개츠비의 아버지였다. 위엄은 있으나 아주 쇠약한 노인으로 놀란 모습을 하고 있었으며, 더운 9월인데도 추위를 느끼는지 값싼 긴 얼스터 코트를 입고 있었다. 그의 두 눈은 슬픔으로 계속 눈물을 흘리고 있었다. 내가 그의 손에서 가방과 우산을 받아 들자, 그는 숱이 적은 하얀 턱수염을 연시 잡아당기기 시작했다. 그 바람에 나는 그의 외투를 벗기는 데 어려움을 겪었다. 그는 금방이라도 쓰러질 것 같았다. 그래서 나는 그를 음악실로 데리고 가서 의자에 앉힌 뒤, 사람을 시켜 요기할 수 있는 간단한 음식을 가져오게 했다. 그러나 그는 아무것도 먹으려 하지 않았다. 들고 있는 우유 잔에서 그의 떨리는 손으로 우유가 흘러내렸다.

"시카고 발행 신문에서 기사를 읽었소."

그가 말했다.

"시카고 신문에 사건의 모든 것이 실려 있었지요. 그걸 보자마자 곧바로 출발했소."

"어떻게 연락을 취해야 할지 알 수가 없었습니다."

그의 두 눈은 아무것도 보지 않으면서 끊임없이 방 안을 두리번거렸다.

"그 애는 미쳤어요."

그가 말했다

"그 애는 미치광이였음이 분명하오."

"커피라도 좀 드시겠습니까?"

나는 뭔가를 계속 권했다.

"난 아무것도 생각이 없소. 이젠 괜찮아요. 그런데 이름이 어떻게 되시는지?"

"캐러웨이입니다."

"음, 난 이제 어느 정도 쉬었소. 지미는 어디에 안치했소?"

나는 그를 아들이 안치되어 있는 객실로 데리고 가서 혼자 남겨두고 나왔다. 사내아이들 몇이 돌층계로 올라와 안을 들여다보고 있었다. 내가 그 아이들에게 도착한 분이 누구라는 것을 말해 주자 그 아이들은 마지못해 가버렸다.

잠시 후 개츠가 문을 열고 나왔는데, 입은 좀 벌어지고 얼굴은 약간 상기되어 있었으며, 두 눈에서는 눈물 방울이 간간이 맺혀 나왔다. 그는 이미 죽음에도 초연해질 그런 나이였던 것이다. 그는 그제야 비로소 주위를 둘러보다가, 천장이 높고 화려한 홀과 큼직큼직한 방들이 또 다른 방들과 이어져 있는 것을 발견했다. 그 사이 그의 슬픔은 두려움 섞인 자랑과 뒤범벅이 되기 시작했다. 나는 그를 부축해 2층의 한 침실로 인도했다. 그가 양복 상의와 조끼를 벗고 있는 동안 나는 모든 장례 절차를 그가 올 때까지 미루어왔다고 말해 주었다.

"어떻게 하시고자 할지 몰라서 그랬습니다, 개츠비 씨."

"내 이름은 개츠요."

"……개츠 씨. 유해를 서부로 운구하길 원하실 거라고 생각했습니다만."

그는 고개를 가로저었다.

"지미는 항상 동부를 좋아했소. 동부에서 이만큼 성공을 했잖소. 당신은 우리 아이의 친구였나요? 그런데 성이 어떻게 되지요?"

"우리는 친한 친구였습니다."

"그 아이는 장래성이 있었소, 알겠소? 그 애는 아직 젊은이에 지나지 않았지만 여기서 많은 두뇌적 역량을 발휘했소."

그는 다짐하듯이 자기 머리를 매만졌다. 나도 고개를 끄덕였다.

"만약 그 아이가 계속 살아만 있다면 큰 인물이 되었을 거요, 제임스 J. 힐 같은 사람이요. 그 애는 국가 건설에도 공헌을 하게 되었거요."

"옳은 말씀입니다."

나는 하는 수 없이 말했다.

그는 수가 놓인 침대 커버를 손으로 더듬거리며 벗겨 내리려고 하다가 그대로 뻣뻣이 드러눕고 말았다. 그러고는 곧 잠이 들었다.

그날 밤, 분명 크게 놀란 듯한 어떤 사람이 전화를 걸어와 자기 이름을 대기도 전에 내게 누구냐고 물어댔다.

"캐러웨이입니다."

내가 말했다

"아아!"

전화를 건 사람은 그때야 마음이 놓이는 듯이 말했다.

"나는 클립스프링어입니다."

나는 마음이 놓였다. 왜냐하면 그것은 개츠비의 장례식에 한 명의 친구가 와줄 것을 뜻하는 것 같았기 때문이다. 나는 신문에 광고를 내서 구경꾼들이 몰려오게 하고 싶지 않았기 때문에 직접 몇 사람에게만 전화로 알리고 있던 중이었다. 그러나 그런 사람들을 찾아내기란 매우 어려운 일이었다.

"장례식은 내일입니다."

내가 말했다.

"이 집에서 3시에 거행됩니다. 개츠비 씨와 친했던 사람이면 누구에게든 연락을 좀 해주셨으면 합니다만."

"아, 그렇게 하고말고요."

그는 급하게 말했다.

"아무도 못 만날 것 같지만 만나기만 한다면 알리도록 하지요."

그의 목소리는 나를 반신반의하게 했다.

"물론 당신은 오시겠죠."

"글쎄요, 꼭 참석하도록 해보겠습니다. 그런데 제가 전화를 드린 용건은……."

"잠깐만요."

나는 그의 말을 가로막았다.

"오시겠단 말씀이죠?"

"그런데 사실, 솔직히 내 사정이 그리 여의치가 않습니다. 이곳 그리니치에서 어떤 사람들과 함께 머물고 있는데, 그들은 내일도 내가 자기들과 같이 있어주기를 바라고 있어요. 실은 피크닉이라고 할까, 그런 걸 하기로 했거든요. 물론 최선을 다해서 빠져나가도록 해보겠습니다만……."

나는 참을 수가 없어서 "허!" 하고 어처구니없다는 소리를 냈다. 그도 그 소리를 들은 것이 분명했다. 왜냐하면 그가 신경질적으로 이렇게 말을 이었던 것이다.

"내가 전화를 건 이유는 거기에 두고 온 내 구두 때문이에요. 미안하지만 하인을 시켜서 그걸 내게 보내주시기 바랍니다. 보시면 알겠지만, 그건 테니스화라서 그게 없으면 난 꼼짝도 할 수가 없어요. 내 주소는 B. F.……."

나는 그 나머지 부분은 자세히 듣지 못했다. 나는 수화기를 내려놓았다. 그런 다음 나는 개츠비에 대해 알 수 없는 부끄러움을 느꼈다. 내 전화를 받은 한 신사는 개츠비가 받아야 할 것을 자기가 대신 받았다는 뜻으로 말했던 것이다. 그것은 내 실수였다. 그 사람은 개츠비가 내준 술로 용감해져서 개츠비를 가장 신랄하게 비난하던 사람들 중 한 명이므로, 전화를 걸지 않는 편이 나았을 거라는 사실을 내가 미리 알았어야만 했다.

장례를 치르던 날 아침, 나는 뉴욕으로 마이어 울프심을 만나러 갔다. 그 방법 외에는 그를 만날 수가 없을 것 같았기 때문이다. 엘리베이터 보이가 일러주는 대로 내가 밀고 들어간 문에는 '스와스티거 주식 보유 회사'라는 간판이 붙어 있었다. 처음에는 안에 아무도 없는 것 같았으나 내가 몇 번인가 "여보세요!" 하고 소리치자 칸막이 뒤에서 말다툼이 벌어지고, 얼마 후 귀엽게 생긴 유대인 여자가 안쪽 문가에 나타나서 적의를 띤 까만 눈으로 나를 경계하며 훑어보았다.

"아무도 안 계신데요."

그녀가 말했다.

"울프심 씨는 시카고에 가셨는데요."

그녀의 첫마디는 분명히 사실이 아니었다. 왜냐하면 안에서 누가 〈로저리〉를 음정에 맞지 않게 휘파람으로 불고 있었기 때문이다.

"캐러웨이란 사람이 만나 뵙자고 한다고 제발 좀 전해 주시오."

"제가 그분을 시카고에서 돌아오시게 할 수 있는 능력은 없어요."

바로 그때 틀림없는 울프심의 목소리가 문 저쪽에서 "스텔라!" 하고 불렀다.

"그러면 책상에다 명함을 놓아두세요!"

그녀는 황급히 말했다.

"그분이 돌아오시면 전해 드릴 테니까요."

"하지만 지금 그분이 뒤쪽에 계시다는 걸 난 알고 있소."

그녀는 내 앞으로 한 걸음 다가서서는 화가 난 듯이 두 손으로 엉덩이를 아래위로 더듬기 시작했다.

"당신 같은 젊은이들은 언제라도 이곳으로 마음만 먹으면 밀고 들어올 수 있다고 생각하는 거죠?"

그녀는 나무랐다.

"우린 이제 그런 모습에 진절머리가 나요. 내가 그분은 시카고에 계시다고 말하면 그분은 시카고에 계신 거예요."

나는 급한 김에 개츠비의 이름을 대보았다.

"그러세요?"

그러자 그녀의 태도가 바뀌었다.

그녀는 다시 나를 아래위로 살펴보았다.

"잠깐만요, 이름이 어떻게 되지요?"

그녀가 사라졌다. 잠시 후 마이어 울프심이 한껏 위엄을 부린 채 두 손을 부자연스럽게 내밀며 모습을 드러냈다. 그는 나를 자기 방으로 데리고 가서는 경건한 목소리로 이 시간은 우리 모두에게 슬픈 시간이라고 말하더니 나에게 담배를 권했다.

"그 사람을 처음 만났던 때가 생각나는군요."

그가 계속 말했다.

"그때 그는 막 제대한 젊은 소령이었지요. 그는 전쟁 때 받은 훈장들로 가득한 군복을 입고 있었습니다. 너무 가난해서 평상복을 살 돈이 없었기 때문이었지요. 내가 그 사람을 처음 본 것은 43번가의 와인브레너 당구장에서였어요. 그는 그곳에 들어와 일자리가 없냐고 물었어요. 그리고 자기는 이틀 동안이나 아무것도 먹지 못했다고 하더군요. '나와 함께 가서 점심이라도 드십시다.' 하고 내가 말했지요. 그 사람은 30분 만에 4달러어치 이상의 음식을 먹더군요."

"당신이 그에게 사업을 시작하게 해주었나요?"

"시작하게 해주다니! 내가 그를 키웠소."

"아, 그러셨군요."

"난, 그 사람을 무(無)에서, 시궁창에서 끌어올렸지요. 난 첫눈에 그가 잘생기고 신사다운 유망한 청년임을 알았어요. 그가 옥스퍼드 출신이라기에 그를 유용하게 쓸 수 있겠다고 생각하고 미국 재향 군인회에 가입시켰지요. 이후 그는 줄곧 승진을 했어요. 그리고 내 고객 한 사람을 위해 올버니에까지 가서 일을 도와주었지요. 우린 무슨 일에나 그렇게 가깝게 지냈어요."

그는 둥글게 꼬부린 손가락 두 개를 쳐들었다.

"언제나 함께였죠."

그런 동지 관계가 1910년의 월드 시리즈 거래도 포함하고 있었는지 나는 궁금했다.

"이제 그 사람은 죽었습니다."

나는 잠시 후에 말했다.

"당신은 그 사람하고 가장 친한 분이었다고 생각합니다. 그래서 오늘 오후에 있을 장례식에 꼭 참석해 주실 걸로 믿는데요."

"가고는 싶지만……."

"그럼 가면 되지, 뭐가 문젠가요?"

그의 콧구멍 속의 털이 바르르 떨리고, 그가 머리를 좌우로 흔들 때 그의 두 눈에 눈물이 가득 괴어 있었다.

"그럴 수가 없어요. 더 이상 그 일에 말려들 수가 없어요."

그가 말했다.

"말려들 일이라곤 아무것도 없습니다. 이젠 다 끝났습니다."

"사람이 피살됐을 때 사소한 일로 말려드는 걸 원치 않아요. 난 여기 있겠어요. 그러나 나도 젊은 시절엔 지금과 달랐습니다. 내 친구 중 누가 죽었을 땐 어떻게 해서든 끝까지 상대방을 물고 늘어졌지요. 그걸 감상적이라고 생각할지 모르겠습니다만, 그건 진정이었어요. 결판이 날 때까지 물고 늘어졌지요."

그가 자신의 어떤 이유로 해서 장례식에 참석하지 않을 결심을 했다는 것을 알고 나는 자리에서 일어섰다.

"당신은 그와 대학 동창인가요?"

그가 느닷없이 물었다.

한순간 나는 그가 '거래선' 이야기를 비치려나 보다 하고 생각했다. 그러나 그는 다만 고개만 끄덕이고는 악수를 청했다.

"사람이 죽은 후가 아니라, 살아 있을 때 우정을 베푸는 걸 배웁시다."

그는 속에 있는 마음을 털어놓았다.

"그런 다음 나의 관례는 모든 걸 모르는 척하고 내버려두는 것이지요."

그의 사무실을 나왔을 때 어두워진 하늘에서 이슬비가 내리고 있었다. 웨스트에그로 돌아온 나는 옷을 갈아입고 개츠비의 저택으로 갔다.

개츠는 흥분한 채 홀 안을 서성이고 있었다. 그의 마음속에선 아들과 아들의 소유물에 대한 자랑스러움이 끊임없이 커져가고 있었으며, 지금 그는 나에게 보여줄 무엇인가를 갖고 있었다.

"지미가 보내준 사진이에요."

그는 떨리는 손으로 자기 지갑을 꺼냈다.

"여길 보세요."

저택을 찍은 그 사진은 네 귀퉁이가 떨어져 나가고 여러 사람의 손때가 묻어 해져 있었다. 그는 저택의 내부를 하나하나 가리키며 말했다.

"여길 좀 봐요!"

그러고는 내 눈에서 감탄의 빛을 찾아내려고 했다. 그가 얼마나 자주 그 사진을 사람들에게 보여왔던지, 그에게는 그 사진이 실제의 저택보다 더 실감을 주고 있다고 나는 생각했다.

"지미가 이걸 나한테 보냈었지요. 아주 근사한 사진이라고 생각해요. 그 아이는 이것으로 뚜렷하게 보여주고 있어요."

"참 좋습니다. 최근에 아드님을 보신 적이 있나요?"

"2년 전에 나를 만나러 와서 지금 내가 살고 있는 집을 사주었지요. 물론 오래 전에 그 애는 집을 나가버려 우리 가족을 실망시켰었지요. 하지만 이제야 난 그 애가 그럴 만한 이유가 있었다는 걸 알았어요. 그 애는 자기 앞에 멋진 장래가 기다리고 있다는 걸 알고 있었던 거예요. 그 애는 성공한 다음부터는 효자 노릇을 했지요."

그는 사진을 집어넣기가 못내 아쉬운 듯 한참이나 내 눈앞에 그것을 들고 어물쩍거렸다. 이윽고 그는 사진을 집어넣은 지갑을 호주머니에 도로 넣고 나서 대신 『호팔롱 캐시디』라는 제목의 낡아빠진 책을 꺼냈다.

"이걸 좀 보시오. 이건 그 애가 어렸을 때 가지고 있던 책이라오.

이걸 보면 그 애에 대해서 어느 정도 알 수 있을 거요."
그는 책 뒤 표지를 넘기더니 빙그르르 돌려서 내가 볼 수 있게 했다. 맨 뒤 여백에 '계획표'라는 활자체 글자가 적혀 있고, 그 아래에 '1906년 9월 12일'이라고 날짜가 적혀 있었다. 그리고 그 아래에는 다음과 같이 적혀 있었다.

    기   상 ………………………………… 오전 6:00
    아령 체조와 담 기어오르기 ……………… 오전 6:15~6:30
    전기학 및 기타 공부 ……………………… 오전 7:15~8:45
    작   업 ……………………………… 오전 9:30~오후 4:30
    야구 및 운동 ………………………………… 오후 4:30~5:00
    웅변 연습, 몸 균형 잡기와 그 달성법 …… 오후 5:00~6:00
    발명에 필요한 공부 ………………………… 오후 7:00~9:00

               일반적 결심
  샤프터즈 또는 ○○(이름을 알아볼 수 없었다.)에서 시간 낭비를 하지 말 것.
  이제부터 금연을 하고 껌을 씹지 말 것.
  이틀에 한 번 목욕을 할 것.
  매주 도움을 주는 책이나 잡지 한 권씩 읽을 것.
  매주 5달러(지워져 있었다.) 3달러씩 저축할 것.
  부모님께 더 잘해 드릴 것.

"나는 우연히 이 책을 발견했어요."

노인이 말했다.

"이거면 그 애의 성품에 대해 충분히 알 수 있지요?"

"충분히 알 수 있습니다."

"지미는 출세할 수밖에 없었어요. 그 애는 언제나 이런 결심 아니면 또 다른 결심을 하고 있었으니까요. 그 애가 자신을 발전시키려고 노력하는 걸 눈여겨보셨나요? 그 애는 자아 성취에 대단히 열성적이었지요. 언젠가 한 번은 나더러 돼지처럼 먹는다고 말했어요. 그래서 내가 두들겨줬지요."

노인은 항목 하나하나를 큰 소리로 읽고는 내가 부러워하는 표정을 짓기를 바라면서 마지못해 책을 덮었다. 그때 노인은 내가 그 항목들을 이용하기 위해 어딘가에 베껴두기를 바랐던 것 같다는 생각이 든다.

3시 바로 전에 플러싱으로부터 루터파 목사가 도착했다. 나는 다른 차들도 오나 하고 창 밖을 내다보았다. 개츠도 나와 마찬가지로 밖을 내다보았다. 예정 시간이 지나 하인들이 집 안으로 들어와 홀에 서서 기다리고 있자, 노인은 두 눈을 근심스럽게 끔벅거리기 시작하더니 걱정스럽고도 분명하지 않은 말투로 비가 오는 것에 대해 이야기를 꺼냈다. 목사가 여러 번 자기 시계를 들여다보기에 나는 그에게 30분만 기다려 달라고 부탁했다. 그러나 그러한 노력은 헛수고였다. 30분이 지나도 아무도 오지 않았다.

세 대의 차로 이루어진 행렬은 5시쯤 공동묘지에 도착해 자욱한 보슬비를 맞으며 입구에 멈춰 섰다. 비에 젖은 끔찍한 검은색의 영구차가 선두에 서고, 그 뒤를 개츠와 목사와 내가 탄 리무진이 따랐으며, 5, 6명의 하인과 웨스트에그의 집배원이 탄 개츠비의 스테이션 왜건이 조금 뒤떨어져 따라왔다. 모두 비에 흠뻑 젖어 있었다. 우리 일행이 묘지 안으로 들어가고 있을 때 자동차 한 대가 멈춰 서는 소리가 들리고, 이어서 누군가가 물을 튀기며 우리 뒤를 따라오는 소리가 들렸다. 나는 무의식적으로 돌아보았다. 그 사람은 3개월 전에 개츠비의 서재에서 책을 보며 놀란 바로 그 남자였다.

나는 그 후 한 번도 그를 보지 못했었다. 그가 어떻게 개츠비의 장례식 소식을 듣게 되었으며, 그리고 개츠비의 처음 이름을 어떻게 알게 되었는지 모르겠다. 그의 두꺼운 안경으로 빗방울이 부딪치자 그는 안경을 벗어 닦아 서둘러 다시 끼고는 개츠비의 무덤에서 보호용 덮개를 걷는 것을 바라보았다.

나는 그때 잠시 개츠비에 관해 생각해 보려고 했다. 그러나 그는 이미 너무나 먼 곳에 가 있었으며, 데이지가 조의를 표하기는커녕 조화 한 송이도 보내지 않은 데 대해 더 이상 분개하지도 않는다는 생각밖에 들지 않았다.

누군가가 나직이, "죽은 자 위에 비가 내리니 복을 받을지어다." 하고 중얼거리는 소리가 들렸고, 이어서 올빼미 눈 같은 안경을 낀 그 남자가 또렷한 목소리로, "축복이 있기를, 아멘." 하고 말했다.

모든 절차가 끝나자, 우리는 빗속을 걸어 차를 향해 발걸음을 재촉했다. 올빼미 눈 같은 안경을 낀 남자가 입구에서 내게 말했다.

"나는 그분 댁에 갈 수가 없었어요."

"다른 분들도 아무도 오지 않았습니다."

"그럴 수가!"

그는 놀라서 움찔했다.

"맙소사! 매일 밤 수백 명씩 몰려가곤 했었는데······."

그는 다시 안경을 벗어서 안팎을 닦았다.

"가엾은 사람······."

그가 말했다.

내 머리 속에 가장 생생하게 떠오르는 기억 중 하나는 예비 학교에서, 그리고 후에는 대학에서 크리스마스 때 서부로 돌아가던 때의 일이다. 시카고보다 더 멀리 가는 사람들은 12월 어느 날 저녁 6시에 오래되고 침침한 유니언 역에 모여들었다. 그들은 벌써부터 나름대로 크리스마스 휴일의 여러 가지 즐거움에 마음이 쏠려 있었으며, 몇몇 시카고 친구들과 황급히 작별 인사를 하곤 했다.

누구누구네 집에서 돌아오던 아가씨들의 모피 외투들, 얼어붙은 입김 속의 잡담들, 옛 친지를 발견하고 머리 위로 흔들던 손들, 그리고 '오드웨이 댁에 갈까? 허시 댁에? 슐츠 댁에?' 하면서 초대에 같이 갈 사람을 찾던 사람들, 또 장갑 낀 손아귀에 꼭 쥐어 있던 길쭉한 녹색 차표들이 내 기억 속에 떠오른다. 그리고 마지막으로 시카고, 밀워키, 세인트폴 철도의 칙칙한 노란색 객차가 출입구 옆의 철길 위에서 마치 그 자체가 크리스마스인 것처럼 즐거워 보이던 일이 생각난다.

 기차가 겨울밤 속으로 미끄러져 나가고 진짜 눈, 우리의 눈이 우리들 옆을 한없이 뻗쳐 나가면서 차창에 부딪혀 반짝반짝 빛나기 시작하고 조그마한 위스콘신 주 시골 역들의 희미한 불빛들이 지나가면, 갑자기 공기 속에 예리하고 거친 꺾쇠가 나타났다. 우리는 저녁 식사를 마치고 싸늘한 차내 통로를 지나 좌석으로 돌아오면서 그 공기를 깊이 들이마셨다. 그때 우리는 이 생소한 곳에서 1시간쯤 자신의 진정한 모습에 대해 말로 표현은 못하나 의식하고, 그 공기 속으로 또다시 분간하지 못할 만큼 녹아 들어갔다.

 이것이 내가 중서부에서 겪은 일이었다. 밀이나 초원이나 없어져 버린 스웨덴 사람들의 마음이 아니라, 내 젊은 시절의 가슴 울렁거리는 귀향 기차와 서리 내리는 밤의 가로등과 썰매의 방울 소리, 불 켜진 창문에서 눈 위로 던져진 접시꽃 다발의 그림자들이 그것이었다. 나는 그것의 일부분이었던 그 기나긴 겨울을 생각하면 좀 엄숙해지고, 수십 년에 걸쳐 여전히 주소가 가문의 이름으로 불리는 그런 도시의 캐러웨이 가에서 자라난 것이 자랑스럽기까지 했다. 이것은 결국 하나의 서부 이야기였다는 것을 이제는 이해할 수 있을 것 같았다. 톰과 개츠비, 데이지와 조던과 나, 우리 모두가 서부 출신이었다. 그래서 우리는 아마도 동부 생활에 잘 적응하지 못하는 어떤 공통된 결함을 가지고 있었던 것 같다.

동부에 가장 마음이 끌려 있을 때, 그리고 어린아이들이나 늙은이들을 제외하고는 한없이 이것저것 물어대는 오하이오 주 너머의 그 지루하기 짝이 없는, 기어가듯 뻗어 있고 커질 대로 커진 도시들보다 동부 쪽이 훨씬 낫다는 것을 절실히 느끼고 있을 때조차, 그런 때조차 내게 동부는 항상 일종의 왜곡된 모습으로 비치곤 했다. 특히 나에게 웨스트에그는 여전히 환상적인 꿈속에 그 모습을 나타낸다.

엘 그레코가 그린 저녁 풍경을 보는 느낌이 들었다. 전통적인 동시에 괴상한 형태를 한 수백 채의 집들이 침울한 하늘과 어슴푸레한 달 아래 쭈그리고 있다. 그 전경에는 야회복 차림을 한 엄숙한 표정의 사내들이 흰 야회복을 입은 술 취한 여자를 들것에 뉘고 보도를 걷고 있다. 들것 가장자리로 축 늘어진 여인의 한 손에서 보석들이 싸늘하게 반짝거린다. 사내들은 조심스럽게 들것을 들고 한 집으로 들어간다. 그러나 잘못 들어간 것이다. 하지만 그 누구도 그 여인의 이름을 알려 하지 않고, 또한 그 누구도 그런 것에 개의치 않는다.

개츠비가 죽은 뒤로 내게 동부는 이렇듯 자줏빛이었고, 내 눈의 힘으로는 바로잡기 어렵게 뒤틀려 있었다. 그래서 파란 연기같이 흩어지기 쉬운 나뭇잎들이 허공에 드리워져 있고, 줄에 널린 젖은 빨래가 바람으로 빳빳해질 무렵 나는 고향으로 돌아가기로 마음먹었다.

떠나기 전에 내가 해야 할 일이 하나 있었는데, 그것은 아마도 그냥 내버려두는 편이 나았을지도 모르는 어색하고 불쾌한 일이었다. 그러나 나는 그 일을 처리해 버리고 싶었다. 그 친절하면서도 무관심해 보이는 바다에게 내 일의 찌꺼기를 씻어가도록 내맡기기는 싫었던 것이다.

나는 조던 베이커를 만났고, 우리들 사이에 무슨 일이 일어났으며 그 후 내게 어떤 변화가 일어났는지에 대해 자세히 이야기했다. 조던은 큰 의자에 누운 채 꼼짝도 하지 않고 내 말을 듣고 있었다.

골프 복장을 한 그녀의 턱은 멋있게 살짝 치켜 올려져 있었고, 머리는 가을 나뭇잎 같은 색깔이었으며, 얼굴은 그녀의 무릎에 놓인 벙어리 장갑과 같은 자주색을 하고 있었다. 그런 그녀가 그 당시 나에게는 멋진 삽화처럼 보였던 것으로 기억된다.

내가 이야기를 끝내자, 조던은 내 말엔 아무런 대꾸도 없이 자기는 다른 남자와 약혼했다고 말했다. 그녀에겐 고개만 끄덕이면 결혼할 상대가 많다는 것을 나도 알고 있기는 했으나 그녀의 말에는 왠지 모를 불안함이 있었다. 그러나 나는 짐짓 놀라는 척했다. 잠시 혹 내가 잘못하고 있는 게 아닌가 하는 생각이 들기도 했으나, 곧 나는 일의 끝을 재빨리 되새겨보고는 자리에서 일어나 작별 인사를 했다.

"하지만 당신은 나를 버린 게 분명해요."

조던이 불쑥 말했다.

"전화로 나를 버린 거예요. 지금은 당신에게 아무런 미련도 없지만, 나로선 처음 경험한 일이라 한동안 가슴이 아팠지요."

우리는 악수를 했다.

"아, 참! 혹시 기억하고 있나요?"

그녀가 덧붙였다.

"언젠가 둘이서 자동차 운전에 관해 나누었던 얘기 말이에요."

"글쎄, 확실하지는 않지만……."

"당신은 서투른 운전자는 또 한 사람의 서투른 운전자를 만날 때까지만 안전하다고 했지요? 그렇다면 나는 또 한 사람의 서투른 운전자를 만난 셈이지요? 내가 이런 억측을 하는 건 내가 생각이 깊지 못하기 때문이라는 거예요. 나는 당신이 비교적 정직하고 솔직한 사람인 줄 알았어요. 그것이 당신의 유일한 자랑이라고 생각했어요."

"나는 서른 살이오."

내가 말했다.

"나 자신을 속이고 그걸 명예라고 부르기엔 나이를 다섯 살이나 더 먹었어요."

그녀는 대답이 없었다. 나는 그녀에게 화가 나기도 했지만 조금은 그녀를 사랑하고 있었기 때문에 한편으로는 미안한 마음이 들었다. 그러나 나는 서둘러 몸을 놀려 나왔다.

10월도 저물어가는 어느 날, 나는 톰 부캐넌을 발견했다. 그는 여전히 민첩하고 정력적인 걸음걸이를 하고 있었다. 마치 장애물을 밀어뜨리려는 듯이 손을 앞으로 약간 내뻗치고 두 눈을 두리번거렸다. 거기에 맞춰 머리를 이쪽저쪽으로 홱홱 돌리면서 5번가를 따라 내 앞을 걸어가고 있었다. 내가 그를 앞지르지 않기 위해 막 걸음을 늦추었을 때, 그가 걸음을 멈추더니 눈을 찡그리고 보석 상점의 유리창 속을 가만히 들여다보기 시작했다. 그러다 별안간 나를 발견한 그는 뒤돌아 걸어오면서 손을 내밀었다.

"어떻게 된 거야, 닉? 모르는 척하긴가?"

"그래. 내가 자네에 대해 어떻게 생각하고 있는지 자네도 알고 있을 텐데."

"자네 미쳤군, 닉."

그는 빠른 말로 지껄였다.

"돌아도 크게 돌았어. 난 자네가 도대체 무슨 소리를 하는지 모르겠네."

"톰."

나는 따지고 들었다.

"그날 오후 윌슨에게 무슨 말을 했지?"

그는 아무 대꾸도 없이 나를 노려보았다. 그래서 나는 윌슨의 행방이 묘연했던 그 몇 시간에 대한 내 추측이 들어맞았다는 것을 짐작할 수 있었다. 나는 돌아서려고 몸을 돌렸다. 그러자 그가 내 뒤로 한 걸음 따라와 내 팔을 잡았다.

"난 그에게 사실을 말해 주었어."

그가 말했다.

"우리가 떠날 준비를 하고 있을 때 그 사람이 문간에 나타났어. 난 사람을 시켜 우리 두 사람은 집에 없다고 전하도록 했지. 그랬더니 그는 막무가내로 2층으로 올라오려고 했어. 그때 그는 제정신이 아니었어. 만약 내가 그 차 주인을 일러주지 않았더라면, 아마 날 죽이고도 남았을 거야. 우리 집에 있는 동안 그는 줄곧 호주머니 속에서 권총을 쥐고 있었다네."

그는 짜증 섞인 태도로 말을 잠시 중단했다.

"내가 말해 준 게 어쨌다는 거지? 그 작자가 일을 그렇게 만든 거야. 그 작자는 데이지의 눈을 속인 것처럼 자네의 눈도 속인 거야. 그러나 그자는 보통내기가 아니었네. 그는 마치 자네가 개 한 마리를 들이받듯이 머틀을 들이받고서 차를 세우지도 않고 도망갔단 말이야."

그것은 사실과 다르다는 말 못할 부분을 빼고는 그에 대해 나로서는 특별히 더 이상 할말이 없었다.

"그리고 혹시 자네, 나는 전혀 고통스럽지 않은 걸로 생각했다면…… 이봐, 난 그 아파트를 내놓으려고 갔다가 그 망할 놈의 개 먹이용 비스킷 상자가 찬장 위에 놓여 있는 걸 보고는 주저앉아서 어린애처럼 소리 내어 울어버렸다네. 정말 끔찍스러웠어."

나는 그를 용서할 수도, 좋아할 수도 없었다. 그러나 그가 한 일은 그의 입장에서 보면 누가 뭐래도 정당했다고 인정하지 않을 수 없었다. 모든 것이 너무나 경솔하고, 또 복잡하게 뒤얽혀 있었다. 톰과 데이지는 경솔한 인간들이었다. 물건과 사람들을 엉망으로 만들어버리고 자기들은 돈 속으로, 또는 자기들의 한없는 경솔 속으로, 또는 둘이 같이 있게 하는 것이라면 어떤 것이든 간에 그 속으로 숨어버렸다. 그리고 자기들이 일으킨 혼란을 다른 사람이 정리하도록 내버려두었다…….

나는 톰과 악수를 했다. 계속 고집을 부리는 것은 어리석은 일 같았다. 왜냐하면 나는 갑자기 어린애와 이야기하고 있는 것 같은 생각이 들었기 때문이다.

나와 악수를 한 톰은 진주 목걸이—아니면 단지 한 쌍의 커프스 단추를 사기 위해서였는지 모르지만—를 사러 보석상 안으로 들어갔다. 그렇게 함으로써 나는 그의 촌스러운 까탈스러움을 영원히 떨쳐버렸다.

내가 떠나던 날도 개츠비의 저택은 덩그러니 비어 있었다. 잔디는 이제 누군가 돌봐주는 사람이 없어 내 집의 것과 마찬가지로 엉망이었다. 마을의 택시 운전사 한 사람은 그 집 대문 앞을 지날 때면 반드시 잠깐 정차해 손가락으로 안쪽을 가리키고는 요금을 받았다. 아마도 바로 그 운전사가 사고가 일어난 날 밤, 개츠비와 데이지를 이스트에그로 태워다 준 사람 같았다. 그래서 그는 그 사건에 대해 자기 생각대로 이야기를 만들어놓은 것 같았다. 나는 그 이야기를 듣고 싶지 않았다. 그래서 기차에서 내리면 그 사람의 차는 타지 않으려 노력했다.

나는 토요일 밤은 뉴욕에서 보냈다. 그 이유는 개츠비가 베풀었던 그 불빛 찬란하고 화려한 파티들에 대한 기억이 너무나 생생했기 때문이다. 그날도 여전히 그 정원에서 끊임없이 흘러나오는 희미한 음악 소리와 웃음소리, 그리고 그의 저택 차도를 오가는 자동차 소리가 들려오는 것 같았다. 하루는 실제로 그의 저택에서 차 소리가 명확히 들려오고, 헤드라이트 불빛이 그의 저택 현관 앞의 계단을 비추었다. 그러나 나는 더 이상 신경 쓰지 않았다. 그 사람은 아마도 지구의 어딘가에 있다가 파티가 끝나버린 줄도 모르고 찾아온 손님이었을 것이다.

마지막 날 밤, 나는 짐을 챙긴 뒤 차를 식료품 가게에 팔아넘기고 개츠비의 저택 가까이 다가가서 최후의 목적을 이루지 못하고 힘없이 주저앉아 버린 그의 저택을 바라보았다. 어떤 개구쟁이가 벽돌 조각으로 흰 돌층계에 낙서한 외설스러운 말이 달빛을 받아 뚜렷하게 보였다. 나는 강판으로 갈 듯이 구둣발로 그것을 문질러 지워버렸다. 그런 다음 해변으로 어슬렁어슬렁 걸어 내려가 모래밭에 벌렁 누웠다.

웬만한 해안 시설은 이미 문이 닫혀 있고, 해협을 건너는 나룻배의 흐릿하게 움직이는 빛 이외에 움직이는 것이라고는 없었다. 이윽고 달이 더 높이 떠오르자, 여태까지 그 존재의 필요성을 느껴본 적이 없는 집들이 뒤섞여 사라지기 시작했다. 그리하여 마침내 나는 서서히 그 옛날 네덜란드 선원들의 눈에 위대하게 비쳐진 그 오래된 섬의 모습을 바라보게 되었다.

그 섬은 신세계의 싱그러운 녹색 젖가슴이었던 것이다. 그 사라져버린 나무들, 개츠비의 집으로 가는 길을 만들어주었던 그 나무들은, 한때 모든 인간의 꿈 가운데 마지막이면서도 가장 큰 꿈을 바라보며 속삭여줌으로써 힘이 되어주었던 것이다. 지나가버린 순간의 매혹적인 시간에 사람들은 이 대륙의 존재 자체에 숨을 죽였고, 놀라움을 대하는 자신의 능력과 어울렸던 그 어떤 것을 역사상 마지막으로 마주 보고 서서 이해할 수도 없고 소망하지도 않은 일종의 심미적인 명상 속에 자신도 모르게 잠겼던 것이다.

  해변에 앉아서 과거를 알 수 없는 세계에 관한 생각에 잠겨 있던 나는, 개츠비가 처음으로 데이지의 집과 이어진 부두 끝에서 비치던 녹색 불빛을 찾아냈을 때의 놀라움에 대해서 되새겨보았다. 그는 긴 여행 끝에 이 푸른 잔디밭으로 왔을 것이다. 그리고 자신의 꿈은 당연히 실현될 것이라 생각했기 때문에 실패할 리가 없다고 생각했을 것임에 틀림없다. 그는 그 꿈이 이미 자기를 등지고, 공화국의 어두운 들판이 밤의 밑바닥으로 굴러가고 있는 도시 저 너머의 광대하고 흐릿한 어느 곳으로 물러가 버렸다는 사실은 모르고 있었을 것이다.

  개츠비는 해가 거듭될수록 우리들 앞에서 뒤로 물러가고 있는 그 녹색 불빛을, 그 격정의 미래를 굳게 믿었던 것이다. 그때 그것은 우리들을 피해 갔다. 그러나 그것은 중요하지 않다. 내일 우리는 더 빨리 달려서 팔을 더 길게 내뻗을 것이다. 그리고 어느 화창한 아침에…….

  그래서 우리는 물살에 부딪치며 노를 젓고 끊임없이 과거 속으로 흘러갈 것이다.

작가와 작품 해설

F. S. 피츠제럴드의 생애와 작품 세계

프란시스 스콧 키 피츠제럴드는 1896년 미국 중서부의 미네소타 주에서 태어났다. 아버지는 굴지의 가구상이었지만 그가 태어난 직후 도산했다. 이후 그의 집은 경제적 어려움을 면치 못했다. 후에 외가의 도움으로 부유층 자녀들이 다니는 뉴저지 주 하켄색의 기숙 학교 뉴먼 스쿨에 유학했지만, 가난은 언제나 소년 피츠제럴드의 염두에서 사라지지 않았다. 유소년 시절의 경제적 어려움은 문단에서 성공한 이후의 그의 행적을 이해하는 데 도움을 준다. 훗날 피츠제럴드 부부의 낭비벽과 비극적 최후는 어린 시절의 정서와 무관하지 않았을 것이다.

1913년, 16세 때 피츠제럴드는 프린스턴 대학에 입학했다. 대학 재학 시절 그는 유머지(誌) 《타이거》와 뮤지컬 클럽 '트라이앵글'의 멤버였을 뿐만 아니라, 많은 뮤지컬과 연극의 각본을 쓰는 등 적극적인 활동을 펼쳤다. 그러한 와중에서 제1차 세계 대전이 발발하고 미국이 참전하게 되자, 그는 1917년 군대에 자원 입대했다. 육군 소위로 임관한 그는 조지아 주 세리던 군단에 전속되었는데, 이 무렵 그는 인생에서 중대한 일을 맞게 되었다. 장차 그의 아내가 되어 파란만장한 삶을 함께 살아가게 될 운명의 젤더 세일러를 만나게 된 것이다.

그는 앨라배마 주 최고 법원 판사의 딸 젤더 세일러와 사귀게 되었으며, 이후 최초의 자전적 장편인 『낙원의 이쪽』을 발표, 문단의 주목을 받게 되자 그 두 사람은 결혼에 성공할 수 있었다. 연이어 1922년 단편집 『재즈 시대의 이야기』가 출판되면서 '재즈 세대의 계관 시인'이라는 화려한 평판과 함께 돈과 명성을 얻었다. 갑자기 찾아든 부와 명예는 피츠제럴드 부부를 화려한 낭비 생활로 이끌게 되었다.

하지만 그들을 비극으로까지 몰고간 지나친 낭비 생활이 그의 모든 정신을 무력화시키기 전인 1925년에 그는 자신의 문학적 천재성을 유감없이 발휘하여 대표작 『위대한 개츠비』를 남겼다. 『위대한 개츠비』는 단번에 그를 동시대의 작가, 이른바 '잃어버린 세대'의 대표적 작가들의 반열에 올려놓았다. 『위대한 개츠비』를 두고 T. S. 엘리엇은 '헨리 제임스 이후 미국 소설이 내디딘 최초의 일보'라는 격

찬까지 했다.

하지만 피츠제럴드는 타고난 외모와 갑작스럽게 얻게 된 부를 바탕으로 화려한 것만을 추구해 나갔다. 부인 젤더 역시 그와 결혼하기 전까지 분방한 남성 편력과 낭비벽으로 유명했던 여자였다. 두 사람은 '미국에서 가장 행복한 커플'로 비쳐졌지만 실제로는 불화가 끊이지 않았다.

피츠제럴드 부부는 매우 드라마틱한 삶을 살았다. 피츠제럴드는 방탕한 생활과 무리한 출판으로 빚에 쪼들렸고, 재기를 위해 할리우드에서 시나리오 작가 생활을 하기도 했지만 결국은 재기에 성공하지 못했다. 그는 알코올 중독에 시달렸고 『최후의 대군』 집필 중 심장마비로 죽었다. 그의 아내 역시 분신 자살로 비참하게 생을 마감했다. 하지만 그의 최후와 달리 그의 작품들은 우리들 마음속에 여전히 아름답게 자리잡고 있다.

작품 줄거리 및 해설

미국 중서부 지방에서 대학을 졸업한 닉은 제1차 세계 대전이 끝난 후, 초라한 변두리처럼 여겨지는 중서부 지방을 떠나 동부로 이주, 증권업을 배우기로 했다. 그는 뉴욕 교외에 있는 웨스트에그에 작은 집 한 채를 빌려 살게 되었다. 이웃에는 개츠비라는 사람이 대

저택에서 호화롭게 살고 있었는데, 그는 매일 성대한 파티를 열었다.

개츠비는 가난했던 젊은 시절, 데이지라는 대단한 미모의 여자와 사랑하는 사이였다. 전쟁이 일어나자 그는 유럽의 전쟁터로 가게 되었고, 그 사이 데이지는 톰 부캐넌이라는 부자와 결혼을 했다. 전쟁에서 돌아온 개츠비는 데이지의 결혼 사실을 알게 되지만, 데이지가 톰과 결혼한 것은 단순히 돈 때문이며 그들의 사랑에는 변함이 없다고 믿는다.

개츠비는 온갖 수단을 동원해 돈을 버는 데 몰두한다. 데이지를 사로잡은 것이 돈이었기 때문이다. 마침내 돈을 벌게 된 개츠비는 데이지의 저택과 강 하나를 사이에 두고 마주 보고 있는 저택을 사들인다. 그리고 매일 밤 파티를 열어 데이지의 관심을 끌려고 한다. 개츠비는 이제 돈이 그녀와의 사랑을 되돌려줄 것이라고 믿게 되었던 것이다.

개츠비는 데이지와 육촌 간인 닉의 주선으로 데이지와 재회하게 된다. 순진한 개츠비는 데이지의 태도를 보고 그녀의 사랑을 되찾았다고 마음대로 믿어버린다. 닉이 과거는 되돌릴 수 없다고 말해 주어도, 개츠비는 과거와 똑같이 만들어보겠다고 단언한다.

어느 더운 여름날, 개츠비 일행은 차를 몰고 뉴욕 시내로 외출을 했다. 신경이 몹시 날카로운 데이지가 개츠비와 같은 차를 타고 운전을 했다. 집으로 돌아오는 길, 한 여자가 그들의 차 앞으로 불쑥 나타났고 미처 피하지 못한 데이지는 그 여자를 치고 말았다. 그런데 차에 뛰어들었던 그 여자는 데이지의 남편 톰의 정부였다. 개츠비는 사고 차를 운전한 사람이 데이지였다는 사실을 발설하지 않는다. 하지만 데이지는 톰과 짜고서, 사고를 당한 여자의 남편인 윌슨으로 하여금 자신의 아내를 죽게 한 사람은 개츠비라고 믿게 만든다. 그리하여 개츠비는 자기 집 수영장에서 윌슨의 총에 맞아 죽고 만다.

개츠비의 장례식, 데이지는 참석조차 하지 않는다. 남편 톰과 함께 여행을 떠났기 때문이다. 닉은 이들의 허망한 사랑과 동부의 생활에 염증을 느끼고 고향인 중서부로 돌아간다.

『위대한 개츠비』는 미국 현대 문학에서 높은 평가를 받는 작품이다. 이 작품의 중요성은 낭만주의와 현실주의 그리고 상업주의의 갈등과 대립이라는 미국 문학의 전통적 주제를 잘 보여주는 작품이라는 데 있다.

작품의 배경이 되는 시기는 제1차 세계 대전의 승리로 미국이 부를 축적하면서 세계 강대국으로 지리잡던 때이다. 남북 전쟁을 겪으면서 근대 국가의 기반을 잡았던 미국은 급격한 산업화에 따라 전통적인 생활 양식 전반에 걸쳐 큰 변화를 겪었다. 이런 산업화로 전통의 구속력이 약화되었고, 전쟁의 승리로 얻은 물질적 풍요로움은 새로운 욕구를 불러일으켰다. 특히 젊은이들 사이에서는 새로운 욕구의 표현이 활발했다. 그로 인해 환락과 돈만을 좇는 젊은이가 넘쳐나게 되었으며, 방향 감각을 상실한 '상실의 세대'가 등장한 시기였다.

『위대한 개츠비』는 이 시기 젊은이들의 다양한 모습과 시대상을 잘 보여주고 있다. 여기서 주인공 개츠비는 '아메리칸 드림'을 추구하는 대표적인 예이며, 미국인 특유의 순수하고 성실한 젊은이의 모습을 보여준다. 젊은 시절의 순수한 사랑을 믿고 끝까지 그 사랑을 위해 헌신한다. 그러나 데이지는 물질의 풍요로움과 현실의 유혹을 이기지 못하고 부자인 톰과 결혼한다.

순수하고 낭만적인 꿈을 지닌 개츠비는 '아름다운 이상'인 데이지와의 결합을 추구한다. 그것은 개츠비의 '꿈의 실현'이다. 그러나 현실은 개츠비가 그의 꿈을 실현하기에는 너무나 타락했다. 데이지는 하나의 허상에 불과했던 것이다. 이 사실을 끝까지 깨닫지 못한 개츠비는 결국 비극적인 최후를 맞는다.

『위대한 개츠비』는 순수한 이상이, 거칠고 타락한 현실과 부딪혀 부서지는 비극적인 종말을 탁월하게 형상화하고 있다. 그러한 형상화는 이 작품이 오늘날까지 읽히는 동인이 되는 것이다.

작가 연보

1896년	미네소타 주 세인트폴에서 공장을 경영하던 아버지 에드워드와 어머니 메리 사이에서 장남으로 출생.
1898년(2세)	아버지 에드워드가 운영하던 공장 도산. 가족이 뉴욕 주 버펄로로 이주.
1902년(6세)	미스굿이어즈 스쿨에 입학.
1908년(12세)	아버지 에드워드 실직. 가족이 세인트폴로 돌아옴. 세인트폴 아카데미에 입학.
1911년(15세)	뉴저지 주 하켄색의 기숙 학교 뉴먼 스쿨에 유학.
1913년(17세)	프린스턴 대학 입학.
1915년(19세)	12월, 건강이 좋지 않아 고향으로 돌아옴.
1916년(20세)	9월, 프린스턴 대학 복학.
1917년(21세)	프린스턴 대학 중퇴. 11월 20일, 육군 소위 임관.
1918년(22세)	6월, 조지아 주 세리던 군단에 전속. 7월, 앨러배마 주 최고 법원 판사의 딸인 젤더 세일러와 사귐.
1919년(23세)	2월, 제대. 11월, 젤더와 약혼.
1920년(24세)	3월, 『낙원의 이쪽』, 『플래퍼와 철학자』 출간. 4월, 뉴욕에서 젤더와 결혼.
1921년(25세)	유럽으로 건너감. 프랑스와 이탈리아를 구경한 뒤 런던으

	로 감.
1922년(26세)	『아름다운 저주받은 자들』, 『재즈 시대의 이야기』 출간.
1924년(28세)	다시 유럽으로 감.
1925년(29세)	『위대한 개츠비』 출간. 프랑스에 체류하면서 어네스트 헤밍웨이를 만남. 루돌프 발렌티노, 아키발드 매클리시, 플로이드 델 등과 교류.
1926년(30세)	『모든 슬픈 젊은이들』 출간. 프랑스에 머물다 12월 귀국.
1929년(33세)	네 번째로 유럽 방문. 음주벽 시작.
1930년(34세)	북아프리카 알제리로 감. 부인 젤더 정신분열증 일으킴.
1931년(35세)	부친 사망.
1934년(38세)	4월, 『밤은 아늑해』 출간.
1935년(39세)	『기상 시각의 취침 나팔』 출간.
1937년(41세)	MGM과 계약하고 할리우드로 감.
1939년(43세)	MGM과의 계약 갱신 거부.
1940년(44세)	11월, 심장마비로 타계, 메릴랜드 주의 로크빌유니언 묘지에 안장.
1941년	미완성 소설 『최후의 대군』 출간.
1976년	시러가 회상기 『실록 스콧 피츠제럴드』 출간.